L'épouse secrète du Dr Gary

*

Un jeu périlleux

AMY RUTTAN

L'épouse secrète du Dr Gary

BLANCHE

HARLEQUIN

Collection : Blanche

Titre original :
CARRYING THE SURGEON'S BABY

Ce roman a déjà été publié en 2019

HARPERCOLLINS FRANCE
83-85, boulevard Vincent-Auriol, 75646 PARIS CEDEX 13
Service Clients — www.harlequin.fr
ISBN 978-2-2805-0304-4 — ISSN 0223-5056

Composé et édité par HarperCollins France.
Imprimé en janvier 2024 par CPI Black Print (Barcelone)
en utilisant 100% d'électricité renouvelable.
Dépôt légal : février 2024.

MIXTE
Papier issu de
sources responsables
FSC® C159065

Pour limiter l'empreinte environnementale de ses livres, HarperCollins France s'engage à n'utiliser que du papier fabriqué à partir de bois provenant de forêts gérées durablement et de manière responsable.

Prologue

Las Vegas, Nevada

— Emily West, voulez-vous prendre pour époux Ryan Gary ici présent ?

Emily plissa les yeux pour mieux voir le sosie d'Elvis qui se tenait devant elle. Elle ne s'expliquait pas pourquoi il avait l'air d'être légèrement penché sur le côté.

— Oui, lança-t-elle d'une voix forte.

C'était la chose la plus irrationnelle qu'elle ait faite de sa vie, elle en avait vaguement l'impression… Mais elle n'avait pas les idées très claires en cet instant.

Elle jeta un regard en biais à l'homme à son côté, et un sourire béat s'afficha sur son visage, même si elle ne savait pas très bien comment elle avait atterri dans cette chapelle, ni comment elle pouvait être en train de se marier avec le neurochirurgien le plus séduisant, le plus sexy et le plus charmant du monde.

En tout cas, elle qui devait lutter contre l'anxiété qui s'emparait d'elle dans n'importe quelle situation sociale n'éprouvait pour le moment aucun malaise.

Ça n'avait pas été facile, après la conférence du Dr Ryan Gary sur les jumeaux siamois, d'aller lui parler pour lui dire combien elle admirait son travail. Après la façon dont s'était terminée sa relation avec Robert, un chirurgien qui l'avait quittée pour des motifs de jalousie professionnelle, la dernière chose à laquelle elle se serait attendue, c'était que Ryan l'invite à boire un verre. Elle avait failli refuser, puis elle s'était dit que boire un verre avec un collègue ne présentait pas un grand risque. En fait, c'étaient les cinq verres suivants qui s'étaient avérés dangereux : plus ils parlaient de chirurgie, plus elle se sentait bien avec lui. Ils avaient dîné ensemble, avaient bu quelques verres, avaient dansé... Elle ne s'était pas attendue non plus à une demande en mariage. À vrai dire, elle n'en gardait qu'un souvenir très vague. Puis ils s'étaient installés sur la banquette arrière de la voiture avec chauffeur que Ryan avait louée. Et maintenant, ils étaient là, dans une chapelle de Las Vegas, en train de se marier. À quel moment avait-elle perdu le contrôle de la situation ?

Elle avait des vertiges. Elle ferma les yeux un instant, mais elle avait toujours la sensation que la pièce tournait autour d'elle. Ryan aussi lui donnait l'impression d'être penché sur le côté...

Elle ne put s'empêcher de sourire.

C'était amusant de lâcher prise. Depuis sa rupture avec Robert, elle n'était sortie avec personne. Ça ne lui manquait pas. Mais Ryan avait paru aussi intéressé par son travail qu'elle s'était passionnée pour le sien. Et son sourire, la confiance qu'il lui inspirait, avaient achevé de la faire fondre. Elle avait fini par perdre tout contrôle d'elle-même.

— Et vous, Ryan Gary, voulez-vous prendre pour épouse Emily West, ici présente ?

Ryan se pencha un peu plus et plissa ces beaux yeux bleus qui l'avaient fascinée durant le dîner.

— Quoi ?

Le sosie d'Elvis parut inquiet et répéta la question.

— Oui, bien sûr, je le veux, déclara Ryan.

Au sourire qu'il lui adressa, Emily sentit ses genoux faiblir — mais c'était peut-être à cause des mojitos.

— Alors, au nom des pouvoirs qui me sont conférés par l'État du Nevada, je vous déclare mari et femme.

Elle jeta son bouquet à Elvis, et Ryan la souleva dans ses bras.

— C'est la chose la plus folle que j'aie jamais faite, lui murmura-t-il à l'oreille tandis qu'il la portait en descendant l'allée centrale de la chapelle.

— Je crois que tu es censé me porter pour franchir le seuil de la chambre, pas pour sortir de la chapelle, chuchota-t-elle.

— Tu es légère comme une plume, rétorqua-t-il, le souffle court... avant de la remettre sur ses pieds. Peut-être ferais-je mieux d'attendre d'être à l'hôtel, en effet. Ces mojitos étaient costauds.

Elle éclata de rire.

— Qu'y a-t-il de si drôle ? demanda-t-il en glissant son bras autour de sa taille tandis qu'ils regagnaient la voiture de location.

— Le mot « mojito ». Tu le dis souvent. Et répéter souvent le même mot a quelque chose de très drôle.

— Mojito, répéta Ryan en insistant sur la première syllabe.

Elle gloussa.

Le chauffeur de la voiture haussa les sourcils en leur ouvrant la portière arrière pour qu'ils prennent place sur la banquette. Ryan riait encore.

— Ah, oui, ces verres étaient costauds ! J'ai un vol demain... Ou est-ce aujourd'hui ?

Il regarda son bracelet-montre.

— Aujourd'hui. Il est plus de minuit.

— J'espère qu'on ne va pas se retrouver avec une citrouille au lieu d'un carrosse !

Il lui adressa un sourire paresseux, l'embrassa, et elle cessa de se poser des questions.

Tout était si parfait ! Elle ne s'était jamais sentie aussi bien avec un homme. Et jamais Robert n'avait éveillé chez elle un tel désir.

Ryan lui caressa la joue.

— Je suis heureux de t'avoir invitée à dîner et épousée.

Elle se mit à rire.

— Ce qu'il se passe à Las Vegas reste à Las Vegas, d'accord ?

— D'accord.

La voiture s'arrêta devant l'hôtel. Ryan en sortit le premier, une fois que le chauffeur eut ouvert la portière.

— Vous êtes sûrs que tout va bien, monsieur et madame ? demanda l'homme.

— Cela ne pourrait aller mieux, répondit Ryan.

Elle hocha la tête.

— C'est super !

Elle n'était pas certaine d'avoir jamais employé ce mot, mais le son lui plut. Tout comme lui plaisait le son du mot « mojito ». Cela roulait sous la langue.

Ryan la prit par la taille, et tous deux s'engouffrèrent dans l'hôtel, puis dans l'ascenseur qui menait à la suite qu'il avait réservée. Elle l'aida à introduire la carte dans la serrure. Lorsque la porte s'ouvrit, il se pencha vers elle.

Elle sentit son pouls s'accélérer. Elle brûlait d'impatience.

Tout semblait si parfait ! Elle avait envie de ce qui allait suivre. Peut-être cela l'aiderait-il à avancer dans la vie.

— Tu es sûre ? demanda Ryan, les yeux brillants, en la serrant contre lui.

Elle se sentit prise de vertige.

Il ne s'agissait que d'une nuit. Quel mal pourrait-il en advenir ?

Elle l'embrassa et lui passa la main dans les cheveux.

— Absolument sûre, Ryan. Sinon, je ne serais pas ici.

Il lui sourit.

— Alors, laisse-moi te porter pour franchir le seuil de notre chambre, ma chère femme.

1

Seattle, six mois plus tard

— Oh là là..., murmura Emily en découvrant la dernière échographie de bébés in utero que sa collègue, le Dr Ana Ruchi, venait de lui envoyer depuis son hôpital situé dans une petite ville entre Portland et Seattle.

Elle agrandit l'image sur l'écran et étudia plus avant le cliché de l'échographie.

Ces jumelles siamoises avaient des colonnes vertébrales séparées, mais elles avaient en commun beaucoup de nerfs placés au bas de la colonne. Elles partageaient aussi le foie, une partie du côlon, et possédaient trois reins à elles deux. Mais elles avaient chacune quatre membres bien formés et des organes génitaux séparés.

Ces bébés ne partageaient pas des organes aussi vitaux que le cœur ou le cerveau, ce qui laissait espérer que la séparation laisserait aux deux enfants de bonnes chances de survie. Certes, l'opération présentait des risques, mais elle restait prometteuse. La question était de savoir si tous les membres seraient pleinement fonctionnels, et si les jumelles survivraient à l'accouchement. C'était là le point le plus angoissant.

— Les parents acceptent de venir à Seattle et de me laisser opérer les enfants ? demanda-t-elle.

— Oui, dit le Dr Ruchi. La mère a été informée que les bébés étaient reliés. On lui a expliqué en détail les risques de procéder à une séparation après la naissance, mais elle a choisi de poursuivre sa grossesse.

— Quand avez-vous prévu de la faire accoucher ?

— Eh bien, ce n'est pas moi qui m'en chargerai. Je préférerais que cela se passe chez vous. J'aimerais que les parents partent à Seattle et que la mère reste alitée quelques semaines, jusqu'au moment où les bébés se seront un peu plus développés et où vous ferez une césarienne. C'est important que vous vous occupiez de l'accouchement, car ces jumelles pourront alors bénéficier immédiatement de votre expertise. Vous faites partie des meilleurs spécialistes du pays dans le domaine de la chirurgie pédiatrique, et vous avez déjà procédé avec succès à des séparations de siamois.

— Oui, bien sûr. Mais ce qui me préoccupe, c'est le groupe de nerfs que ces jumelles ont en commun. Je peux séparer le foie et les reins, et même le côlon, mais, pour les nerfs, j'aurais besoin de l'aide d'un neurochirurgien familiarisé avec ce type d'opération.

— J'ai l'homme qu'il vous faut.

Dès qu'Ana Ruchi eut prononcé ces mots, Emily sentit son estomac se nouer.

Elle croyait savoir de qui celle-ci parlait.

— Vous… Quoi ? demanda-t-elle, soulagée de savoir que sa collègue ne pouvait pas voir son expression au téléphone.

— Il s'agit du Dr Ryan Gary, précisa le Dr Ruchi. Il accepte de quitter San Diego pour Seattle et de donner un coup de main dans ce cas précis. La mère est l'une de mes patientes, je l'ai accouchée de son premier enfant, et je souhaite vraiment que le Dr Gary et vous, vous vous chargiez de séparer ces siamoises.

Le Dr Ruchi avait raison, Ryan était le meilleur neurochirurgien. Il avait déjà procédé à des séparations de ce genre. Mais ne serait-ce pas embarrassant de travailler avec l'homme à qui elle venait juste d'envoyer les papiers nécessaires pour prononcer leur divorce ?

Sa liaison précédente s'était mal terminée. Tellement mal qu'Emily s'était juré de ne plus avoir de relation intime avec un chirurgien. La nuit qu'elle avait passée avec le Dr Gary avait donc été une énorme erreur. Une nuit fantastique, mais qui avait eu des conséquences terribles. Elle était enceinte. Et seule. Lorsqu'elle avait essayé de joindre Ryan pour lui parler du bébé, elle avait découvert qu'il était parti à l'étranger fournir une aide médicale à des pays ravagés par la guerre. Il n'avait jamais répondu à ses messages, pas même lorsqu'elle lui avait envoyé les papiers du divorce.

Tant pis. Elle finirait par obtenir ce divorce, d'une façon ou d'une autre. Elle n'avait pas prévu de fonder une famille maintenant ni d'élever un bébé seule, mais le silence de Ryan n'allait pas l'empêcher d'avoir cet enfant. Qu'importe ! Elle pouvait bien élever son bébé toute seule. Elle n'avait pas besoin d'aide. Et à présent, elle n'allait pas décevoir le Dr Ruchi en lui disant qu'elle ne pouvait pas collaborer avec le Dr Gary parce qu'il l'avait mise enceinte au cours d'une nuit trop arrosée à Las Vegas.

— Emily, est-ce que ça va ? demanda le Dr Ruchi, l'arrachant à ses pensées.

— Quoi ? Oui, désolée. Le Dr Gary, vous dites ?

— Oui. Est-ce que cela pose un problème ?

Emily perçut de l'inquiétude dans la voix de son amie.

Il lui avait fallu des années pour capter des indices sociaux de ce genre. Elle n'en avait pas toujours été capable mais, depuis que Robert l'avait quittée, cinq ans auparavant, et maintenant qu'elle allait être mère célibataire, elle pouvait dire si quelqu'un se faisait du souci pour elle. Elle le voyait à la façon dont les gens s'adressaient à elle.

— Non, dit-elle. Je dois simplement en parler d'abord avec le chef du service de chirurgie, car nous avons d'excellents neurochirurgiens au SMFPC.

Elle disait vrai : le Seattle Maternal Fetal Pediatric Center était connu pour la qualité de ses soins. Mais elle mentait quand elle prétendait que l'arrivée de Ryan ne lui posait pas de problème.

Comme il n'avait pas répondu à ses messages où elle lui annonçait sa grossesse, elle en avait conclu qu'il ne se sentiat pas concerné. Une nouvelle fois, un homme la blessait. Certes, elle n'avait pas envie de revoir Ryan, mais, pour les siamoises, il était préférable qu'il vienne.

— J'en ai déjà parlé à votre chef, dit gentiment le Dr Ruchi. Je voulais m'assurer que ce soit vous qui vous occuperiez de ce cas. Je ne voulais pas qu'il confie mes patientes à un autre chirurgien pédiatrique.

Emily se mit à rire.

— Ana, vous savez que c'est moi qui dirige le service de pédiatrie.

Ana soupira, puis rit à son tour.

— Bon, d'accord. En fait je voulais être sûre qu'il autoriserait le Dr Gary à collaborer avec vous.

— Et, si j'ai bien compris, il est d'accord ?

— Oui. Merci de vous charger de ce cas, Emily. Je n'ai confiance qu'en vous. Ryan et vous, vous avez effectué des séparations qui ont toutes été des succès. Chaque fois, les deux enfants ont survécu. Je sais que vous êtes capable de réussir, là encore.

— Moi aussi, je m'en crois capable.

Mais elle s'abstint d'ajouter qu'elle n'était pas sûre d'y parvenir *avec* Ryan.

Elle savait qu'il était un as de la chirurgie, et spécialisé dans la séparation des siamois. Mais elle avait envie de lui tordre le cou pour n'avoir pas répondu à ses messages. Et elle n'était pas sûre que cela contribue à créer un climat propice à une bonne collaboration.

C'était possible si elle n'y attachait pas d'importance. Il était chirurgien, elle aussi. C'était un professionnel, elle aussi. Son admiration pour lui, la confiance qu'il lui avait inspirée, son charme et son physique incroyablement séduisant, tout cela lui avait tourné la tête. En sa compagnie, elle ne s'était jamais sentie mal à l'aise ni anxieuse. Comme si sa confiance en lui avait déteint sur elle. Avec lui, elle s'était sentie désirable…

— Quand arriveront-ils ? demanda-t-elle, réprimant un soupir.

— Je vous envoie par mail le dossier de ma patiente et tous les documents utiles. Je prévois de les faire partir dès demain par transport sanitaire aérien, elle et son mari, mais le Dr Gary sera là avant eux par l'hélicoptère sanitaire. Il accompagne un enfant qui nous a été amené ce matin et qui souffre d'une blessure à la colonne vertébrale.

Elle jeta un coup d'œil à son agenda.

Il s'agissait d'un jeune patient dont elle attendait la venue.

Ryan allait donc collaborer aussi avec elle sur ce cas ? Génial…

— Très bien. Merci, Ana. Je prendrai soin de votre patiente. Faites-moi simplement savoir à quel moment elle arrivera, et j'irai l'accueillir.

— Entendu, je le ferai. Merci, Emily.

Emily raccrocha et se prit la tête dans les mains.

Ce n'était pas possible. Après la fin minable de sa liaison avec Robert, qui n'avait pas supporté de la voir obtenir une promotion et devenir pédiatre titulaire, elle s'était juré de ne plus jamais ouvrir son cœur à un chirurgien. Elle ne voulait plus qu'une jalousie professionnelle vienne perturber sa vie privée. C'était trop horrible. Depuis cinq ans, elle n'était sortie avec personne. Elle ne faisait pas confiance aux hommes. Jusqu'à cette conférence à Las Vegas où elle avait craqué pour Ryan Gary !

Lorsque celui-ci avait laissé sans réponse ses messages où elle lui parlait du bébé, elle s'en était voulu d'être retombée dans le piège. Ça lui avait fait mal de constater qu'elle s'était laissé avoir. Mais elle avait tourné la page. Elle n'allait pas s'apitoyer sur son sort. Elle avait son travail et ce bébé. Elle allait se montrer forte, être un modèle pour son enfant, même si elle mourait de peur à l'idée de vivre cela seule.

Et maintenant, Ryan allait venir ici, et elle n'avait aucun moyen de lui cacher sa grossesse !

Elle respira profondément.

Puisqu'il serait à Seattle, peut-être pourrait-elle au moins en profiter pour lui faire signer les papiers du divorce ?

L'affronter ne serait pas si différent que d'affronter des parents furieux parce que la chirurgie de confort de leur enfant avait été annulée en raison de l'arrivée à l'hôpital d'un enfant souffrant de blessures traumatiques. Elle parvenait à faire face à ces gens, se montrant tout à la fois polie, aimable et ferme. Elle saurait s'y prendre avec l'arrogance de Ryan. Il était l'un des meilleurs neurochirurgiens au monde, mais elle-même était une chirurgienne en pédiatrie compétente. Elle avait réalisé avec succès la plus grande partie des séparations de siamois pratiquées sur la côte Ouest au cours des cinq dernières années. Elle pourrait supporter Ryan pendant une brève période si l'intérêt d'un patient l'exigeait.

Vraiment ?

Elle savait faire face aux parents des patients parce que c'était son job. Mais dans sa vie privée, il en allait autrement. Robert l'avait souvent rabaissée quand leur relation avait commencé à se détériorer. Il s'était moqué de ses difficultés, des différences qui existaient entre elle et les autres et qu'elle avait eu tant de mal à comprendre tout au long de sa vie.

Lorsqu'elle avait rencontré Ryan à Las Vegas, elle s'était demandé comment gérer la situation. Elle avait eu peur qu'il ne s'aperçoive de ses manques et de sa vulnérabilité...

Son biper se déclencha, et les battements de son cœur s'accélérèrent.

L'hélicoptère sanitaire arrivait.

Elle se leva, glissa son biper dans la poche de sa blouse blanche, et respira profondément. Sentant le bébé s'agiter dans son ventre, elle ne put s'empêcher de sourire.

Elle y arriverait. Elle avait connu pire, affronté des situations plus difficiles. Autiste Asperger, elle ne se sentait jamais vraiment intégrée, mais elle pouvait gérer la situation.

Son stéthoscope autour du cou, elle quitta son bureau.

Le Dr Amanda Teal, son interne en chirurgie, se trouvait dans le bureau des infirmières, étudiant ses dossiers.

— Amanda, vous venez avec moi, lui ordonna-t-elle. Prenez un chariot et retrouvez-moi sans délai à l'héliport.

— Bien sûr, docteur West.

Elle se dirigea vers l'ascenseur qui menait jusqu'à l'héliport, situé sur le toit du SMFPC.

Quand les portes de la cabine s'ouvrirent sur le panorama du Puget Sound, avec les ferries qui naviguaient sur l'eau, elle ferma un instant les yeux, goûtant la paix et le silence de ce matin de printemps. Puis elle perçut au loin le bruit de l'hélicoptère sanitaire, et l'appareil s'approcha, sa carlingue orange vif se découpant sur le ciel bleu de Seattle.

Elle crut que son cœur allait s'arrêter de battre.

Tenir bon. Il s'agissait de travail. D'une mission qu'elle prenait au sérieux : sauver des vies. Des vies d'enfant. Il n'y avait de place pour rien d'autre.

Lorsque l'hélicoptère s'apprêta à se poser, elle retourna vers la niche de l'ascenseur, près du Dr Teal et du chariot. Le bruit de l'hélicoptère interdisait toute conversation. Quelques mèches de cheveux, ébouriffées par le vent, s'échappèrent de son calot. Elle renonça à les rentrer.

— Venez, cria-t-elle.

Courbées en deux, elles se précipitèrent vers l'hélicoptère.

Les pales ralentirent, et les portes de l'appareil s'ouvrirent.

Ryan n'avait guère changé en six mois. Il était toujours aussi beau, avec ses cheveux bruns en bataille, ses magnifiques yeux bleus et son menton volontaire. Il se tourna vers elle et eut l'air surpris de la voir.

Emily détourna les yeux et s'avança vers l'infirmier afin de prendre en charge le patient.

La seule façon de surmonter la situation était de traiter Ryan comme n'importe quel autre chirurgien, c'est-à-dire en gardant ses distances avec lui. C'était ce qu'elle aurait dû faire à Las Vegas, six mois plus tôt, au lieu de baisser sa garde et de se laisser tourner la tête.

Mais peut-être en avait-elle besoin ?

Elle chassa cette idée de son esprit.

— Jason Klassen, dix ans, qui a subi une blessure à la colonne vertébrale en faisant du VTT, dit l'infirmier. La blessure se situe entre C7 et T3. Le Dr Gary a créé chez le patient un coma artificiel et une hypothermie.

— Une hypothermie ? répéta-t-elle, interloquée.

— Pour préserver la moelle épinière et faire en sorte que ce garçon puisse remarcher, dit Ryan tandis qu'il aidait au transfert du patient sur le chariot.

Elle l'ignora.

— Nous prenons le relais, déclara-t-elle, s'adressant à l'infirmier.

Celui-ci lui ayant tendu la fiche du patient, elle la posa sur le chariot, qu'elle commença à pousser vers l'ascenseur.

Elle sentait que Ryan la regardait mais n'y prêtait pas attention. Ils devaient emmener l'enfant aux soins intensifs, le stabiliser. Tout ce dont elle voulait parler avec Ryan Gary, c'était du divorce. Elle voulait qu'il signe les papiers, voilà tout. Et là, le moment était mal choisi.

Le Dr Teal avait appelé l'ascenseur. Ils y entrèrent tous les trois avec le patient allongé sur le chariot. Tandis que les portes se refermaient, Emily entendit ronfler de nouveau le moteur de l'hélicoptère.

Si seulement Ryan avait pu repartir avec lui...

Provoquer une hypothermie chez un adulte souffrant d'une blessure à la colonne vertébrale donnait souvent de bons résultats mais, chez un enfant, c'était beaucoup plus hasardeux. À quoi pensait Ryan ? Se prenait-il pour Dieu ?

— Quelle idée de provoquer une hypothermie thérapeutique chez un patient pédiatrique, grommela-t-elle.

En réalité, sa colère n'était pas due au traitement choisi. Elle avait besoin de lui hurler dessus pour l'avoir ignorée durant ces six derniers mois. Parce qu'il n'avait pas répondu à ses messages. Parce qu'il lui avait fait du mal. Et comme elle ne pouvait pas en parler devant le Dr Teal, elle s'en prenait au traitement qu'il avait appliqué au patient. Cela lui permettait d'évacuer la colère qui s'était emparée d'elle en le revoyant.

Son interne ouvrit de grands yeux, et Emily regretta un bref instant d'avoir explosé devant celle-ci. Mais ses regrets furent de courte durée. Levant les yeux, elle vit que Ryan lui souriait, de ce sourire charmeur et arrogant qui l'avait troublée lors de leur rencontre à Las Vegas.

— Moi aussi, dit-il, je suis content de te revoir, ma femme.

2

Dès que Ryan eut prononcé ces mots, il sut qu'ils allaient mettre Emily en fureur. Et, en effet, elle lui jeta un regard meurtrier.

Mais il la trouvait toujours aussi jolie. Ses cheveux blond platine étaient un peu plus courts, mais cela lui allait bien. Il se rappela les baisers qu'il lui donnait, juste au-dessous de l'oreille, et qui la faisaient soupirer de plaisir.

Il avait été idiot de la laisser tomber...

Mais il n'était pas le seul à avoir mis fin à leur brève histoire, n'est-ce pas ? Lorsqu'il s'était réveillé dans cette chambre d'hôtel à Las Vegas, il était seul. Tout ce qu'il restait du passage d'Emily dans sa vie, c'était le certificat de mariage posé sur la table de nuit.

Il avait essayé de la joindre, mais il n'avait pas eu de réponse, et il avait dû ensuite prendre un avion pour le Moyen-Orient. Emily n'avait jamais repris contact avec lui, jusqu'au jour où il avait reçu les papiers du divorce, une semaine auparavant. Et là, au même moment, le Dr Ruchi lui avait demandé son avis sur le cas des jumelles siamoises.

Il s'était dit que ce serait bien de remettre en main propre à Emily les papiers dûment signés, pour mettre un terme à cette folle nuit passée à Las Vegas. Ce serait le meilleur moyen de chasser de son esprit cette femme à laquelle il ne cessait de penser depuis six mois... Ce qui le terrifiait.

La dernière fois que ça lui était arrivé, il avait cru que Morgan l'aimait. Mais quand elle était tombée enceinte, elle avait avorté sans rien lui dire et était partie.

Il ne voulait plus s'engager avec une femme. En tout cas, pour rien de sérieux. Une aventure d'une nuit, c'était parfait. Mais *se marier* ! Qu'est-ce qu'il lui était passé par la tête ?

Il se sentait soulagé qu'Emily veuille la même chose que lui.

En fait, s'il s'était préparé mentalement au pire en venant affronter ses démons à Seattle, il n'était pas vraiment préparé à la revoir.

La première fois, à Las Vegas, il l'avait trouvée magnifique. Malgré sa timidité, il y avait en elle quelque chose qui donnait envie de la connaître. Il avait été séduit par son intelligence, sa beauté, son charme, même par sa façon maladroite de danser. Mais, comme toutes les autres, elle s'était servie de lui et avait disparu.

Il avait pris l'habitude de partir le premier. L'inverse lui était peu familier. Mais, en l'occurrence, cela lui convenait, parce qu'il ne s'était toujours pas remis de la blessure affective que Morgan lui avait infligée.

Les portes de l'ascenseur s'ouvrirent. Ils poussèrent le chariot dans l'une des salles du service des soins intensifs pour y installer le jeune patient. Ils allaient pouvoir le sortir de son hypothermie et réparer sa colonne vertébrale.

— Docteur Teal, veuillez fournir au Dr Gary une tenue de chirurgien, dit Emily dès que le patient fut stabilisé.

— Tout de suite, docteur West.

L'interne quitta la salle, et des infirmières prirent le relais tandis qu'Emily s'emparait de la fiche du patient et lui faisait signe de la suivre.

Elle alla déposer la fiche dans le bureau des infirmières, puis elle se retourna et lui fit face, les bras croisés.

Ce fut seulement à ce moment-là qu'il remarqua son ventre rebondi sous sa tunique de chirurgienne.

Il n'en croyait pas ses yeux. Elle était enceinte et ne lui avait rien dit ?

La voir ainsi réveilla chez lui les images du passé : Morgan en train d'emballer ses affaires.

— Tu aurais pu me dire que tu étais enceinte ! lui avait-il hurlé.

— Pourquoi ? Nous ne sommes pas mariés, et je n'ai pas envie d'être mère. Ma carrière est ma priorité, pour l'instant.

— J'avais le droit de savoir !

— Bien sûr. Et je viens de te le dire. Mais c'est terminé. Maintenant, nous pouvons tous les deux tourner la page.

Il n'avait pas plus qu'elle eu envie d'être parent, mais découvrir au retour d'un voyage professionnel qu'elle avait mis fin à sa grossesse et à leur relation, cela l'avait anéanti.

Apparemment, l'histoire se répétait. Et cela l'effrayait. Il devait gérer la situation avec délicatesse.

— Tu as l'air en forme, Emily.

— Ne fais pas cela.

— Quoi ?

— Tu le sais très bien.

Elle regarda du côté du service des soins intensifs.

— C'est un patient pédiatrique.

— Qui souffre d'une blessure traumatique à la moelle épinière, répondit-il, un peu perdu. J'ai fait ce qu'il y avait de mieux pour le transférer de Portland à ici.

Emily se mordit la lèvre inférieure et secoua la tête.

— L'hypothermie thérapeutique n'est pas bien supportée par les patients pédiatriques.

— Ce garçon a dix ans, rétorqua-t-il. Ce n'est pas un petit enfant, et je l'ai plongé dans un coma artificiel. Il est assez grand pour supporter cela un temps très court, et assez jeune pour rebondir. Il ne risque pas de subir une perte significative du fonctionnement cérébral qui ne puisse être récupérée avec une kinésithérapie intensive, ce qui se produirait si je le laissais tétraplégique.

Elle soupira, et l'expression de son visage s'adoucit.

— J'imagine que tu as demandé l'autorisation des parents ?

— Ce n'est pas la première fois que je procède ainsi avec un préadolescent blessé à la moelle épinière ! Nous allons inverser l'hypothermie, et je réparerai sa colonne !

Il était furieux de l'entendre le remettre en question.

Soudain, il comprit que cet affrontement n'avait rien à voir avec sa façon de soigner le patient, mais tout à voir avec sa grossesse et les papiers du divorce.

Elle était en colère ? Eh bien, lui aussi !

— C'est le mien ? demanda-t-il soudain.

— Oui, répondit-elle en rougissant. Tu as donc reçu mes messages ?

Il ouvrit de grands yeux.

— Quels messages ?

— Je t'ai envoyé un mail lorsque j'ai découvert que j'étais enceinte, et encore plusieurs autres après. Comme tu ne répondais pas, j'ai pensé que tu ne voulais plus entendre parler de moi ou du bébé.

— C'est ce que tu as pensé ?

— Tu ne m'as pas répondu, siffla-t-elle entre ses dents.

— Je n'ai pas reçu tes messages, Emily. Je ne savais pas que tu attendais un enfant.

Emily s'apprêtait à répondre lorsque le Dr Teal revint avec la tenue de chirurgien.

— Voilà pour vous, docteur Gary.

— Merci. Pouvez-vous préparer une salle d'opération pour moi ?

— Bien sûr, docteur Gary.

Le Dr Teal s'en alla.

Emily lui lança alors un regard courroucé.

— Elle est interne en chirurgie. Elle est ici pour apprendre avec moi aujourd'hui.

— Préparer une salle d'opération, ce n'est pas son job ? Ce l'était lorsque j'étais moi-même interne en chirurgie.

Emily plissa les yeux.

— Il te faut un résident pour te seconder. Le Dr Sharipova est l'un des meilleurs et des plus prometteurs résidents en chirurgie pédiatrique. Il a été pour moi un atout précieux.

— Merci. Je suis sûr qu'il me sera d'une grande utilité, mais j'aimerais t'avoir aussi avec moi au bloc opératoire. On m'a dit que tu serais là, et j'ai dit aux parents du patient que je serais assisté par la meilleure chirurgienne pédiatrique de toute la côte Ouest.

— Je serai là, bien sûr.

— Parfait.

Ils avaient encore des choses à se dire, mais ce n'était ni le lieu ni le moment de parler de bébé ou de mariage.

— Peux-tu m'indiquer un endroit où me changer et laisser mes affaires ? Mes bagages ont été envoyés à l'appartement que je loue à Seattle, je n'ai donc pas grand-chose avec moi.

Le visage d'Emily s'adoucit.

— Bon, je vais te montrer le vestiaire des titulaires.

Tandis qu'Emily quittait le service des soins intensifs en compagnie de Ryan, elle sentit tous les regards se braquer sur elle.

Elle était sûre que, à présent, presque tout le personnel savait comment il l'avait appelée. « Ma femme. » Elle ne pouvait reprocher à Amanda d'avoir ébruité la nouvelle. Cela avait dû être un tel choc pour cette dernière !

Elle s'en voulait d'avoir mêlé son interne à tout cela et de s'en être pris devant elle à Ryan. Elle n'aurait pas dû remettre en question ses décisions médicales. C'était un brillant chirurgien. La réaction qu'elle avait eue ne pouvait que compliquer encore les choses. Elle s'était dit qu'elle traiterait Ryan comme n'importe lequel de ses collègues. Or, il lui arrivait rarement de critiquer un confrère en public comme elle venait de le faire. D'autant plus que la neurochirurgie n'était pas sa spécialité. Le pire, c'était que son attitude n'était même pas due à son choix de méthode ! Elle était furieuse qu'il n'ait jamais répondu à ses messages, voilà pourquoi elle s'était comportée comme une idiote devant le Dr Teal.

D'habitude, elle était calme, posée, maîtresse d'elle-même. Elle était fière de son comportement professionnel. Cette nouvelle conduite ne lui ressemblait pas, et elle s'en voulait de s'être laissé ainsi déborder par ses émotions.

Le vestiaire des titulaires était désert.

— Il y a un placard disponible là-bas, dit-elle en désignant un casier situé au fond de la pièce.

Elle-même resta près de la porte, comme prête à s'échapper.

— Merci, répondit Ryan en se dirigeant vers le placard. Au fait, j'ai bien reçu l'un de tes messages, ajouta-t-il en se débarrassant de son blouson de cuir.

— Ah ? s'étonna-t-elle, sous le choc.

— Je parle des papiers du divorce.

— Mais rien concernant ma grossesse ? Je t'ai envoyé au moins dix messages.

— La nuit où nous nous sommes mariés, je t'avais dit que je devais prendre l'avion. Je suis allé à l'étranger, dans une zone où la connexion Internet était défaillante. Si je ne t'ai pas répondu, ce n'était pas par indifférence. Je n'ai rien reçu, voilà tout.

Il déboutonna sa chemise pour se mettre en tenue, et elle essaya de ne pas regarder.

Elle avait envie de le croire.

— J'avais beaucoup bu, cette nuit-là. Je ne me rappelle pas t'avoir entendu me parler de ton départ à l'étranger.

— Je crois que nous avions beaucoup bu tous les deux. N'est-ce pas un sosie d'Elvis Presley qui nous a mariés ? Vraiment, c'est incroyable !

Il cherchait visiblement à détendre l'atmosphère, et il y réussit. Elle lâcha un petit rire.

— Oui, c'est absolument incroyable.

— Je suis content que tu aies gardé le bébé.

— C'était évident pour moi.

Une étrange expression se peignit sur le visage de Ryan tandis qu'il enfilait sa tunique.

Pensait-il qu'elle avait hésité à poursuivre sa grossesse ?

Elle n'avait pas prévu de tomber enceinte mais, lorsqu'elle avait découvert qu'elle attendait un bébé, elle en avait été heureuse. Elle aimait les enfants, c'était même ce qui l'avait poussée à devenir chirurgienne pédiatrique.

— Après cette opération, nous devrons vraiment prendre le temps de discuter, dit-il.

— D'accord. Il faut que je revoie le dossier…

Il haussa un sourcil.

— Mais de quoi parles-tu ?

— Des siamoises. Pourquoi ?

— Moi, je veux qu'on parle de notre mariage et du bébé.

Elle se sentit devenir toute rouge.

— Ryan, ce n'était pas un vrai mariage.

— Nous sommes toujours mariés. Nous ne pouvons pas obtenir une annulation, et je ne suis pas certain de signer les papiers du divorce.

— Ah ! C'est de cela que tu veux que nous parlions ? Du divorce ? Tout est dit dans les papiers que je t'ai envoyés.

— Non, Emily, je ne veux pas parler d'un divorce. Je veux que nous parlions de toi et moi et du bébé. De ce qu'on va faire.

Elle ne put retenir un petit rire.

— Il n'y a pas de « toi et moi », Ryan. Nous avons commis une erreur stupide à Las Vegas.

— Je ne trouve pas cela stupide.

— Quoi ? Tu n'es pas sérieux ?

— Mais si, Emily, je suis sérieux. Je veux élever notre bébé.

Il marqua une pause, l'air vaguement hésitant.

— Je veux que nous élevions ensemble notre bébé.

3

Emily n'avait aucune envie d'aborder le sujet. Elle trouvait cela absurde.

Ryan voulait parler de leur relation ? Il voulait que cela marche entre eux ? Qu'ils élèvent ensemble le bébé ? Mais il n'y avait aucune relation entre eux ! Ils s'étaient rencontrés, avaient bu quelques verres et passé une nuit ensemble, voilà tout. Elle n'était même pas certaine qu'il n'ait pas reçu les messages qu'elle lui avait envoyés.

Il avait paru surpris, mais Robert aussi s'était montré un excellent acteur. Elle s'était déjà laissé duper une fois…

Elle se mordit la lèvre, ne sachant plus quoi penser.

Mis à part les travaux que Ryan avait publiés et les conférences auxquelles elle avait assisté, elle ne savait rien de lui. Et lui ne savait rien d'elle. Aucune relation ne pouvait s'établir sur de telles bases. Ses parents à elle étaient les meilleurs amis du monde. Ils avaient pris le temps de se connaître et avaient fait un mariage heureux qui durait encore. Ryan et elle n'avaient partagé qu'une seule nuit. Cela ne pouvait déboucher sur rien.

Elle sentit un petit coup de pied dans son ventre.

D'accord, peut-être le mot « rien » était-il inapproprié… Mais elle ne voulait pas parler de cela avec Ryan. Leur mariage, ce n'était pas sérieux. Pourquoi avait-il l'air d'y tenir autant, maintenant ?

— Ce n'est pas le moment d'en parler, dit-elle d'un ton vif. On se retrouve en bas au bloc opératoire.

— Je ne sais pas à quel étage sont les salles d'opération, et je n'ai pas le code d'accès.

Seigneur !

— Achève de te préparer, lança-t-elle, les lèvres pincées.

— Emily...

— Non ! La seule chose dont nous parlerons lorsque cette opération sera terminée, c'est du cas des jumelles siamoises. La future mère arrive demain. Si les enfants survivent à l'accouchement, nous devrons discuter du plan à suivre pour procéder à la séparation. Je ne veux parler que de cela pour l'instant. Seulement des patients, des cas que nous avons à traiter. C'est ainsi, Ryan. C'est tout ce que je peux faire.

Et elle disait vrai. Elle se sentait oppressée. Elle n'avait pas éprouvé cette sensation depuis que Robert l'avait trahie, et cela lui faisait horreur.

— Très bien, dit Ryan en défaisant la ceinture de son jean.

Mais il était clair qu'il avait l'intention de reprendre cette conversation plus tard. Il était déterminé, persévérant. C'était ce qu'elle admirait chez lui, et qui expliquait pourquoi c'était un des meilleurs spécialistes en neurochirurgie. Elle-même partageait cette qualité. Cela lui avait permis d'arriver là où elle en était aujourd'hui.

Il y avait eu tant de gens pour dire qu'elle ne pourrait pas devenir chirurgienne alors qu'elle luttait pour surmonter son syndrome d'Asperger. Elle avait dû se battre pour vaincre ses angoisses sociales. Elle avait réussi à atteindre son objectif au prix de gros efforts. Elle avait travaillé dur pour être parfaite. Pour être la meilleure.

Sa grossesse l'avait rendue plus humaine. La pilule avait été dure à avaler, mais elle avait toujours assumé ses erreurs. Cependant, croire qu'il y avait entre Ryan et elle autre chose qu'une attirance momentanée était stupide.

Ce n'était *pas* une attirance momentanée. Il l'attirait toujours autant...

En le voyant saisir son pantalon de travail, elle sentit ses joues s'empourprer. Elle détourna le regard et se gratta la gorge avant de parler.

— Je vais t'attendre dans le couloir, nous descendrons ensemble au bloc opératoire.

— Parfait, dit Ryan.

Il y avait dans son regard une lueur diabolique, comme s'il savait qu'il la troublait, ce qui l'irrita au plus haut point.

Elle sortit de la salle des titulaires et s'appuya contre le mur. Elle ferma les yeux, essayant de retrouver son souffle. Lorsqu'elle les rouvrit, elle s'aperçut que quelques internes, des infirmières et même des médecins la regardaient et murmuraient entre eux, les yeux fixés sur son ventre.

Oh ! Seigneur !

Elle détestait faire l'objet de commérages. Encore plus quand cela concernait son bébé, et maintenant son supposé mariage avec Ryan Gary.

La porte s'ouvrit, et Ryan apparut, vêtu de la tenue bleu foncé du SMFPC qui mettait en valeur ses yeux céruléens.

— Tu vas bien ? demanda-t-il.

— Très bien.

Menteuse.

— Tu es pâle. Peut-être en fais-tu trop ?

— Mais non, tout va bien. Allons-y, on nous attend au bloc, et je ne veux pas que le patient reste en hypothermie plus longtemps que nécessaire.

— Montre-moi le chemin.

Elle le conduisit au niveau du bloc opératoire.

Ils marchaient en silence, mais elle sentait le poids des regards posés sur eux tandis qu'ils traversaient les couloirs.

Les commérages se répandaient comme une traînée de poudre dans cet hôpital. Elle aurait deux mots à dire au Dr Teal.

Ils s'arrêtèrent à l'entrée du couloir menant aux salles d'opération. Elle mit sa coiffe de chirurgien et changea de chaussures tandis que Ryan recouvrait les siennes de bottes de protection.

— Prêt ? demanda-t-elle

— Toujours, répondit-il avec un sourire confiant.

— Allons-y.

Elle composa le code d'accès et ouvrit la porte.

Elle aimait marcher dans ce couloir. L'atmosphère était calme. Il y avait des chariots et des équipements qui attendaient dans les coins, et parfois des parents venus accompagner leur enfant. Le SMFPC autorisait leur présence car elle améliorait le bien-être et la santé des petits patients.

— Les lavabos sont de ce côté, dit-elle à Ryan.

Il hocha la tête et la précéda dans la pièce qui donnait sur la salle d'opération où leur jeune patient était déjà installé. Toute l'équipe chirurgicale et les anesthésistes étaient là.

Ryan se lava les mains, tout en observant l'enfant.

— Tu crois que tu réussiras ? demanda-t-elle.

— Bien sûr. Je l'ai déjà fait.

— Tant mieux car, pour moi, c'est la première fois.

— Tu n'as jamais fait une décompression de la colonne vertébrale ni réparé une fracture ?

— Si, j'ai assisté à des opérations de ce genre, mais je n'ai jamais eu affaire à un enfant mis en hypothermie.

— Cela va marcher, Emily. Fais-moi confiance.

Il entra dans la salle d'opération tandis qu'elle continuait de se laver les mains.

Il lui avait demandé de lui faire confiance. Elle aurait bien voulu y parvenir, ne serait-ce que dans l'intérêt du patient, mais elle avait du mal à faire confiance aux gens qu'elle ne connaissait pas. Elle aimait la routine. Cela lui procurait un certain calme. Or, elle n'avait encore jamais travaillé avec Ryan.

C'était le meilleur, voilà ce qu'elle devait se répéter. Elle devait aussi se rappeler que ce n'était pas elle qui dirigeait l'intervention, aujourd'hui. C'était Ryan. Certes, elle dirigeait le service de chirurgie pédiatrique, mais lui était neurochirurgien. Elle devait lui faire confiance.

Elle pénétra à son tour dans la salle d'opération, et son infirmière préférée, Nancy, l'aida à enfiler sa blouse et ses gants.

Levant les yeux vers la galerie, elle vit que le chef du service de chirurgie était là, ainsi que quelques internes et des résidents.

La réputation de Ryan l'avait précédé. Ils étaient venus assister au spectacle.

Elle s'approcha de la table d'opération et s'installa en seconde position, face à Ryan. Étaient présents aussi le Dr Sharipova et le Dr Teal, mais celle-ci n'était là qu'à titre d'observatrice.

— Docteur Teal, voulez-vous lire à voix haute la fiche du patient, je vous prie ? demanda Ryan.

Le Dr Sharipova étant résident, c'était lui qui aurait dû s'acquitter de cette tâche qui servirait à établir le rapport de l'opération chirurgicale. Emily, voyant qu'Amanda la consultait du regard, acquiesça d'un hochement de tête.

Amanda s'exécuta.

— Jason Klassen est un garçon de dix ans qui présente une fracture de la colonne vertébrale, entre la C7 et la T3. Le patient a été plongé dans un coma artificiel et une hypothermie thérapeutique à Portland avant son transfert. Cette opération chirurgicale consistera à inverser l'hypothermie, et nous essayerons de réparer les dégâts causés à la colonne vertébrale.

— Nous n'essayerons pas, docteur Teal, corrigea Ryan d'un ton plein d'entrain. Nous le ferons.

— Nous sommes prêts, déclara Emily. C'est quand vous voulez, docteur Gary.

Il hocha la tête.

— Scalpel.

Ryan voyait bien que les heures passées dans la salle d'opération avaient épuisé Emily, même si elle ne voulait pas le reconnaître. Elle était assise sur un banc à la sortie du bloc opératoire, la tête rentrée dans les épaules, les yeux fermés.

L'intervention avait été longue mais s'était avérée un succès. Les tests effectués sur les nerfs montraient que les jambes fonctionnaient. Il faudrait laisser passer un peu de temps avant de sortir l'enfant du coma et voir s'il y avait des lésions dans le cerveau, mais Ryan ne pensait pas que ce soit le cas. L'hypothermie avait bien fonctionné.

Pour l'instant, ce qui l'inquiétait, c'était l'état d'Emily. Il craignait qu'elle n'ait abusé de ses forces et ne se soit mise en danger ainsi que le bébé.

Il s'assit sur le banc à côté d'elle et lutta contre l'envie dévorante de la prendre dans ses bras.

Il sentait que ce geste ne serait pas bien accueilli. En réalité, depuis son arrivée dans cet hôpital, il avait la nette impression de n'être pas le bienvenu. Mais il allait tout faire pour changer cela. Il fournirait à Emily l'aide dont elle avait besoin pendant son séjour ici. Il lui devait bien cela.

La perspective de devenir père le terrifiait, et il n'était pas sûr de savoir comment s'y prendre pour être un bon père. Le sien les avait abandonnés, sa mère et lui. Il ignorait comment on s'occupait d'un enfant. Comment on répondait à ses besoins. Il n'était pas sûr d'en être capable.

Morgan ne lui avait pas donné la chance de le savoir...

Peut-être était-ce mieux ainsi. Sa vie était instable. Et cela lui convenait.

Vraiment ?

Il secoua la tête. Il était stupide.

— Tu vas bien ? demanda-t-il à Emily.

— Très bien, affirma-t-elle en se redressant.

Mais il voyait bien qu'elle était à bout de forces.

— Tu es restée longtemps debout.

— Je sais.

— À quand remonte ton dernier repas ?

— À midi, juste avant que le Dr Ruchi ne me téléphone pour me parler des siamoises. Et juste avant que tu ne me fasses l'honneur de ta présence.

Il éclata de rire.

— Allez, viens, allons manger quelque chose.

— Ce n'est pas le moment. Les parents du patient viennent d'arriver, ils sont dans la salle d'attente. Je pense que nous devrions aller leur parler et les emmener voir leur fils aux soins intensifs.

— Nous allons leur parler, mais un interne peut les conduire auprès de leur fils. Une fois que nous les aurons vus, tu iras manger quelque chose. Ordre du médecin.

Emily soupira et se leva.

— Très bien.

— Tu ne protestes pas ? dit-il en plaisantant.

— Non, parce que tu as raison, je meurs de faim. Allons voir les Klassen. Ensuite, le Dr Teal les conduira auprès de leur fils.

Soudain, elle ferma les yeux et devint toute pâle.

Il se précipita vers elle et la soutint.

— Ah, tu ne vas pas bien du tout !

— J'ai juste la tête qui tourne un peu. Oui, tu as raison, aujourd'hui j'en ai trop fait.

— Reste ici, dit-il en l'aidant à se rasseoir. Je vais parler aux parents, et je reviens te chercher.

— D'accord.

— Je reviens tout de suite. Ne bouge pas d'ici.

— Promis.

Il n'avait pas envie de la laisser seule, mais les parents du patient étaient sûrement morts d'inquiétude.

Il prit avec lui le Dr Teal pour qu'elle conduise ensuite les Klassen au chevet de leur fils. Et, grâce à elle, il ne perdit pas de temps à chercher où se trouvait la salle d'attente.

Il expliqua aux parents de Jason la procédure qu'il avait mise en œuvre et sur quoi elle débouchait. Jason, une fois tiré d'affaire, aurait besoin d'une longue rééducation, leur précisa-t-il.

Après les avoir confiés au Dr Teal, il retourna au bloc opératoire et trouva Emily là où il l'avait laissée...

Sauf qu'elle était assise par terre, adossée au mur, la tête entre les genoux !

Il se précipita vers elle et s'accroupit.

— Emily ?

— J'ai vraiment besoin de manger quelque chose, dit-elle en esquissant un faible sourire.

Il ne put s'empêcher de sourire aussi.

— Allez, viens. Je t'emmène dans le meilleur restaurant de la ville.

— Ne dois-tu pas rester ici tant que ton patient est en réanimation ? demanda-t-elle tandis qu'il l'aidait à se relever.

— Oui, mais le meilleur restaurant de la ville n'est pas loin.

Elle se mit à rire.

— Je ne voudrais pas t'ôter tes illusions, mais la cafétéria de l'hôpital n'est pas le meilleur restaurant de la ville.

— Eh bien, nous devrons nous en contenter en attendant que je puisse t'emmener dans un lieu plus raffiné. Au fait, où ce sera ?

Elle rit encore et haussa les épaules tandis qu'ils quittaient à petits pas le bloc opératoire.

— Je n'en sais rien. Je vis à Seattle depuis cinq ans, mais je ne suis guère sortie.

— Tu n'es pas d'ici ?

— Non, je viens de Salt Lake City. Et, avant que tu ne poses la question, sache que je ne suis pas mormone. Mes parents le sont, mais je ne me suis jamais intéressée à cette religion, ni à aucune autre. Seule la science compte pour moi.

Il comprenait. La science avait exercé sur lui la même attirance. Sa mère aurait voulu qu'il reprenne les terres de la famille mais, quand il avait atteint ses dix-huit ans, il était devenu évident qu'il n'était pas fait pour s'occuper d'un ranch. Sa mère avait alors cessé de lui parler, et il avait appris à se débrouiller seul.

— Je n'avais pas l'intention de t'interroger sur ton appartenance religieuse, dit-il.

— Excuse-moi, mais lorsque je dis aux gens d'où je viens, c'est la première chose qu'ils me demandent.

Elle leva les yeux vers lui.

— Désolée de marcher si lentement.

— Tout va bien. Prends ton temps.

Il se demanda pourquoi elle s'excusait si souvent.

— C'est frustrant, dit-elle. Je passais mon temps à courir d'un bout à l'autre de cet hôpital, je mettais cinq minutes pour aller du service des soins intensifs aux urgences. Maintenant, je suis beaucoup plus lente.

Il eut l'impression de devoir s'excuser, mais il n'avait pas été le seul à vouloir faire la fête le soir où ils avaient conçu leur bébé. Ce qu'il regrettait, c'était de ne pas avoir été là durant les six premiers mois de la grossesse d'Emily, de l'avoir laissée vivre cela toute seule. Il avait honte et s'en voulait.

Si seulement il avait été au courant…

Pendant qu'Emily s'asseyait à une table de la cafétéria, il alla chercher deux sandwichs et de l'eau, puis il revint s'asseoir à côté d'elle.

— Merci, dit Emily. Ils font de très bons sandwichs, ici.

— Mais il existe sûrement quelque part de meilleurs restaurants. Je trouverai où, et je t'y emmènerai.

Elle haussa les sourcils.

— Pourquoi ?

— Emily, nous avons à parler de beaucoup de choses.

— Mis à part ce qui concerne le travail, je ne vois pas lesquelles.

Ce que je te disais dans mes messages, c'était que je pouvais élever ce bébé toute seule. Nous avons fait tous les deux une erreur...

Il était contrarié de la voir lui offrir une porte de sortie. Ce n'était pas ce qu'il voulait... Enfin si, peut-être, mais pas vraiment. Pour l'instant, il ne savait pas exactement ce qu'il voulait, mais il était là.

— Je ne compte pas fuir mes responsabilités, s'entendit-il dire.

Quand il s'était trouvé dans cette situation, il avait été dépossédé de ses responsabilités, et cela lui avait fait mal. Cette fois, il voulait les prendre. Il n'était pas question qu'il disparaisse. Il allait aider Emily aussi longtemps qu'il pourrait le faire.

4

Emily s'installa à un bureau dans un coin tranquille du service des soins intensifs.

Sa garde était presque terminée, mais elle ne voulait pas rentrer tout de suite. Elle se sentait mal en pensant à Ryan.

Le problème, c'était qu'elle n'avait jamais été capable de nouer des liens avec d'autres personnes que ses parents. La seule fois où elle s'était autorisée à le faire, avec Robert, il l'avait rabaissée et trahie. Pourquoi cela se passerait-il autrement avec Ryan ?

Voilà pourquoi elle lui avait offert une porte de sortie. Et il semblait avoir envie de l'accepter, tout en refusant de prendre le large.

Il s'était mis en colère quand elle lui avait dit qu'il n'avait pas à se sentir concerné par l'arrivée du bébé. Ils avaient mangé leur sandwich sans un mot, jusqu'au moment où il avait reçu un message urgent au sujet de Jason. Il l'avait quittée pour se rendre au chevet du garçon.

Elle avait achevé son sandwich et regagné à son tour les soins intensifs pour une dernière visite à ses patients avant de passer le relais à celui de ses résidents qui assurerait la garde de nuit. À présent, elle consultait ses dossiers, jetant de temps en temps un coup d'œil à Ryan qui, assis à côté du lit de Jason, entrait des informations dans son ordinateur.

Si Ryan allait d'un hôpital à l'autre sans jamais se fixer, il était passionné par son métier et prenait soin de ses patients. Le Dr Ruchi avait confiance en lui et souhaitait qu'il s'occupe du cas des jumelles siamoises.

Elle ouvrit le dossier en question et afficha sur son écran d'ordinateur le cliché de l'IRM des bébés.

La séparation avait de grandes chances de réussir. Les siamoises avaient en commun un foie, une partie du côlon et trois reins, ce qui signifiait que l'une des jumelles n'aurait qu'un rein, mais chaque bébé avait en propre ses deux bras, ses deux jambes et ses organes génitaux. La séparation concernait donc le foie et le côlon. Et aussi la colonne vertébrale et les nerfs qui contrôlaient les jambes.

Les bébés se trouvaient partiellement dos à dos. La difficulté serait d'effectuer la séparation sans qu'ils se retrouvent paralysés.

Elle se passa la main sur le visage.

Elle avait déjà fait des séparations de siamois. Et toutes avaient été des succès. La clé de la réussite consistait à disposer d'une équipe solide et à discuter du plan d'attaque. Ce cas-ci n'était pas différent. Si seulement Ryan voulait bien en discuter, au lieu de lui parler de leur bébé, qui, lui, était en bonne santé !

Elle referma les fichiers et éteignit son ordinateur. Après avoir achevé de rédiger ses notes, elle les confia à l'infirmière de garde. Le résident qui allait prendre le relais saurait ce qu'il avait à faire. Elle n'avait pas besoin de le voir. Elle devait se reposer si elle voulait être en forme le lendemain pour rencontrer la mère des siamoises avec le gynécologue obstétricien qui l'accoucherait.

Sur un dernier regard à Ryan, elle se dirigea vers le vestiaire des titulaires pour se changer et rentrer chez elle.

Elle était en train de mettre son manteau lorsque Ryan entra dans la pièce.

— Ah, tu es là, dit-il.

— Je rentre chez moi. Je suis fatiguée et j'ai besoin de me reposer avant de recevoir notre patiente qui arrive demain.

— Bien.

Il se passa la main sur la nuque

— Je suis désolé de t'avoir parlé un peu rudement.

— Ce n'est pas grave. Ce n'est pas facile, je le comprends, ajouta-t-elle en nouant son écharpe autour du cou. Essaye de dormir un peu, nous parlerons demain.

— Et si nous parlions ce soir ?

— De quoi, Ryan ? De notre bébé ou du sujet dont je voulais qu'on discute ?

— Du cas des jumelles siamoises. Il n'est que 19 heures, et le résident de garde a mon numéro s'il veut me biper. Pourquoi n'irions-nous pas faire un vrai dîner ? Un sandwich est un assez maigre repas.

Refuse. Rentre chez toi.

— Très bien. Il y a un petit restaurant près d'ici, s'entendit-elle dire. Si on te bipe, tu pourras revenir rapidement et sans te perdre.

— Bonne idée.

Elle sortit du vestiaire tandis que Ryan se changeait.

Ils quittèrent l'hôpital en silence. La nuit était douce. On était à la fin du printemps, bientôt ce serait l'été, sa saison préférée. Elle n'était pas fan de l'hiver.

— C'est juste là, dit-elle en montrant le restaurant qui se trouvait au coin de la rue, en face de l'hôpital. C'est un endroit que le chef du service de chirurgie aime à fréquenter. Si jamais tu veux passer un moment en tête à tête avec lui pour lui faire de la lèche, c'est là que tu le trouveras.

Ryan se mit à rire.

— J'en prends bonne note. Même si je n'ai pas l'intention de lui faire de la lèche. Généralement, ce sont les autres qui cherchent à me faire de la lèche.

Elle rit à son tour.

— Qu'y a-t-il ? interrogea Ryan.

— Oh ! C'est simplement que... Quand on répète plusieurs fois le même mot, c'est drôle, il perd tout son sens.

Ryan la regarda comme si elle avait perdu la tête.

Peut-être était-ce le cas. Elle était épuisée, et la fatigue la rendait stupide.

— Je n'ai rien remarqué, dit-il.

— Tu viens de dire « faire de la lèche » plusieurs fois en très peu de temps.

Elle avait un sentiment de déjà-vu. Soudain, elle se souvint du mot « mojito » qu'ils avaient répété le soir de leur mariage. Elle ne put retenir un sourire.

Lorsqu'ils entrèrent dans le restaurant, ils furent accueillis par le maître d'hôtel.

— Vous n'êtes que deux ? dit-il. Suivez-moi.

Il les conduisit dans un coin tranquille au fond de la salle.

Elle se glissa sur la banquette, et le maître d'hôtel leur donna deux menus.

— Un serveur va venir bientôt prendre votre commande.

— Merci, dit-elle en s'emparant d'un des menus.

Ryan jeta un regard rapide sur le sien mais ne parut pas particulièrement intéressé.

— Bon, alors, tu voulais que nous parlions de nos patientes.

— Oui. J'aime me sentir prête.

Le serveur apparut.

— Bonsoir, je m'appelle Dennis, c'est moi qui vais m'occuper de vous ce soir. Que désirez-vous boire ?

— Un expresso, déclara Ryan.

— Et moi, dit Emily, je prendrai de l'eau.

Dennis hocha la tête et s'éloigna.

— Comment connais-tu Ana Ruchi ? demanda Emily.

— Ce n'est pas elle notre patiente, répondit Ryan d'un ton taquin.

Elle leva les yeux au ciel.

— Je sais, mais le Dr Ruchi a été mon mentor lorsque j'étais résidente en chirurgie et que j'essayais de trouver ma voie. Elle m'a encouragée à m'orienter vers la chirurgie pédiatrique. Je me suis demandé comment vous aviez fait connaissance. Car, en fait, je ne sais rien de toi.

Un sourire diabolique se dessina sur les lèvres de Ryan.

— Tu en sais beaucoup plus sur moi que la plupart des gens.

Elle devint toute rouge.

— Je ne parle pas de cela, Ryan.

Il soupira.

— Très bien. Tu veux savoir comment j'ai connu le Dr Ruchi ? C'est moi qui, l'an dernier, l'ai opérée d'un anévrisme au cerveau.

Elle sentit son estomac se nouer. Ana ne lui avait jamais parlé de cette opération chirurgicale.

— Quoi ? Quand cela ?

— C'était il y a un an, juste avant que je ne te rencontre, en fait.

Elle est venue me voir car l'anévrisme menaçait sa vue et risquait de l'empêcher d'exercer son métier. Elle m'a demandé de l'en débarrasser.

— Tu n'aurais pas dû m'en parler ! Il existe une règle de confidentialité entre le médecin et son patient.

Ryan sourit.

— Ana savait que tu me poserais des questions sur la façon dont je l'avais connue, elle m'a autorisé à te le dire.

Emily se mordit la lèvre et jura intérieurement.

Ana la connaissait si bien ! Mais elle lui dirait sa façon de penser pour lui avoir caché ce problème d'anévrisme...

Sauf qu'elle-même ne lui avait pas dit que Ryan était le père de son bébé.

— Voilà pourquoi Ana veut que tu sois là pour participer à la séparation des siamoises.

— J'ai déjà effectué plusieurs séparations de ce genre, surtout concernant les nerfs et la moelle épinière. J'ai regardé le dossier, Emily. Je sais que l'intervention sera délicate et que nous devons la préparer, mais nous avons le temps. Il faut que ces bébés viennent au monde, que leur état soit stabilisé et qu'ils prennent des forces. Nous ne pourrons pas les séparer avant l'âge d'une semaine.

Elle était impressionnée par l'assurance dont il faisait preuve. Tout comme il l'avait impressionnée lorsqu'elle avait assisté à sa conférence à Las Vegas.

Le serveur apparut, apportant les boissons.

— Puis-je prendre votre commande ?

— Je n'ai pas encore choisi, dit Emily. Désolée.

— Pas de problème. Je reviens vous voir dans un moment.

Elle consulta le menu et opta pour une salade.

— Et toi, que vas-tu prendre ? demanda-t-elle à Ryan.

— Seulement un autre expresso. Le sandwich m'a calé. Je mangerai quelque chose plus tard, mais je veux rester éveillé cette nuit pour veiller sur Jason. J'espère pouvoir le sortir de son coma artificiel dans deux jours.

— Tu crois que ça réussira ?

Il hocha la tête et sourit.

— Tu m'as déjà posé cette question.

— Ah, vraiment ?

— Tout va bien, Emily. Cela a été… Je ne trouve même pas le mot qui convient. Cette journée a été très intéressante.

— En effet.

Elle but une gorgée d'eau.

— Ainsi, tu as sauvé la vie de mon mentor ?

— Oui.

— Maintenant, dis-moi d'où tu viens.

Une étrange expression se peignit sur le visage de Ryan.

— Pourquoi ?

— Moi, je t'ai dit d'où je venais.

— Tu crois que le fait de savoir d'où je viens te permettra de mieux me connaître ?

— Oui. J'aimerais connaître l'endroit auquel tu as le sentiment d'appartenir, puisque tu n'as pas de cabinet médical à toi ni d'hôpital auquel tu sois rattaché.

Ryan pinça les lèvres, et l'expression de son visage se durcit tandis qu'il tripotait sa tasse de café.

— J'ai connu cela, mais ça n'a pas marché.

— Tu as eu un cabinet médical ?

— Oui, répondit-il sèchement.

Visiblement, elle avait touché là un point sensible. Qu'est-ce qu'il avait bien pu se passer ?

— C'était à New York, reprit-il, mais j'étais amené à beaucoup voyager.

— Raconte…

— Je viens d'une petite ville du Wyoming. Là-bas aussi, il y a beaucoup de mormons, mais ma mère ne l'était pas.

Elle rougit.

— Pardon ?

— Eh bien, tu m'as indiqué ton appartenance religieuse, ou plutôt ton absence d'appartenance.

Elle éclata de rire.

— C'est vrai.

— Y a-t-il autre chose que tu voudrais savoir ?

— Ton parcours scolaire. Tu es du Wyoming, alors où as-tu fait tes études de médecine ?

— Je suis allé à Harvard.

— Impressionnant.

Il haussa les épaules.

— Pas autant que toi. Tu es l'une des meilleures spécialistes de chirurgie pédiatrique de toute la côte Ouest, mais tu ne t'en vantes pas.

Elle sentit ses joues s'empourprer.

— Pourquoi se vanter ?

— Pourquoi pas ?

La question la mit mal à l'aise.

Il n'y avait aucune raison de se vanter. Travailler dur, étudier sérieusement, voilà ce qui lui avait permis d'arriver là où elle en était aujourd'hui.

— Comment sais-tu qu'on me considère comme l'une des meilleures dans ma spécialité ?

— Lorsque je me suis réveillé à Las Vegas et que tout ce qu'il me restait de toi, c'était un certificat de mariage avec ton nom inscrit dessus, je me suis renseigné...

Le serveur réapparut.

— Puis-je prendre votre commande ?

— Oui, dit-elle en lui rendant le menu. Je prendrai votre salade de poulet, et pour monsieur ce sera un autre expresso.

— Parfait.

Comme le serveur s'en allait, elle se mit à rire et secoua la tête.

— Alors, tu as cherché sur Internet qui j'étais ?

— Ne me dis pas que tu n'as pas fait la même chose.

— Tu as raison. Je voulais savoir où je pouvais t'adresser un message pour t'informer de ma grossesse. J'avais lu, avant la conférence, tes publications parlant de tes travaux. Mais j'ignorais que tu avais fait tes études à Harvard et que tu venais du Wyoming.

Il haussa les épaules.

— Peu importe d'où je viens.

— Moi, je crois que c'est important. L'endroit d'où tu viens en dit beaucoup sur toi. La famille et l'endroit où l'on grandit nous façonnent.

De nouveau, une expression douloureuse traversa le visage de Ryan.

— Je ne suis pas d'accord, dit-il.

— Pourquoi ?

Il se passa la main sur le visage.

— Parlons du cas qui nous occupe, d'accord ? J'imagine que tu voudras effectuer des simulations.

— C'est vrai. Je le fais chaque fois que j'ai à séparer des siamois.

— T'est-il arrivé d'en perdre un ?

La question était brutale. Elle n'aimait pas penser aux patients qu'elle avait perdus. Ils étaient toujours là, dans un coin de son cerveau, et ils influençaient sa façon de procéder par la suite. Ils l'aidaient à devenir toujours plus efficace. Mais pour autant elle ne voulait pas ruminer ses échecs.

— Non, dit-elle, je n'ai jamais perdu de jumeaux siamois, et je n'ai pas l'intention de commencer maintenant.

Ryan sourit.

— J'en suis ravi. Moi, c'est pareil.

Le serveur apporta la salade et l'expresso. Ils mangèrent et burent en échangeant à peine quelques mots.

Elle se sentait mieux. Ryan et elle avaient fait du bon travail aujourd'hui au bloc opératoire. C'était toujours compliqué de collaborer pour la première fois avec un chirurgien, et elle avait ressenti une certaine inquiétude lorsque Ryan avait pris la barre pour opérer Jason. Mais au bout de quelques minutes, elle avait été pleinement rassurée et avait joué son rôle d'assistante sans plus d'arrière-pensée.

Elle savait qu'ils s'entendraient bien lorsqu'ils auraient à séparer les siamoises, à condition de dépasser leurs problèmes personnels...

Un cri perçant retentit dans la salle du restaurant.

Ils bondirent de leur chaise et se précipitèrent vers une femme agenouillée par terre, essayant de maintenir une petite fille qui semblait avoir une crise d'épilepsie.

— Au secours ! criait la femme en tentant de maîtriser l'enfant. Je ne sais pas ce qu'il lui arrive ! Ses lèvres sont toutes bleues ! Elle ne respire plus !

La petite fille tremblait, agitée de convulsions, les muscles raidis. Pour quelqu'un qui n'avait pas l'habitude des crises tonico-cloniques, le spectacle pouvait faire peur.

Emily ôta sa veste, la plia et en fit un coussin qu'elle glissa sous la tête de la fillette, tandis que Ryan la couchait sur le côté.

— Votre fille a-t-elle déjà eu ce genre de crise ?

— Non, fit la mère, paniquée, tout en composant le 911. Elle allait très bien, et soudain elle est tombée. Vous êtes médecins ?

— Oui, répondit Ryan.

— Tout va bien, affirma Emily d'un ton calme. Elle a une crise de convulsions tonico-cloniques. C'est spectaculaire, mais ça ne va pas durer.

Au bout de quelques secondes, en effet, l'enfant recommença à respirer, et ses mouvements spasmodiques s'atténuèrent.

Voyant que l'enfant ne réagissait pas alors que la crise prenait fin, Emily échangea un regard avec Ryan.

Ce n'était pas bon signe.

On entendit au loin la sirène d'une ambulance. Tandis qu'Emily déboutonnait le chemisier de la petite fille, les ambulanciers entrèrent dans la salle avec une civière.

Ryan leur expliqua ce qu'il s'était passé.

— Où avez-vous prévu de l'emmener ? demanda Emily.

— À l'hôpital général de Seattle, répondit l'un des ambulanciers.

— Écoutez, confiez-la plutôt au SMFPC, de l'autre côté de la rue. Je dirige le service de chirurgie pédiatrique, et le Dr Gary ici présent est neurochirurgien. Nous pouvons prendre en charge cette enfant.

L'ambulancier acquiesça d'un signe de tête.

— Tu étais censée rentrer chez toi te reposer, murmura Ryan tandis qu'il l'aidait à se relever

Elle haussa les épaules.

— J'ai là une patiente qui vient d'avoir sa première crise, d'après ce que dit sa mère. Je vais avoir besoin d'un neurochirurgien pour m'aider.

— Très bien, mais une fois que nous aurons stabilisé cette enfant, je veux que tu rentres chez toi et que tu te reposes.

Il la laissa pour aller payer la note tandis que leur petite patiente commençait à reprendre ses esprits.

— Qu'est-ce qu'il s'est passé ? demanda celle-ci.

— Tu as eu des convulsions, expliqua Emily en ramassant sa veste.

— Vous êtes qui ?

L'enfant avait du mal à articuler, ce qui, là encore, n'était pas bon signe.

— Je suis médecin. On va t'emmener à l'hôpital où je travaille afin de t'examiner avant de te laisser rentrer chez toi avec ta maman. D'accord ?

L'enfant hocha la tête.

— Merci, dit la mère avant de suivre les ambulanciers. Je suis si heureuse que vous ayez été là !

— Nous allons bien nous occuper d'elle, le Dr Gary et moi. Nous vous verrons dans un moment.

— Tu es prête ? demanda Ryan en mettant son manteau.

Emily soupira et se frotta le ventre.

Elle se sentait surtout prête à dormir après cette journée épuisante et fertile en émotions. Son bébé était agité, elle avait mal aux jambes, et elle avait envie d'un expresso très fort.

— Oui. Allons-y.

5

En attendant l'arrivée des clichés de l'IRM de Raquel, la petite fille qui avait eu des convulsions au restaurant, Ryan but une gorgée de café froid.

Il était debout depuis des heures. D'habitude, ça ne le gênait pas, mais il avait fait un long voyage de San Diego à Portland puis à Seattle, et il était à bout de forces.

Il jeta un coup d'œil à l'horloge.

1 heure du matin.

Heureusement, Emily avait pu enfin rentrer chez elle et se mettre au lit. Elle avait besoin de repos.

La dernière fois qu'il avait contrôlé l'état de Jason dans le service des soins intensifs, il l'avait trouvé stable. Maintenant, c'était pour Raquel qu'il se faisait du souci. Jusqu'à présent, l'enfant n'avait jamais eu de crise d'épilepsie. Ce qui était inquiétant, c'était la durée de la crise et le fait que Raquel avait mis longtemps à reprendre connaissance : Emily avait noté que la crise avait duré plus de cinq minutes. Pourvu qu'il ne s'agisse pas d'une tumeur !

— L'image est en charge, docteur Gary, annonça le technicien.

Ryan se pencha sur l'écran et sentit sa gorge se serrer en découvrant ce qu'il aurait souhaité ne pas voir : oui, il y avait une grosseur dans le cerveau de la petite fille.

Mais cela ne voulait pas dire qu'il s'agissait d'une tumeur maligne. Ce pouvait être bénin. Il allait faire une biopsie et, selon les résultats, il verrait s'il fallait tenter d'opérer Raquel, à supposer que ce soit possible.

Le plus difficile à gérer quand on travaillait avec des enfants, c'étaient les cas des petits patients gravement malades, où il fallait envisager de ne pas pouvoir les tirer d'affaire. Il avait du mal à faire face à ce genre de situation. Cela lui rappelait l'enfant qu'il n'avait pas pu tenir dans ses bras. L'enfant qu'il avait perdu.

Il respira un grand coup.

Il ne devait pas penser à cela. Pour l'instant, il devait se concentrer sur cette petite fille. Et parler à Emily avant de voir la mère de Raquel.

— Pouvez-vous m'envoyer ces clichés sur ma boîte mail ? demanda-t-il au technicien.

— Bien sûr, docteur Gary.

Il quitta le laboratoire d'imagerie médicale et s'arrêta au bureau central des infirmières.

— Auriez-vous par hasard le numéro de téléphone du Dr West ? Je dois lui envoyer un message.

— Elle est encore ici.

— Quoi ?

— Elle est dans la chambre de garde n° 4.

— Merci.

Il jura tout bas.

Que faisait-elle ici ? Elle était censée rentrer chez elle.

Il était contrarié mais pas vraiment surpris. Combien de fois s'était-il privé de sommeil ou de nourriture pour s'occuper d'un patient ? Les chirurgiens aiment à se surpasser, et les chirurgiennes enceintes ne font pas exception. Mais il ne pouvait pas laisser Emily abuser de ses forces.

Il frappa doucement à la porte de la chambre de garde n° 4. N'ayant pas obtenu de réponse, il tourna lentement la poignée et entra dans la pièce plongée dans l'obscurité, laissant la porte ouverte pour profiter de la lumière venant du couloir.

Emily, couchée sur le côté, dormait paisiblement.

Le ressentiment qu'il avait à son égard s'envola aussitôt.

Il y avait tant de choses qu'il aimait chez cette femme ! Elle était belle, intelligente, têtue. C'était ce qui l'avait attiré lorsqu'il l'avait rencontrée pour la première fois.

Il s'approcha de la couchette, s'agenouilla et posa doucement la main sur son ventre arrondi.

Aussitôt, il sentit sous sa paume un léger mouvement.

Un flot d'émotions contradictoires l'envahit.

Qu'est-ce qui lui faisait croire qu'il pourrait être un bon père ? Il n'en serait pas capable. Mieux valait qu'il signe les papiers du divorce et que les choses en restent là.

Huit ans auparavant, lorsque Morgan avait avorté, il avait été profondément blessé que celle-ci n'ait pas cru à ses capacités à jouer son rôle de père. Mais peut-être avait-elle raison ? Il ne savait pas comment un père devait se comporter parce qu'il n'avait pas eu de père pour lui servir de modèle. Il aimait son métier plus que tout. Morgan respectait sa vie professionnelle, et elle-même avait fait le choix d'avoir une carrière plutôt qu'une famille...

Entendant Emily gémir dans son sommeil, il ôta sa main, se releva et recula. Il ne voulait pas qu'elle se réveille et le voie l'épier dans l'obscurité.

Il revint à la porte et frappa.

Emily ouvrit les yeux.

— Ryan ?

— Désolé, je ne voulais pas te réveiller. Je te croyais rentrée chez toi.

— J'allais le faire, mais j'étais inquiète pour Raquel.

Il soupira.

— Tu avais raison. Elle a une grosseur dans le cerveau. On ne peut rien dire avant d'avoir pratiqué une biopsie.

Le visage d'Emily se décomposa.

— Oh ! Quelle horreur !

— Je vais les laisser se reposer cette nuit, sa mère et elle. Je ferai la biopsie demain.

Emily jeta un coup d'œil au réveil posé sur la table.

— On est déjà demain.

— D'accord, alors je ferai cela aujourd'hui, mais plus tard, rétorqua-t-il avec un sourire.

— La mère des siamoises va arriver. Nous devons rencontrer le Dr Samuel, le gynécologue obstétricien qui va l'accoucher, et nous aurons une vidéoconférence avec le Dr Ruchi. Nous discuterons de la date de l'accouchement et de la manière de procéder.

Il hocha la tête.

— Je comprends. Et pour tout cela, tu dois rentrer chez toi te reposer.

— Je peux très bien dormir ici.

— Tu seras mieux dans ton lit. Laisse-moi te ramener chez toi. Nous pourrons parler de Raquel.

Elle ouvrit la bouche, s'apprêtant à protester, puis elle laissa échapper un soupir las.

— D'accord.

— D'accord ? répéta-t-il, l'air surpris. Tu veux dire que tu acceptes ma proposition ?

Elle le regarda comme s'il avait perdu la tête.

— Ne me fais pas changer d'avis.

Il se mit à rire.

— Allez, viens.

Lorsqu'ils quittèrent l'hôpital, il tombait un petit crachin.

Ici, le climat était bien différent de celui de San Diego, où il était retourné après avoir passé quelque temps au Moyen-Orient. C'était aussi très différent du climat du Wyoming, où le temps était froid et sec. Là-bas, dans ces grands espaces ouverts, le froid semblait avoir éliminé toute vie au profit de la roche. Il s'y était toujours senti très seul.

Parce qu'il *était* seul.

Il chassa cette idée de son esprit.

En cet instant, il n'avait aucune envie de penser à sa mère… En fait, il n'en avait jamais envie.

— Ma voiture est par là, dit Emily.

— Veux-tu que je conduise ?

Elle haussa un sourcil.

— Tu sais où j'habite ?

— Bien vu.

Il lui ouvrit la portière puis fit le tour de la voiture pour s'asseoir à la place du passager.

— Je n'habite pas très loin, dit-elle. Il faudra vraiment que je sois de retour à l'hôpital à 9 heures.

— Moi, je dois y être à 7 heures pour les visites dans les chambres. Je retournerai en taxi à l'hôpital une fois que je te saurai chez toi. La journée a été longue.

— Je suis bien d'accord.

Emily habitait en effet tout près. Il la suivit jusqu'à son appartement parce qu'il était très tard et que l'immeuble n'avait pas de gardien.

Elle ouvrit sa porte et alluma les lampes.

Il y avait peu de meubles, mais une vue magnifique grâce à de grandes baies vitrées qui donnaient sur la Space Needle, la haute tour futuriste de Seattle.

— Cet endroit est superbe.

— Oui, ce n'est pas mal, dit-elle en ôtant son manteau. Je n'y suis pas souvent. Tu voulais qu'on parle de Raquel ?

Il hocha la tête, referma la porte et la verrouilla.

Emily prit place sur le canapé tandis qu'il s'asseyait près d'elle sur une chaise.

— L'IRM a révélé qu'une tumeur exerçait une pression sur le lobe occipital.

— Alors, il pourrait s'agir d'un méningiome ? C'est le plus fréquent en cas de tumeur primaire du cerveau.

— Je l'espère. Si c'est le cas, je pourrai facilement le traiter. Pour le savoir, je dois attendre d'avoir fait une biopsie. Je déteste avoir à le faire chez des enfants.

— Ce n'est pas non plus ce que je préfère.

— J'aimerais que tu sois là quand je le ferai.

— Vraiment ? Tu pourrais te faire aider par un résident.

Il la regarda dans les yeux.

— Je ne fais confiance qu'à toi.

Cet aveu la prit au dépourvu.

Ryan lui faisait confiance ? Comment était-ce possible ? Il ne la connaissait pas. Ils ne savaient rien l'un de l'autre.

— Ryan, tu ne me connais même pas.

— Je sais comment tu travailles dans une salle d'opération. Ça me suffit.

Elle éprouva un certain soulagement. Alors, c'était donc de cela qu'il parlait.

— Tu ne sauras jamais comment les autres chirurgiens travaillent si tu ne les prends pas avec toi en salle d'opération. Nous avons ici d'excellents résidents dans notre programme de formation. Puisque tu as confiance en moi, tu dois me croire si je te dis que ce sont des gens de valeur, et ce serait une chance pour eux d'assister le Dr Ryan Gary dans l'une de ses interventions.

Ryan esquissa un sourire.

— Tu es en train de me passer de la pommade. Je connais ton mode opératoire !

Elle eut un petit rire.

Oui, elle savait comment flatter l'ego de quelqu'un. C'était là une des techniques sociales qu'elle avait appris à manier. Et cela l'avait aidée dans sa carrière.

— C'est vrai. Mais par ailleurs, nous aurons besoin d'une équipe nombreuse pour effectuer la séparation des siamoises. Ce serait bien que tu commences à travailler avec mes résidents.

— Là, tu marques un point.

— Je sais, répondit-elle d'un air crâne.

Il secoua la tête.

— Bon, vas-tu enfin aller dormir ? Il est presque 2 heures du matin.

— Tu as raison. Tu ferais mieux d'appeler un taxi.

— Si ça ne t'ennuie pas, je pourrais me reposer un peu sur ton canapé. Je suis trop fatiguée pour bouger.

— Il n'est pas très confortable, tu sais. Il est assez vieux.

— Ça ira.

— Dans ce cas, c'est d'accord, bien sûr. Mais réveille-moi quand tu t'en iras. Je veux me lever tôt, moi aussi.

— Promis.

— Je vais te chercher une couverture et un oreiller.

Tandis que Ryan ôtait ses chaussures, elle alla dans le vestibule prendre un plaid et un oreiller dans un placard. Lorsqu'elle revint dans la salle de séjour, elle le découvrit allongé sur le canapé, dormant déjà.

Elle ne put s'empêcher de sourire.

Si quelqu'un lui avait dit deux jours plus tôt que son amant d'une nuit, le père de son bébé, s'endormirait sur son canapé et qu'elle le laisserait faire sans protester, elle l'aurait traité de fou.

Peut-être que c'était elle qui était folle ?

Secouant la tête, elle posa l'oreiller sur une chaise, déplia la couverture et l'étendit sur Ryan.

La journée avait été longue et riche en émotions... Tout comme la nuit qu'ils avaient passée ensemble à Las Vegas... Elle devait aller dormir si elle voulait se réveiller de bonne heure. Demain allait être aussi une longue journée.

Ryan se réveilla en sursaut en entendant des cris.

Où était-il ?

Il vit que le jour commençait à poindre. Les lumières de la Space Needle brillaient encore. Il se rappela alors qu'il était à Seattle, dans l'appartement d'Emily.

Entendant de nouveau crier, il bondit.

Oh ! mon Dieu, pourvu que ce ne soit pas le bébé ! Qu'Emily ait trop abusé de ses forces et qu'il doive l'emmener tout de suite à l'hôpital !

Mais lorsqu'il la rejoignit, elle était couchée sur le côté et dormait. Elle était en train de rêver.

Il éprouva un énorme soulagement. Jetant un coup d'œil au réveil, il vit qu'il était 5 h 30. Au SMFPC, les visites dans les chambres commençaient à 7 heures.

Il aurait voulu laisser Emily dormir, mais elle lui avait fait promettre de la réveiller quand il partirait.

Il s'agenouilla près du lit et la toucha doucement.

— Emily ?

— Non, grogna-t-elle en se retournant, le nez enfoui dans son oreiller.

Il sourit.

— Emily ? Tu voulais que je te prévienne quand...

— Tais-toi, marmonna-t-elle.

Il se retint de rire.

Elle se montrait directive quand elle dormait ! Il adorait.

— Emily ?

Elle s'assit, les yeux grands ouverts, avant de se laisser retomber sur le lit.

— Viens te coucher et tais-toi, lança-t-elle d'un ton sec.

Il haussa les épaules et s'allongea près d'elle.

Il lui accordait encore quelques minutes, puis il essaierait de nouveau de la réveiller.

Ce lit était vraiment confortable, se dit-il tandis qu'elle se blottissait contre lui. Soudain, ses paupières devinrent très lourdes.

Ne t'endors pas. Ne t'endors pas.

Il lutta contre le sommeil en pensant à la biopsie, aux jumelles siamoises, à Jason. Au job qui l'attendait à San Diego et qu'il tardait à prendre parce qu'il n'avait aucune envie de se stabiliser quelque part.

Mais ça ne marchait pas. La seule chose à laquelle il était capable de penser en cet instant, c'était à la chaleur du corps d'Emily couchée tout contre lui.

Ne t'endors pas.

Il bâilla en silence.

Il avait mal au dos pour avoir dormi sur cet horrible canapé, et il était épuisé à force de voyager constamment à travers le pays. Peut-être devrait-il arrêter de bouger ?

Son corps était comme du plomb, et il avait l'impression d'être cloué sur le matelas. Il devait vraiment se lever et partir. Et commander un triple expresso dans le premier café venu.

Ne t'endors pas...

Mais il ne pouvait plus lutter contre le sommeil.

Dans un dernier réflexe, il pria le ciel pour qu'Emily ne soit pas prise de panique lorsqu'elle se réveillerait près de lui.

6

Emily se réveilla en entendant l'alarme de son téléphone sonner.

Il était 6 h 30, les tournées dans les chambres des patients allaient bientôt commencer. Ryan aurait dû la réveiller.

En se retournant, elle fut stupéfaite de le voir allongé sur le dessus de sa couette, dormant profondément.

Comment était-il arrivé là, et surtout, quand ?

— Ryan, réveille-toi, tu vas être en retard pour faire tes visites aux patients, dit-elle en le secouant.

— Quoi ?

Il se redressa d'un bond et se frotta les yeux.

— Oh ! mon Dieu, je me suis endormi !

— Oui, et je me demande comment tu te retrouves dans mon lit !

— Tu m'y as invité, répondit-il en étouffant un bâillement.

— Je te demande pardon ? Moi, je t'ai invité ?

— Mais oui.

— Je ne m'en souviens pas du tout. Le dernier souvenir que j'ai, c'est que tu dormais sur le canapé, et je suis allée au lit seule.

— Oui, mais je t'ai entendue crier.

— Je n'ai pas crié !

— Si, tu criais dans ton sommeil. J'ai essayé de te réveiller pour te dire que je m'en allais, mais tu m'as ordonné de me taire. Et aussi de venir dans ton lit. Comment aurais-je pu refuser ? acheva-t-il en esquissant un sourire.

— Je ne me rappelle rien de tout cela, grommela-t-elle.

Plus jeune, il lui arrivait d'avoir des terreurs nocturnes et de parler dans son sommeil, mais, à sa connaissance, ça ne s'était pas produit depuis longtemps. Cela lui arrivait uniquement lorsqu'elle était très stressée.

Elle avait eu des terreurs nocturnes lorsqu'elle se sentait écrasée par le reste du monde, lorsque les interactions avec les gens ou les situations stressantes devenaient trop lourdes à gérer pour son syndrome d'Asperger. Robert avait détesté ces crises nocturnes. Il s'en était beaucoup plaint.

— Je... Je suis désolée.

— Tu n'as aucune raison de t'excuser.

Cette phrase la détendit. Personne ne lui avait jamais dit qu'elle n'avait pas à s'excuser lorsqu'elle se sentait écrasée ou oppressée. C'était agréable de se sentir acceptée.

— Par ailleurs, ton lit est très confortable, et j'étais mort de fatigue.

Elle éclata de rire.

— Je regrette de t'avoir mis en retard pour tes visites en te demandant de dormir avec moi, ajouta-t-elle, cherchant à plaisanter. Si tu m'accordes dix minutes pour me préparer, nous pourrions nous rendre ensemble à l'hôpital.

Il lui sourit.

— Prends ton temps. Je vais appeler un taxi et aller à l'hôpital pour parler à la mère de Raquel. Et je demanderai à un résident de m'assister pour faire la biopsie.

Elle se sentit soulagée.

— Merci de m'avoir écoutée et de prendre avec toi l'un de nos résidents.

— Lequel me recommandes-tu ?

— Le Dr Sharipova. Il est sans doute déjà arrivé à l'hôpital. Il a dû lire le dossier de Raquel et s'être familiarisé avec.

— Il fait preuve de zèle. J'aime cela.

— Laisse-le prendre les choses en main. Le Dr Teal est une interne et le Dr Sharipova est son supérieur hiérarchique.

— Entendu. Je ne veux piétiner les plates-bandes de personne. Cela fait longtemps que je n'ai pas travaillé dans un hôpital qui forme des étudiants.

— C'est bon, tu es tout excusé, dit-elle en le taquinant. Tu ferais mieux d'y aller si tu ne veux pas être bloqué dans les embouteillages.

— On se voit plus tard ?

— Oui. Je te biperai lorsque la patiente de Portland arrivera.

— D'accord...

Il marqua une hésitation comme s'il voulait ajouter quelque chose, mais il n'en fit rien.

— À plus tard, lança-t-il simplement en quittant la chambre.

Elle s'appuya contre ses oreillers et ferma les yeux.

Elle n'en revenait pas de lui avoir demandé de venir dans son lit. Mais cela expliquait aussi pourquoi elle avait si bien dormi. Il y avait des mois qu'elle n'avait pas eu un sommeil aussi profond, et cela lui avait fait beaucoup de bien, même si elle savait que cela ne devait en aucun cas se reproduire.

Elle ne pouvait pas le laisser entrer dans sa vie, elle ne devait pas l'oublier. La dernière fois qu'elle avait laissé quelqu'un entrer dans sa vie, elle avait trop souffert.

Robert était souvent odieux avec elle lorsqu'il était stressé ou en colère. Il utilisait le fait qu'elle avait du mal à décrypter les signaux sociaux. Par ailleurs, elle avait découvert qu'il la trompait. Ce qui l'avait poussée à s'éloigner de lui et à postuler pour ce job.

— Qu'est-ce que tu racontes ? s'était exclamé Robert en apprenant qu'elle avait obtenu un poste de titulaire à Seattle. Comment quelqu'un comme toi aurait-il pu obtenir cela ?

Elle avait eu l'impression de recevoir une gifle en pleine face.

— Que veux-tu dire par « quelqu'un comme moi » ?

— Quelqu'un qui a des troubles du spectre autistique.

Elle avait ignoré cette repartie acerbe.

— Je me suis portée candidate, et le Dr Ruchi m'a recommandée...

— Ah, bien sûr ! Elle me déteste. Rappelle-toi comment elle me traitait lorsque nous étions internes. Elle a préféré recommander quelqu'un qui a eu le plus grand mal à réussir ses examens !

Ce jugement haineux l'avait profondément blessée. C'était le Dr Ruchi qui l'avait tirée de la dépression dans laquelle elle avait sombré. Ana lui avait remis les idées en place et l'avait recentrée sur sa carrière.

Ensuite, elle avait réussi à garder la tête froide durant cinq ans, jusqu'au jour où elle avait rencontré Ryan Gary... Et là, alors qu'il n'était à Seattle que depuis vingt-quatre heures, il l'avait rejointe dans son lit. Pourquoi était-elle aussi faible avec lui ?

Le bébé bougea, et elle sourit en se massant le ventre.

— C'est à cause de toi, pas vrai ? murmura-t-elle d'un ton tendre. C'est toi qui viens jeter la pagaille dans la partie rationnelle de mon cerveau.

Elle savait ce qui la faisait craquer chez Ryan : il avait confiance en lui, il était bien dans sa peau, solide. Il était intelligent, passionné par son métier et attentif aux autres. Robert ne s'était jamais montré attentif aux autres. Elle s'en voulait de ne pas s'en être aperçue plus tôt.

À présent, elle devait se lever, prendre une douche et manger quelque chose. La journée serait longue. Elle aurait à accueillir la mère des siamoises et l'assurer qu'ils sauraient prendre soin des bébés après leur naissance.

Il fallait pour cela qu'elle parle avec le Dr Samuel. La première étape consistait en effet à faire en sorte que les enfants survivent à l'accouchement et qu'ils prennent des forces avant qu'on ne tente de les séparer.

Ce n'était pas le moment de penser à Ryan ni au fait qu'il avait dormi dans son lit. Encore moins au fait qu'elle en avait éprouvé du bien-être.

Ryan en était à son second triple expresso. Il avait la main qui tremblait et tentait de se ressaisir.

Il détestait voir un enfant pleurer. Il détestait voir n'importe qui pleurer. Cela lui rappelait son père et la façon dont celui-ci lui volait dans les plumes chaque fois qu'il pleurait. Sa mère lui avait toujours dit que c'était parce qu'il pleurait, étant enfant, que son père avait quitté la maison. Mais ça n'avait pas été la seule raison. Son père n'avait pas envie de s'occuper du ranch. Pas plus que lui.

— Très bien, avait lancé sèchement sa mère lorsqu'elle avait su qu'il avait été accepté à Harvard. Vas-y. Mais ne reviens jamais !

Cela l'avait blessé, mais il avait pris cet ordre au pied de la lettre.

Il détestait voir un enfant fondre en larmes parce qu'il avait mal ou peur. Il craignait toujours que quelque chose de grave ne se soit produit, même s'il savait que ce n'était pas le cas. Raquel avait toutes les raisons d'être terrifiée. Il allait lui faire une biopsie stéréotaxique du cerveau, ce qui voulait dire qu'il allait prélever un échantillon de la tumeur pour pouvoir ensuite l'analyser. N'importe quel enfant aurait été terrifié. Au moins avait-il pu lui certifier qu'il l'endormirait. Cela l'avait un peu calmée.

Mais les larmes de la petite fille et le fait qu'il avait peu dormi lui avaient mis les nerfs à dure épreuve. Il ressentait le besoin de trouver un endroit tranquille pour retrouver son calme et réfléchir. Il avait besoin aussi d'un autre expresso...

— Docteur Gary, la salle d'opération est prête.

Le Dr Sharipova se tenait devant lui.

— Bien. La patiente a-t-elle été préparée ?

— Mon interne, le Dr Teal, est en train de le faire.

— J'y vais tout de suite.

Il acheva de boire son café et jeta le gobelet vide à la poubelle, puis se dirigea vers le service de pédiatrie où une salle était réservée pour les enfants en attente.

En attente de résultats d'examens, en attente d'une opération chirurgicale, en attente de réponses...

Il faudrait un certain temps avant qu'il ait les résultats de la biopsie de Raquel, et il espérait bien ne pas avoir ensuite à envoyer l'enfant au service de cancérologie. Il détestait devoir diagnostiquer un cancer.

Le Dr Teal avait fini de préparer Raquel pour l'intervention. La petite fille paraissait terrifiée. Il lui avait promis qu'elle ne serait mise sous perfusion que lorsqu'elle serait endormie. C'était une procédure standard au SMFPC, tout comme la présence des parents auprès de l'enfant.

— Comment allons-nous ? demanda-t-il en adressant son plus beau sourire à la petite fille morte de peur.

Raquel secoua la tête, sans même le regarder.

— Docteur Teal, pouvez-vous nous laisser un moment ?

— Bien sûr, docteur Gary, dit l'interne en quittant la pièce.

— Qu'y a-t-il, Raquel ? Tu sais que tu peux me poser toutes les questions que tu veux.

— Je ne veux pas qu'on me rase la tête, murmura l'enfant.

— Ah ! C'est cela qui te tracasse ?

Raquel hocha la tête.

— Le Dr Teal a dit que vous devez me raser la tête.

— Seulement à un petit endroit, là où je dois faire la biopsie. C'est vraiment tout petit.

Raquel le regardait fixement, braquant sur lui ses grands yeux bruns. Visiblement, elle ne le croyait pas.

— L'aiguille est vraiment minuscule, poursuivit-il. Je dois juste faire une toute petite incision et un tout petit trou dans ton crâne pour prélever mon échantillon. Je te le promets, tu ne te retrouveras pas avec une tonsure, mais il faudra malgré tout que je te fasse quelques points de suture.

— Tu vois, ma chérie ? Tout va bien, dit doucement la mère de Raquel.

— Bon, concéda l'enfant. Mais ne me rasez pas toute la tête.

— Je te le promets, dit Ryan en souriant. Si je le faisais, tu aurais le droit de me raser la tête à ton tour.

— C'est vrai ? demanda Raquel, le regard brillant.

— Mais oui !

— Alors, d'accord.

— Parfait.

Il s'adressa ensuite à la mère de Raquel.

— Vous voulez être présente pour l'anesthésie ?

— Oui. Raquel préfère que je sois là.

— Très bien. Cela apaise les enfants. Je suis favorable à cette mesure. Une conseillère psychologique va nous rejoindre bientôt pour vous préparer toutes les deux à l'opération. Son rôle est de calmer les enfants avant et après l'intervention, et elle vous aidera aussi. Comme vous le savez, je vais pratiquer une biopsie stéréotaxique.

Il se tourna vers Raquel.

— Je vais placer des petits repères sur ta tête pour aider au guidage du scanner cérébral et localiser cette lésion que j'ai vue sur le cliché de l'IRM. C'est cette lésion qui a provoqué ta crise et tes autres symptômes. Tu dormiras pendant tout ce temps-là. Une fois que j'aurai trouvé l'endroit exact, je t'enlèverai un tout petit peu de cheveux, je pratiquerai une incision et je ferai un trou minuscule dans ton crâne pour prélever mes échantillons. Ensuite, nous refermerons tout cela, et nous attendrons les résultats.

La mère de Raquel serrait la main de sa fille.

— D'accord.

Elle avait la voix qui tremblait.

Il ne pouvait vraiment pas le lui reprocher. Cette procédure n'avait rien d'agréable, et il lui avait expliqué en dehors de la présence de l'enfant quelles étaient les complications possibles. Sa jeune patiente n'avait pas besoin d'entendre ce qu'il y avait à dire sur les probabilités d'existence d'une tumeur cancéreuse ou les risques de pression intracrânienne et d'hémorragie.

— Maintenant, je vais vous laisser toutes les deux. Je vous reverrai dans la salle d'opération.

— Préparez votre tondeuse, dit Raquel en plaisantant.

Il lui adressa un clin d'œil et quitta la pièce.

Le Dr Teal l'attendait dans le couloir.

— Docteur Teal, faites venir une conseillère psychologique pour assister la mère de Raquel. Et celle-ci doit revêtir une tenue spéciale avant d'entrer dans la salle d'opération.

— Très bien, docteur Gary. Je viens de recevoir un message du Dr West. La patiente envoyée par Portland va arriver en ambulance à l'entrée n° 3. Le Dr Samuel et le Dr West espèrent que vous pourrez les rejoindre là-bas avant de faire votre biopsie.

— Le Dr Samuel ? demanda-t-il, vaguement contrarié.

Emily avait-elle trouvé quelqu'un d'autre pour le remplacer ?

— C'est le gynécologue obstétricien qui s'occupe de ce cas.

— Ah, bien. Oui, je descends les rejoindre tout de suite. Merci, docteur Teal.

Il tourna les talons et marcha vers le parking des ambulances.

Il aurait été normal qu'Emily cherche à le remplacer. Alors qu'elle avait besoin d'établir un plan pour la séparation des siamoises, il n'avait voulu parler que des conséquences de leur nuit à Las Vegas !

— Tu es un enfant égoïste ! lui hurlait déjà sa mère. Pas étonnant que ton père nous ait abandonnés.

Ces souvenirs n'étaient pas les bienvenus. Pourquoi resurgissaient-ils maintenant, alors qu'il n'avait pas pensé à ses parents depuis des années ?

Peut-être parce qu'il ne se posait jamais assez longtemps pour qu'ils remontent à la surface...

C'était vrai, il ne restait jamais en place. On le réclamait de tous côtés. On lui proposait des cas à traiter et des consultations à travers toute l'Amérique du Nord, parfois même à l'étranger. Il n'avait de vrai foyer nulle part. Pas de racines.

Non que les offres aient manqué. Il avait toujours eu des tonnes de propositions, mais il n'avait pas envie de s'établir où que ce soit.

Les deux seules fois où il avait eu le sentiment d'avoir une vie stable, c'était pendant son enfance et lors de sa relation avec Morgan, et ces deux périodes de sa vie s'étaient mal terminées : sa mère l'avait renié, et Morgan avait mis fin à sa grossesse et à leur couple pour privilégier sa carrière.

Il ferma les yeux et serra les poings, essayant de respirer calmement.

Lorsqu'il déboucha dans le parking, il vit Emily et son collègue qui attendaient leur patiente.

Elle consultait sa tablette, probablement cherchait-elle des informations sur le cas à traiter.

Au moins, elle semblait reposée.

Puis il baissa son regard sur le ventre rebondi d'Emily, et sa poitrine se serra.

Il ne pouvait s'empêcher de penser que son enfant serait mieux sans lui. Et Emily aussi. Il devait se rappeler constamment que, avec elle, il s'agissait uniquement d'une relation professionnelle, car une fois que les jumelles seraient séparées, il partirait ailleurs, comme il l'avait toujours fait. Il n'avait aucune raison d'y rien changer.

Emily leva les yeux, sentant que quelqu'un la regardait.

Ryan se tenait juste devant le parking des ambulances. Il avait l'air épuisé, et elle en éprouva un certain malaise, car elle était sûre d'en être responsable.

Sa sœur se plaignait toujours, lorsqu'elles partageaient la même chambre, de ne pas parvenir à dormir parce qu'elle parlait à voix haute dans son sommeil.

Eh bien, Ryan dormirait bien la nuit prochaine, car ce qu'il s'était passé la veille ne se reproduirait pas. Il fallait fixer des limites. S'ils voulaient garder à leur relation un caractère strictement professionnel, ils devaient cesser de dîner ensemble et de finir la soirée dans le même lit !

Cependant, elle ne pouvait s'empêcher de se réjouir secrètement d'avoir si bien dormi. De voir quelqu'un prendre soin d'elle.

Elle devait se ressaisir et oublier combien elle avait aimé se réveiller blottie contre lui et apprécié leur dîner au restaurant. Comme elle avait apprécié aussi le fait qu'il lui ait apporté un sandwich et veillé à ce qu'elle se ménage.

Ne pas se laisser piéger une nouvelle fois.

Elle détourna le regard tandis que Ryan s'approchait.

— Docteur West, on m'a dit que notre patiente était en train d'arriver de Portland, dit-il en la rejoignant.

Elle fut soulagée de le voir adopter un ton strictement professionnel devant le Dr Samuel. Celui-ci était aussi son gynécologue obstétricien, et elle ne lui avait pas dit que Ryan Gary était le père de son enfant… Quoique l'information soit sans doute maintenant de notoriété publique depuis que Ryan avait parlé de leur mariage devant Amanda Teal.

— Oui, l'ambulance sera là dans une quinzaine de minutes, dit-elle. Docteur Samuel, voici le Dr Ryan Gary, le neurochirurgien qui procédera avec moi à la séparation des jumelles.

Le visage du Dr Samuel s'éclaira.

— Je connais très bien les travaux du Dr Gary. C'est un plaisir de faire votre connaissance.

— Ravi de vous rencontrer, dit Ryan en lui serrant la main.

— Appelez-moi Derek. J'ai compris que vous étiez le mari d'Emily et le père de son bébé. J'ignorais qu'Emily était mariée, mais ça ne me surprend pas, elle est très secrète. Toutes mes félicitations pour votre mariage et pour le bébé.

Ryan haussa un sourcil et la regarda.

Elle se sentit devenir cramoisie.

Bon, tout le monde était au courant dans l'hôpital !

— Derek…

Elle se tut, car elle ne savait pas quoi dire.

— Merci, répondit Ryan d'une voix chaleureuse. Nous sommes très excités.

Derek sourit et hocha la tête.

— Eh bien, nous devons faire une échographie dans quelques

jours. J'espère que vous serez encore là pour y assister. Bénéficier d'un soutien affectif est très important pour la future mère.

— Je suis absolument de cet avis, déclara Ryan.

Elle poussa un petit grognement et le toisa.

Tout cela n'avait rien de professionnel ni de discret ! Ryan serait-il seulement là dans trois mois, lorsqu'elle accoucherait ?

C'est alors qu'elle entendit la sirène de l'ambulance qui approchait.

Ce n'était plus le moment de penser à ses histoires personnelles, à Ryan ou au bébé. Le cas de cette patiente était à présent son unique priorité. Elle devait s'assurer que tout se passe bien pour la mère et les enfants. Il fallait faire en sorte que les bébés restent in utero le plus longtemps possible afin que, au moment de naître, ils soient assez forts pour supporter l'opération chirurgicale. C'était tout ce qui comptait à l'instant présent.

7

Emily attendait à l'extérieur de la pièce où le Dr Samuel examinait Janet, la mère des siamoises. Il devait aussi lui parler de l'accouchement par césarienne.

Emily s'était présentée à Janet, mais elle n'avait pas voulu la perturber en évoquant déjà la procédure de séparation des enfants. Lorsque celle-ci était arrivée, elle était visiblement stressée et apeurée, ce qui était compréhensible.

— Comment va-t-elle ? s'enquit Ryan en la rejoignant.

— Je pense qu'elle s'est calmée. Elle était stressée, et sa tension artérielle était élevée. Le Dr Samuel craint qu'elle n'ait une prééclampsie.

Ryan fit la grimace.

— Ce n'est pas bon. Mais je ne m'étonne pas qu'elle soit stressée. On l'a transportée dans une autre ville, un autre État, et son aîné est dans l'Oregon. La situation est délicate, et cette pauvre femme n'est même pas sûre que ses bébés survivent après tout cela.

— C'est un tableau plutôt sombre.

Il haussa les épaules.

— C'est la vérité.

Il avait raison. C'était la vérité, malheureusement.

— N'es-tu pas censé faire une biopsie ? demanda-t-elle.

— Je vais y aller. On est en train d'amener Raquel en salle d'opération. Tu veux venir ? Tu n'es pas obligée de m'assister, mais peut-être voudrais-tu suivre jusqu'au bout ce qu'il va se passer pour elle ? Tu étais présente lorsqu'elle a eu sa crise. Tu as su la calmer, et tu m'as aidé à la placer sur le côté en lui soutenant la tête.

Elle se mordilla les lèvres, partagée.

Elle avait vraiment envie d'être là pour Raquel, mais elle voulait aussi garder ses distances avec Ryan.

Allons, c'était juste un acte médical, et Raquel était une patiente. C'était sans danger.

— D'accord. J'aimerais regarder. Je resterai dans la galerie.

— Je ne vais pas faire la biopsie dans la salle d'opération disposant d'une galerie. Il faudra donc que tu sois présente pendant que j'opérerai.

— Très bien, c'est d'accord.

— Parfait. Allons-y.

Elle suivit Ryan au bloc opératoire. Ils se mirent en tenue et se dirigèrent vers la petite salle située au fond du bloc.

Raquel attendait dans le couloir. Sa mère était auprès d'elle, vêtue elle aussi d'une tenue de chirurgien. Elle pressait la main de sa fille dans la sienne. La conseillère psychologique était là, elle aussi.

Emily sourit et alla les voir tandis que Ryan commençait à se laver les mains.

— Comment vas-tu, Raquel ? demanda-t-elle.

— Bien.

— Te rappelles-tu qui je suis ?

— Non, je suis désolée. Mais maman m'a dit que vous étiez là avec le Dr Ryan quand je suis tombée.

— Oui, j'étais là, et je vais être aussi avec lui dans la salle d'opération. Je veux m'assurer qu'il fait bien son travail.

— Ah, très bien. Vous devrez veiller à ce qu'il ne me rase pas complètement la tête.

Elle haussa les sourcils tandis que la mère de Raquel pouffait de rire.

— Je crois que j'ai manqué quelque chose...

— Le Dr Ryan et moi, nous avons conclu un marché : s'il me rase tous les cheveux, j'aurai le droit de lui raser la tête.

Elle ne put s'empêcher de rire.

— Eh bien je vais le surveiller, c'est promis.

Raquel hocha la tête.

— On se retrouve là-bas, dit Emily en adressant un clin d'œil à l'enfant.

Souriant malgré elle, elle se dirigea vers les lavabos, où Ryan finissait de se laver les mains.

Rien d'étonnant à ce qu'il ait passé un marché de ce genre avec une enfant. L'idée était charmante et lui correspondait bien. C'était l'une des raisons qui expliquait pourquoi elle avait craqué pour lui, six mois plus tôt.

— Qu'y a-t-il de si drôle ? demanda-t-il en la voyant sourire.

— J'ai entendu parler du marché que tu as passé avec Raquel, dit-elle en ouvrant le robinet du lavabo.

Il poussa un grognement puis se mit à rire.

— Elle s'inquiétait beaucoup pour ses cheveux.

— Je trouve cela très mignon.

Il leva les yeux au ciel.

— Heureusement, elle n'aura pas l'occasion de me raser la tête. J'espère vraiment qu'il s'agit d'une tumeur bénigne.

— Moi aussi.

Ryan entra dans la salle d'opération au moment où l'on amenait Raquel. Emily acheva de se laver les mains avant de le rejoindre, puis elle resta en retrait tandis que Raquel était installée sur la table d'opération. Le Dr Sharipova annonça alors à voix haute qui était la patiente et ce qu'on allait lui faire.

Raquel ouvrit de grands yeux, regardant le Dr Sharipova comme s'il était un monstre.

Emily s'avança et se tint près de la mère de Raquel.

— Ne t'inquiète pas, dit-elle, c'est juste pour nous assurer que nous rasons la tête de la bonne personne.

L'enfant gloussa, et Emily lui adressa un clin d'œil derrière son masque.

— Nous sommes prêts à commencer l'induction, déclara le Dr Ahmed, l'anesthésiste.

Emily hocha la tête et recula, sentant ses yeux s'humecter en songeant à ce que vivait la petite fille allongée sur la table d'opération.

L'anesthésiste plaça un masque sur son visage et commença le compte à rebours.

Soudain, l'enfant s'agita.

— Faites quelque chose ! hurla sa mère.

Emily la rassura.

— Ce n'est pas une crise comme celle qu'elle a eue. Regardez, les appareils de contrôle ne signalent rien d'inquiétant, c'est ce qu'on appelle la phase d'excitation de l'anesthésie. Elle prend des formes différentes selon les enfants. Raquel va bien. Voyez, elle est détendue.

— Elle est endormie, annonça le Dr Ahmed. Nous allons maintenant la placer sous perfusion.

Patricia, la conseillère psychologique, passa un bras autour des épaules de la mère de Raquel qui tremblait comme une feuille et la fit sortir de la salle d'opération, lui répétant que Raquel allait bien.

Emily les suivit des yeux, en proie à un flot d'émotions.

La phase d'excitation d'une anesthésie générale avait quelque chose d'effrayant si l'on n'y était pas habitué. Même une fois endormi, le patient gardait les yeux ouverts, avec un regard fixe qui pouvait être impressionnant.

Mais le temps qu'elle se retourne, l'anesthésiste avait posé la perfusion, Raquel avait été intubée, et ses paupières s'étaient abaissées.

On la mit en position, et Ryan indiqua au Dr Sharipova où placer les repères pour le scanner cérébral. Les petits capteurs fonctionnaient comme un GPS, afin que Ryan connaisse l'endroit exact où il devait prélever son échantillon. Il ne lui fallut pas longtemps pour localiser la tumeur.

Une fois les repères mis en place, Emily recula pour voir l'image du scanner sur l'écran.

— Laissez-moi faire, dit Ryan quand le Dr Sharipova saisit le rasoir. J'ai un pari à gagner.

Emily lâcha un petit rire.

— Que gagneras-tu si tu remportes ce pari ? demanda-t-elle.

Ryan la regarda par-dessus son épaule, ses yeux bleus pétillant de malice derrière le masque.

— Je garderai mes cheveux.

— Cela en vaut la peine, alors.

Ryan hocha la tête et rasa un petit coin du crâne de Raquel situé assez bas pour que les cheveux du dessus de la tête masquent le manque. Sauf si Raquel se tirait les cheveux en arrière, personne ne pourrait deviner où elle avait été rasée.

— Je crois que j'ai gagné mon pari.

Emily s'approcha pour mieux voir.

— Je le crois aussi, docteur Gary.

Ryan posa le rasoir.

— Lame n° 10, s'il vous plaît.

L'infirmière lui tendit le scalpel, et Emily s'éloigna pour regarder l'écran et laisser le champ libre.

Ryan avait beaucoup de gens autour de lui dans un espace restreint tandis qu'il prélevait un petit échantillon de tissu biologique. Le cerveau était une zone délicate. C'était pour cette raison qu'Emily n'avait pas voulu s'engager dans cette voie. Cela lui avait fait peur.

La chirurgie pédiatrique aussi lui avait fait peur, jusqu'à ce que le Dr Ruchi détecte chez elle certaines qualités et l'oriente dans la bonne direction. Emily n'avait jamais pensé qu'elle saurait s'y prendre avec les enfants, mais il s'était avéré que la pédiatrie était son fort. Venir en aide à des enfants malades était sa passion. Peut-être parce qu'elle avait eu des besoins différents étant enfant.

— L'aiguille pour la biopsie, dit Ryan.

Emily, le regard braqué sur l'écran, vit une fine aiguille stéréotaxique s'enfoncer dans le cerveau de Raquel.

— Nous y sommes, murmura Ryan. Parfait.

Il préleva rapidement l'échantillon, retira en douceur l'aiguille et tendit le tout au Dr Sharipova.

— Envoyez cela au laboratoire, s'il vous plaît. Je veux avoir les résultats le plus tôt possible.

— Bien sûr, docteur Gary.

Le Dr Sharipova plaça l'échantillon dans un petit sac et quitta la salle d'opération.

— Il faut à présent refermer tout cela.

Emily s'avança pour prendre la place du Dr Sharipova.

— J'ai pensé que tu pourrais avoir besoin d'un coup de main maintenant que ton résident est parti, dit-elle.

— Merci.

Lorsqu'ils eurent refermé la plaie, Ryan soupira.

— C'est à présent le moment le plus difficile. Attendre.

Elle hocha la tête.

Une grande partie de leur travail consistait à agir en urgence, puis à attendre. Il se passerait au moins trois ou quatre jours avant que Ryan ait les résultats de l'analyse. Alors seulement on saurait si Raquel avait un cancer, ou si, par chance, la tumeur était bénigne.

Ryan était dans la salle de réveil, assis à côté du lit de Raquel.

Lorsqu'elle se réveillerait, elle aurait très mal à la tête. Sans parler du risque d'apparition d'une pression intra-crânienne ou d'une infection. Tout ce qu'il pouvait faire, c'était attendre et voir. Alors, il étudiait son dossier.

D'autres enfants qui venaient d'être opérés se trouvaient dans la salle. Certains somnolaient, d'autres pleuraient ou criaient. On ne pouvait jamais savoir comment se passerait le réveil d'un patient après une anesthésie.

Les parents avaient le droit d'être là. Le SMFPC pensait que leur présence était une part importante du processus de guérison. Ryan appréciait cette attitude. Il ne pouvait même pas imaginer ce qu'enduraient les parents qui patientaient dans la salle d'attente.

Il ne pouvait pas l'imaginer parce qu'il n'était pas père...

Il sentit une boule se former dans sa gorge et tenta de chasser cette pensée qui lui faisait si mal.

Morgan n'avait pas voulu avoir d'enfant, point final.

Raquel se mit à gémir.

Ryan se tourna vers l'infirmière qui veillait sur elle.

— Vous pouvez faire venir sa mère, à présent.

— J'y vais, docteur Gary.

Pendant que l'infirmière s'éloignait, il referma le dossier, le posa sur la table de nuit à côté de l'ordinateur et toucha doucement le bras de Raquel.

— J'ai mal, murmura l'enfant.

— Oui, je sais, c'est normal, dit-il gentiment.

— J'ai encore des cheveux ?

— Je t'avais dit que tu les garderais.

— Alors, vous avez gagné, conclut-elle en grimaçant un sourire.

— Je crois que nous avons gagné tous les deux. Tu as été formidable, Raquel. Tu es très courageuse.

Elle hocha la tête mais garda les yeux fermés tout en lui agrippant la main.

Sa mère arriva bientôt. Elle s'approcha du lit, l'air soulagé.

— Bébé, murmura-t-elle, je suis là.

Raquel hocha la tête.

— Elle est encore un peu sous l'effet de l'anesthésie, dit Ryan. Je veux la garder ici deux jours pour m'assurer qu'elle n'a aucun effet secondaire lié à la biopsie. Nous devrions avoir assez rapidement les résultats des analyses.

— Merci, docteur Gary.

— Je vous en prie. Si vous avez d'autres questions à me poser, n'hésitez pas, demandez à quelqu'un de m'appeler.

— D'accord.

La mère de Raquel se tourna vers sa fille, et il lâcha la main de l'enfant.

L'infirmière avait reçu des instructions sur ce qu'elle devait faire avant que Raquel ne soit transférée dans sa chambre. Son job à lui s'arrêtait là, et il espérait bien n'avoir plus à s'occuper de cette enfant.

Si la grosseur était bénigne, les médecins pourraient la contrôler avec des médicaments. S'il s'agissait hélas d'un cancer, il devrait opérer la petite fille et discuter avec le service d'oncologie du traitement par radiothérapie et par chimiothérapie, mais il ne voulait même pas y songer pour l'instant.

Il avait besoin de manger quelque chose.

Quittant la salle de réveil, il se dirigea vers la cafétéria.

En chemin, il aperçut Emily assise derrière le bureau de la permanence, le regard fixé sur un écran d'ordinateur.

Elle paraissait fatiguée.

— Salut, lança-t-il en la rejoignant.

Elle leva les yeux.

— Salut.

— Je te dérange ?

— Non, j'effectue juste quelques recherches. J'essaye de former une équipe et de voir comment organiser une simulation.

— Raquel est en salle de réveil, et elle va bien. Sa mère est auprès d'elle.

— Je suis si contente !

— Je vais à la cafétéria. Tu m'accompagnes ?

Emily hésita, mais son hésitation fut de courte durée.

— D'accord. On pourra en profiter pour parler de la séparation des siamoises.

Elle ferma l'ordinateur et attrapa sa blouse blanche posée sur la chaise derrière elle.

— Que fais-tu aujourd'hui ? demanda-t-il.

— À part la préparation de cette opération ? Je dois voir quelques patients, plus tard, mais le chef du service de chirurgie veut que je me consacre uniquement au cas des siamoises et que je sois prête à faire l'intervention. Et toi ?

— Moi aussi, j'ai des patients à voir. Il faut que je surveille Jason. Il va bien...

Il se tut.

Jason était réveillé, mais ses jambes ne donnaient aucun signe de mobilité. Cela pouvait être dû aux antalgiques. Les opérations chirurgicales portant sur la colonne vertébrale et la moelle épinière étaient si douloureuses qu'on administrait même aux enfants des doses massives d'antalgique durant les premiers jours suivant l'opération.

Il espérait vraiment que c'était le traitement anti-douleur qui provoquait ce retard dans la réponse motrice. Mais il s'inquiétait parce qu'un enfant devrait normalement se rétablir plus rapidement qu'un adulte.

— Je suis sûre que tout se passera bien, dit Emily. Il a bien réagi à ton traitement.

C'était gentil de sa part de vouloir le rassurer, mais il savait ce qu'elle pensait de l'hypothermie thérapeutique. Elle s'était montrée très claire à ce sujet lors de son arrivée au SMFPC. En fait, il était surpris qu'elle ne lui fasse pas de reproche.

— Oui, probablement.

Il avait envie de changer de sujet de conversation et d'alléger l'atmosphère.

— Alors, dis-moi, que dois-je voir à Seattle avant de partir ?

Le visage d'Emily prit une expression étrange, mais cela ne dura pas.

— Eh bien, il y a la Space Needle, la tour futuriste, et tu pourrais faire une sortie en ferry. Il y a aussi le marché, et se promener en longeant le bras de mer est toujours agréable. Il y a des péniches où vivent des gens, et beaucoup de choses intéressantes à voir. J'aime beaucoup marcher là-bas.

— Et le mont Rainier ? Crois-tu que cela vaille la peine que je prenne une journée pour m'y rendre ?

— Je suppose. Je n'y suis jamais allée, n'ayant jamais trouvé le temps de le faire.

— Et si nous y allions ensemble ? Il y a suffisamment de chirurgiens pédiatriques pour prendre la relève, et nous devrions profiter du fait que tout est calme en ce moment.

— Ne dis pas cela, dit Emily avec un sourire. Ce n'est jamais calme, et je ne peux pas m'en aller. Imagine que Janet, la mère des siamoises, commence le travail plus tôt que prévu ? Je dois être là pour m'assurer que l'état des bébés est stable.

— Si ces jumelles naissaient maintenant, elles ne survivraient pas. Peut-être que s'il n'y avait qu'un bébé, il aurait ses chances, mais des siamoises... Elles ont besoin de plus de temps, tu le sais. Leur mère n'en est qu'à vingt-cinq semaines de grossesse. C'est pourquoi elle est alitée et que le Dr Samuel l'a mise sous surveillance.

Emily poussa un soupir.

— Je vais avoir deux jours de congé. Je vais en profiter pour faire des recherches.

— T'arrive-t-il de prendre du temps pour toi, ou bien travailles-tu constamment ?

— La dernière fois que je me suis offert du bon temps, j'ai fini dans une chapelle de Las Vegas qui célèbre des mariages.

— C'est vrai, admit-il en riant.

— J'aime travailler, dit tranquillement Emily tandis qu'ils s'inséraient dans la file d'attente à la cafétéria.

— Je sais, mais tu as besoin aussi de profiter de tes jours de congé. Et puis, tu ne risques pas de refaire la même erreur : tu es déjà mariée et enceinte !

Elle leva les yeux au ciel et rit.

— Oui, en effet.

— Alors, pourquoi n'irions-nous pas faire un pique-nique dans le parc national du mont Rainier ? J'ai entendu dire qu'il doit faire beau demain.

— Tu ne lâches jamais l'affaire, pas vrai ? dit Emily en soupirant.

— Tu as besoin de faire une pause, et moi, je veux voir quelques beaux sites avant de quitter la région.

— Très bien, dit Emily en prenant un sandwich. Mais c'est toi qui t'occuperas du pique-nique. Moi, je conduirai.

— Marché conclu.

Ils allèrent s'asseoir à une table laissée libre.

La cafétéria était plus remplie et bruyante que la dernière fois qu'ils y étaient venus ensemble, mais ça lui était égal. Il avait l'habitude du bruit et de la foule. C'étaient le silence et le calme qui réveillaient en lui les mauvais souvenirs. Il aimait l'agitation. Il était capable de réfléchir dans une atmosphère agitée.

La seule chose qui l'empêchait de se concentrer en ce moment, c'était la présence d'Emily. Il n'avait pas mesuré à quel point elle le perturbait. Et cela lui faisait peur, car il ne voulait pas la décevoir, comme lui-même avait été si souvent déçu auparavant.

Emily avait remarqué le silence de Ryan.

— Est-ce que ça va ? Cela fait cinq bonnes minutes que tu contemples ton sandwich.

— Je ne me suis toujours pas remis de mon manque de sommeil. Je n'ai pas l'habitude de recevoir des ordres de la part d'une personne en train de dormir.

Elle voyait bien qu'il la taquinait. Il suffisait de regarder son sourire en coin et son regard espiègle.

— Ha, ha, ha !

— Tu es dure quand tu dors !

— C'est ta faute, tu m'as écoutée, riposta-t-elle. Je dormais, tu n'avais pas à m'écouter.

— Lorsqu'une femme m'ordonne de venir dans son lit, j'obéis, dit-il d'une voix charmeuse qui la troubla.

Elle se sentit rougir.

Pourquoi fallait-il qu'il soit aussi charmeur ?

Elle lui donna un petit coup de poing dans le bras.

— C'est déloyal !

Il eut un rire moqueur.

— Aïe, ça fait mal !

— Bien fait !

Ils étaient loin de maintenir la conversation sur un plan strictement professionnel. Tout ce qu'elle espérait, c'était que personne autour d'eux n'ait entendu Ryan évoquer le fait qu'elle lui avait demandé de la rejoindre dans son lit.

— Il s'agissait d'une terreur nocturne, dit-elle à voix basse. C'est la seule raison pour laquelle je t'ai demandé de venir dans mon lit.

— Cela ne ressemblait pas à une terreur nocturne. Mais toi, tu étais terrifiante, à me donner des ordres en me disant de me taire !

Emily éclata de rire.

— Cela aurait pu être pire encore. J'aurais pu hurler. Les terreurs nocturnes n'ont rien d'amusant. Nous avons des patients en pédiatrie qui souffrent de cela, et il faut souvent les faire dormir dans une chambre individuelle.

— J'avoue que tu es la première personne à m'avoir donné l'occasion de voir à quoi ressemble une terreur nocturne. J'aime mieux ne pas avoir affaire à un enfant hurlant dans son sommeil. C'est déjà assez dur quand ils sont réveillés.

— Quand ils sont réveillés, tu peux les consoler. C'est impossible quand ils souffrent de terreurs nocturnes.

Elle pensa à son bébé, espérant qu'elle ne lui transmettrait pas cela. La possibilité qu'il ait en héritage son autisme et son anxiété la terrorisait. Ce serait déjà assez difficile d'élever seule cet enfant. Elle n'avait pas besoin que viennent s'y ajouter des terreurs nocturnes ou des crises de somnambulisme…

Elle n'était peut-être pas obligée d'élever son enfant toute seule ? Ryan avait dit qu'il voulait s'impliquer dans son éducation, et jusqu'à présent il avait refusé de signer les papiers du divorce.

Mais il avait aussi évoqué plusieurs fois son départ. Comment compter sur lui ? C'était impossible.

Elle savait à quoi ressemblait un vrai mariage : ses parents étaient des amis et des amoureux, ils s'aidaient et se soutenaient mutuellement. Si jamais elle se mariait un jour, c'était ce genre de mariage qu'elle voulait. Elle voulait que son mari soit pour elle un partenaire au plein sens du terme. Robert ne l'avait pas été, et apparemment Ryan ne le serait pas non plus.

Il était un chirurgien de renom qui voyageait beaucoup. Les chirurgiens étaient des êtres absorbés par leur métier. Ils se montraient autoritaires et pleins d'assurance. Ils devaient être ainsi. Elle-même l'était. Ils tenaient des vies dans leurs mains.

Sans doute Ryan se souciait-il d'elle et de leur enfant, mais il ne faisait pas souvent allusion au bébé. Il ne demandait pas à le sentir bouger, il parlait de s'en aller. Elle doutait fort qu'il puisse un jour se fixer quelque part.

Elle le laisserait s'impliquer autant qu'il voudrait dans la vie de leur enfant, mais ce n'était pas quelqu'un sur qui elle pourrait compter au quotidien. Ce qui revenait à dire qu'elle serait seule pour élever leur enfant.

Elle l'avait su dès l'instant où elle avait appris qu'elle était enceinte, mais elle était maintenant en proie à un énorme doute : si elle avait toutes les qualités voulues pour être une chirurgienne, avait-elle les qualités requises pour être une mère célibataire ?

Cette incertitude l'effrayait.

8

En se réveillant, Emily regarda avec espoir vers la fenêtre.

Pas de chance. Il faisait un temps magnifique.

Elle avait espéré pouvoir prendre prétexte d'un temps affreux pour annuler cette sortie au parc national du mont Rainier avec Ryan. Elle avait aussi espéré qu'il oublierait cette idée d'excursion, mais il lui avait envoyé un texto la veille pour lui dire qu'il passerait la chercher à 9 heures du matin. Elle pensait que ce serait elle qui tiendrait le volant, mais il avait loué une voiture et insisté pour conduire.

Il fallait compter trois heures de route pour arriver jusqu'au parc. Elle n'avait aucune idée de ce qu'ils feraient une fois qu'ils y seraient. Elle connaissait deux circuits de courtes randonnées, mais rien de plus.

Lorsqu'elle vivait dans l'Utah, elle faisait souvent de longues promenades. Sa préférée consistait à aller jusqu'à St. George pour voir Kanarraville Falls. Cela faisait une éternité qu'elle ne s'était pas offert ce genre d'excursion.

Peut-être que ce serait agréable ?

Son côté optimiste voulait le croire, mais en même temps son penchant pour le doute lui suggérait qu'elle commettait là une énorme erreur.

Elle était sur le point de prendre son téléphone pour annoncer à Ryan qu'elle ne viendrait pas lorsqu'elle entendit sonner l'interphone.

Elle ne put s'empêcher de pester tout bas avant de décrocher.

— C'est moi, Ryan. Tu es prête ?

— Pas tout à fait. Tu es en avance d'une demi-heure…

— Désolé, j'ai mal calculé le temps qu'il me fallait pour venir chez toi. Je craignais qu'il n'y ait des embouteillages, mais la circulation était plutôt fluide.

— Monte, dit-elle de guerre lasse, en appuyant sur le bouton commandant l'ouverture de la porte de l'immeuble.

Peut-être qu'elle passerait une meilleure journée qu'elle ne le pensait ?

Elle vivait à Seattle depuis cinq ans et, à vrai dire, elle n'avait pas vu grand-chose de la ville ni des environs. Elle avait peu d'amis ici, se consacrant entièrement à son travail. Au point que, lorsqu'elle avait annoncé au pédiatre de garde qu'elle quittait Seattle pour la journée, il avait paru surpris.

C'était le mode de vie qu'elle souhaitait avoir. Elle ne désirait pas nouer des liens avec les gens. Il était préférable de garder ses distances, même si ça la conduisait à être souvent seule. Mais elle avait l'habitude de la solitude. En dehors de sa famille, elle ne voyait pas grand monde durant son enfance et son adolescence.

On frappa à la porte, et elle alla ouvrir.

Ryan avait belle allure vêtu d'un jean et d'une chemise écossaise en flanelle. Ce style rustique lui allait bien. Elle le trouva encore plus séduisant.

— Tu as tout à fait l'air d'un bûcheron.

Il haussa un sourcil.

— Un bûcheron ?

— C'est l'impression que j'ai en te voyant. D'habitude, pourtant, je ne suis pas très douée pour décrypter ce que les gens dégagent.

Elle rougit en mesurant ce qu'elle venait de lui confier.

Personne ici, à part le Dr Ruchi et le service des ressources humaines du SMFPC, n'était au courant de son syndrome d'Asperger. Les gens la jugeaient différemment lorsqu'ils apprenaient qu'elle était autiste. Robert l'avait su, et elle avait vu ce que cela avait donné.

Elle s'assit sur le canapé et mit ses chaussures de marche.

— Nous n'allons pas randonner toute la journée, n'est-ce pas ? dit-elle pour changer de sujet de conversation.

— Non. Il y a une courte promenade qui me paraît bien. On emprunte le sentier des Ombres qui décrit une boucle à travers Longmire Meadow. Le vendeur du magasin de vêtements m'a donné une carte du parc national et m'a indiqué les géorisques auxquels il faut faire attention.

— Les géorisques ? Quels géorisques ? demanda-t-elle, soudain inquiète.

— Le mont Rainier est un volcan. Un volcan en activité.

— Quoi ?

— Je t'en prie, dis-moi que tu étais au courant !

Elle se frotta les tempes.

— Oui. J'ai simplement dû bloquer l'information dans un coin de mon crâne...

Les volcans la terrorisaient. Elle savait que Seattle s'élevait au pied du mont Rainier, mais elle avait préféré l'oublier. Cela lui permettait d'évacuer l'angoisse que provoquait chez elle la proximité d'un volcan.

Salt Lake City était une région montagneuse, mais là-bas il n'y avait pas de volcans. Peut-être n'était-ce pas une bonne idée d'aller se promener dans ce parc.

Non ! Elle devait affronter sa peur. Elle n'était pas parvenue là où elle en était aujourd'hui en se laissant dominer par ses angoisses. Elle pouvait venir à bout de celle-ci.

En respirant profondément, elle y arriverait.

— Ne t'inquiète pas, dit Ryan d'un ton optimiste. Ils ont mis en place des mesures de sécurité, nous devons juste repérer les signes.

— Tu sais les repérer, toi ? demanda-t-elle nerveusement. Moi pas.

Et elle détestait être prise au dépourvu.

— Yellowstone est un super volcan qui possède une multitude de fosses de géothermie en ébullition. Je sais reconnaître les signes, et je sais aussi quoi faire si un ours s'approche trop près de nous.

— *Un ours ?*

Elle commença à dénouer les lacets de ses chaussures.

— Que fais-tu ? demanda Ryan.

— Je ne vais pas là-bas. Il y a des ours et des volcans.

Il éclata de rire, ce qui lui déplut.

Robert aussi riait d'elle lorsqu'elle se sentait dépassée par quelque chose qu'il considérait comme anodin.

— Ne te moque pas de moi, ce n'est pas drôle ! Je suis morte de peur.

Ryan changea d'expression.

— Je ne me moque pas de toi.

— Ah bon ?

— Mais non. Ce sont des peurs légitimes. Je riais parce que je trouve cela mignon. C'est touchant de voir quelqu'un d'aussi fort que toi confier que quelque chose lui fait peur.

Le compliment la surprit. Elle ne se sentait pas si forte.

— Le mont Rainier ne va pas entrer en éruption aujourd'hui, dit Ryan en s'asseyant à côté d'elle. Crois-moi, j'ai vérifié sur Internet. Le volcan est calme.

— *Trop* calme, maugréa-t-elle.

Elle tentait à présent d'alléger l'atmosphère pour que Ryan ne soupçonne pas le mal dont elle souffrait.

— Allez ! dit-il en riant. Laisse-toi vivre un peu.

— La dernière fois que je l'ai fait, voilà ce que j'ai récolté, dit-elle en montrant son ventre rond.

— Comme je te l'ai déjà dit, ni moi ni un ours ne pouvons te mettre enceinte une seconde fois.

Elle fronça les sourcils mais ne put retenir un sourire.

— Très bien, j'y vais, mais si on voit de la lave, c'est terminé.

— D'accord. Mais sache que la lave est ce que l'on voit en dernier. Avant, il y a un tremblement de terre.

— Dis-moi, tu veux vraiment aller là-bas ?

— Mais oui ! Je veux qu'on y aille ensemble !

— Alors, partons et arrête de parler d'éruptions volcaniques.

Elle attrapa ses clés et son sac, et Ryan lui tint la porte ouverte lorsqu'ils sortirent dans le couloir pour prendre l'ascenseur.

— C'est une belle journée, Emily. Nous allons bien en profiter, tu verras.

— Oui, à condition de ne pas être attaqués par des ours ou d'être piégés par un géorisque quelconque.

— La dernière fois que le mont Rainier est entré en éruption, c'était en 1894.

— Tu veux dire que ça devrait se reproduire bientôt ?

— Hum, je te trouve bien pessimiste pour une chirurgienne pédiatrique...

Elle s'empressa de sourire.

Heureusement, ils se mirent à parler de choses et d'autres, et la conversation prit un tour plus léger.

Ryan avait garé sa voiture juste devant l'immeuble. Il avait loué un SUV, un véhicule tout-terrain.

— Tu as vraiment bien fait les choses pour cette excursion, dit-elle, impressionnée.

— J'aime conduire un SUV ou un pick-up. On peut faire sortir un homme du Wyoming, mais pas faire sortir le Wyoming du cœur d'un homme.

— Je vois.

Dans l'Utah aussi, surtout dans la partie nord, beaucoup de gens optaient pour le SUV ou le pick-up. Ryan avait eu une bonne idée de louer ce type de véhicule pour se rendre dans le parc national.

Lorsque Ryan lui tint la portière pour qu'elle s'installe sur le siège du passager, elle se trouva légèrement déconcertée.

Jamais Robert ne s'était conduit ainsi avec elle. C'était un signal social. Un comportement adapté.

Ryan prit place derrière le volant et la regarda.

— Qu'y a-t-il ?

— Tu m'as tenu la porte.

— Et alors ? demanda-t-il, interloqué.

— Personne n'avait jamais fait cela pour moi. Ce doit être un geste de courtoisie tombé en désuétude.

Il sourit.

— Eh bien, c'est à mon père que je le dois. C'est bien la seule chose positive qu'il m'ait transmise.

Il se glissa dans la circulation et se dirigea vers l'autoroute en se fiant à son GPS. Cela valait mieux, car elle n'avait aucune idée de l'itinéraire à suivre pour se rendre au parc national.

Elle remarqua que Ryan avait les mains crispées sur le volant. Il semblait tendu depuis qu'il avait évoqué le souvenir de son père.

— Tu veux en parler ? demanda-t-elle.

— De quoi ?

— Je te trouve tendu depuis que nous avons pris la route. Depuis que tu as mentionné ton père.

Il fronça les sourcils.

— Je n'aime pas beaucoup parler de lui.

— Désolée. Est-ce qu'il est décédé ?

— Il a quitté la maison quand j'avais sept ans.

— Je suis désolée de l'apprendre.

Il haussa les épaules.

— J'ai su me passer de lui, et au moins il m'a appris les bonnes manières. Ma mère disait toujours qu'il était charmant. Je lui suis reconnaissant de m'avoir appris à bien me tenir, car, voyageant sans cesse à travers le monde, j'ai intérêt à faire bonne impression quand j'arrive quelque part.

— Je suppose que c'est parce que tu n'as pas le temps d'établir de liens avec le personnel chirurgical. Tu as voulu que je sois présente dans la salle d'opération à la place du Dr Sharipova parce que tu n'avais pas confiance en lui. Si tu te fixais dans un hôpital, tu pourrais nouer des relations avec tes collègues et savoir avec qui tu préfères travailler.

Il lui jeta un regard en biais.

— Peut-être, mais ce n'est vraiment pas mon truc. J'aime sillonner la planète. J'ai essayé une fois de me stabiliser, et... Et cela n'a pas marché.

— Pourquoi ?

— Je n'étais pas fait pour ça, dit-il, la mâchoire crispée.

D'accord, le sujet était sensible. Mieux valait laisser tomber. D'ailleurs, ne devait-elle pas n'avoir avec Ryan Gary qu'un rapport strictement professionnel ? Mettre son nez dans sa vie privée n'était pas le meilleur moyen de le tenir à distance. Et, de toute évidence, il n'avait pas l'intention de rester à Seattle pour assister à la naissance de leur enfant. Donc, elle devait protéger non seulement son cœur, mais aussi celui du bébé.

Le trajet sur l'autoroute s'avéra plutôt monotone, et, durant trois heures, elle plongea dans une sorte de somnolence. Mais dès qu'ils s'engagèrent sur la Nationale 7, le paysage devint plus intéressant.

— « Ohop Bob » ? Quel nom bizarre, remarqua Ryan alors qu'ils traversaient une ville.

— Ils ont un musée des pionniers !

— Tu as l'air toute excitée. Veux-tu qu'on s'arrête ?

— Non, mieux vaut aller directement au parc et retourner ensuite à Seattle.

— Tu ne supportes pas de ne pas être au travail, n'est-ce pas ?

— Qu'est-ce que tu veux dire ?

— Exactement ce que je dis. Tu n'as qu'une envie, c'est de faire demi-tour dès qu'on aura atteint le mont Rainier. Tu as deux jours de congé, pourquoi es-tu si pressée de rentrer ? Tes patients sont tous dans un état stable.

— Pour l'instant, murmura-t-elle.

— Ils sont en de bonnes mains. Tu viens de me faire un discours sur les relations professionnelles. N'as-tu pas confiance en tes collègues ? Ne les crois-tu pas capables de prendre soin de tes patients ?

— Mais si, dit-elle, les dents serrées.

Sauf qu'elle aimait tout contrôler et donner des ordres. Ça la calmait, et le monde prenait alors un sens pour elle.

— Tu n'as pas l'air très convaincue, observa Ryan.

— J'ai ma façon à moi de faire les choses, lança-t-elle, exaspérée.

— Tu ne prends jamais de congés, pas vrai ?

Elle leva les yeux au ciel.

— Non, en effet. Le travail, c'est toute ma vie.

— Il ne devrait pas en être ainsi.

— Et toi qui ne veux te fixer nulle part, alors ? Tu ne vis que pour ton travail, non ?

— Mais je prends mes jours de congé et je profite de mon temps libre. Lorsque j'arrive dans un nouvel endroit, j'explore ce qu'il y a à voir. Comme je le fais maintenant.

Elle se demanda s'il avait dans chaque ville une femme avec qui il sortait, buvait et dînait.

— Bon, d'accord, arrêtons-nous pour visiter le musée du pionnier. J'adorais *La Petite Maison dans la prairie* lorsque j'étais enfant, alors je suis curieuse de voir à quoi ce musée peut bien ressembler.

— Tu es sérieuse ? dit Ryan, l'air presque horrifié.

— C'est toi qui l'as proposé, non ?

— Mais je ne pensais pas que tu me prendrais au mot !

Elle se mit à rire.

— Eh bien, si ! Allons-y.

— Peut-être est-il fermé.

— Cela va être très amusant !

Il lui jeta un regard incrédule et suivit les flèches indiquant la direction du musée.

— Cette ville s'appelle Eatonville, remarqua Emily alors qu'ils sortaient de la voiture. Peut-être que Ohop Bob était son ancien nom ?

— En tout cas, c'est un nom bizarre.

— Tous les États portent un nom étrange. L'Utah en a plusieurs, d'origine biblique ou bien venant de prophètes mormons. Et le Wyoming ?

— La première localité à avoir été créée dans cet État s'appelle Jay Em, d'après le nom d'un propriétaire de ranch.

— Et tu te moquais de Ohop Bob ? dit-elle en riant.

— C'est vrai, j'aurais mieux fait de me taire.

Ils entrèrent dans le musée qui, semblait-il, venait juste d'ouvrir. Ils étaient les seuls visiteurs. Elle proposa de payer les entrées puisque Ryan conduisait et que c'était lui aussi qui s'était chargé d'apporter le pique-nique.

Ils se promenèrent dans le musée et s'attardèrent devant les vitrines montrant à quoi ressemblait la vie quotidienne d'autrefois dans l'État de Washington.

La principale activité économique de la ville étant l'industrie du bois, le musée était centré essentiellement sur la vie que menaient autrefois les bûcherons.

— Oh ! regarde ces meubles anciens ! s'exclama-t-elle, ravie.

— Cela a vraiment l'air de te plaire, dit Ryan, qui semblait beaucoup moins enthousiaste.

— Oui, j'aime beaucoup.

Elle avait toujours adoré tout ce qui touchait à la vie des premiers colons. Elle s'était plongée avec délices dans les livres traitant de cette époque. Elle avait rêvé de faire un périple qui la mènerait sur les traces de la famille Ingalls. Son amour pour les temps anciens lui avait même donné l'envie de porter un bonnet et un tablier. Jusqu'au jour où les autres enfants s'étaient moqués d'elle, lui reprochant sa tenue qu'ils trouvaient niaise.

— Mais je ne veux pas t'ennuyer, ajouta-t-elle, mal à l'aise. Toi, visiblement, tu n'aimes pas.

— Et alors ?

— J'aimais tellement tout cela lorsque j'étais enfant, Ryan. J'en étais folle. Je n'avais pas beaucoup d'amis… Les livres me tenaient compagnie.

Le visage de Ryan s'adoucit.

— Tu n'as pas à te sentir gênée. Tout comme toi, je n'avais pas beaucoup d'amis quand j'étais jeune.

— Vraiment ? J'ai du mal à le croire.

— J'ai grandi dans un ranch qui n'était pas très florissant. Mes vêtements venaient d'une friperie. En ville, j'étais vu comme le gamin pauvre.

— Et moi, j'étais la gamine autiste.

Il écarquilla les yeux.

— Quoi ?

— Je suis autiste Asperger. C'est difficile à vivre pour un enfant. Et même pour un adulte…

Elle ne regardait pas Ryan. Elle détestait se montrer vulnérable, devant lui comme devant quiconque. Elle ne pourrait pas supporter qu'il la rejette.

Il lui prit le menton et la força à le regarder en face.

Elle ne vit dans ses yeux ni rejet ni pitié. Elle y lut de l'admiration, ce qui la surprit.

— Ne sois pas gênée, dit-il doucement. Ne sois jamais gênée de tous les efforts que tu as faits, ni de ta façon de voir le monde. Tu es incroyable !

Elle sourit.

— Merci.

— Et maintenant, dis-moi, c'est quoi ce vieux truc, là ?

Elle voyait bien que Ryan s'ennuyait à mourir, mais elle appréciait les efforts qu'il faisait pour paraître intéressé. Même si elle aurait préféré rester à Seattle pour faire des recherches, elle commençait à se détendre et à apprécier cette sortie. Mais, en même temps, cela lui faisait peur. Elle avait peur de trop baisser sa garde devant Ryan.

Ah, si seulement elle pouvait avoir une vie personnelle qui ne lui pose pas de problèmes !

Au bout de quarante minutes, elle eut pitié de Ryan et proposa de reprendre la route.

Il parut soulagé.

Ryan regrettait d'avoir parlé de son père, mais c'était arrivé malgré lui. La présence d'Emily réveillait en lui tout un tas d'émotions qu'il n'était pas sûr de pouvoir gérer. Des émotions liées à ses parents et à son enfance. À la perte de son enfant. À son incapacité à se fixer quelque part alors qu'il se sentait las de voyager et rêvait secrètement de se stabiliser.

S'il se fixait quelque part, ce qui était arrivé avec Morgan risquait de se reproduire, il le savait. Il ne pouvait pas rester en place. Comme son père.

Il n'était pas digne d'être père.

Mais était-ce bien sûr ?

Il chassa cette pensée et s'arrêta devant le monument de la Bravoure, dédié à ceux qui avaient perdu la vie en servant le parc. Aux rangers qui étaient morts en faisant leur devoir, en essayant de sauver des gens blessés.

La sculpture était impressionnante.

Emily se promenait un peu plus loin, les mains dans les poches de son sweat à capuche. Lorsqu'elle se présenta de profil, il ne put détacher le regard de son ventre rond où se trouvait son bébé.

Il voulait une famille. Il voulait son enfant, et se stabiliser, mais il avait peur que sa présence ne soit plus un danger qu'un bienfait pour Emily et l'enfant.

C'était certainement ce que Morgan avait pensé. Elle n'avait pas désiré le bébé. Emily, elle, semblait le désirer. Ou, du moins, c'était ce qu'elle disait.

Il la vit se toucher le ventre et un doux sourire se dessiner sur ses lèvres. À ce moment-là, elle se tourna vers lui et lui sourit.

Il sentit son pouls s'accélérer tandis qu'un désir fou de la prendre dans ses bras le submergeait.

Dieu, comme elle était belle ! Sa beauté lui coupait le souffle. Elle était intelligente, brillante, pleine d'entrain. Elle ne lâchait rien. Imaginer tout ce qu'elle avait dû surmonter pour en arriver là où elle en était aujourd'hui la rendait encore plus attachante à ses yeux. Il ne l'en admirait que davantage. Cela avait fait d'elle une excellente chirurgienne.

Elle méritait tellement mieux qu'un homme comme lui ! Mais lorsqu'il était avec elle, il ne se sentait plus aussi seul. Elle le faisait rire. Il aimait passer du temps avec elle. Il était égoïste et voulait l'avoir pour lui tout seul, même s'il ne la méritait pas.

Il voulait juste profiter de chaque moment passé avec elle, jusqu'au jour où il partirait.

— Que regardes-tu ? demanda-t-elle en le rejoignant.

— Le monument de la Bravoure. Il célèbre les rangers morts en mission.

— Ah, bien.

— Oui. Nous ne rendons pas suffisamment hommage à tous ces hommes, policiers, soldats, qui mettent quotidiennement leur vie en danger.

— Mon père était policier à Salt Lake City.

— Ah oui ?

— Il est à la retraite, maintenant. Je me souviens qu'il rentrait tard certains soirs. Maman nous envoyait nous coucher et l'attendait en faisant les cent pas. Elle ne se couchait jamais avant qu'il ne soit rentré à la maison sain et sauf. Je crois n'avoir jamais éprouvé pour quelqu'un un tel amour. Et toi ?

Oui.

— Non.

Il avait aimé Morgan, mais elle ? Non, sans doute pas, sinon elle n'aurait pas agi comme elle l'avait fait. Il respectait son choix, mais il en souffrait encore. Cela lui avait brisé le cœur, et elle avait paru s'en moquer.

— Le chemin est par là, dit-il en montrant la direction qu'ils étaient censés suivre. Veux-tu... ?

Il fut interrompu par le déclenchement d'une sirène, et le sol commença à trembler.

— Oh ! mon Dieu ! s'écria Emily.

Elle se rua vers lui et se blottit dans ses bras.

Il la tint serrée contre lui tandis qu'un bruit sourd résonnait dans la vallée et que la sirène continuait de se faire entendre.

Ils se trouvaient bien au-dessus du lit de la rivière. Ils étaient en sécurité, mais il sentait son cœur battre à tout rompre alors qu'il tenait étroitement contre lui Emily, qui tremblait comme une feuille.

Au bout d'un moment qui parut durer une éternité, les secousses s'arrêtèrent, et la sirène se tut.

Il avait dû se produire quelque part un lahar, une coulée de boue volcanique. On était à la fin du printemps, ce n'était pas surprenant que ce phénomène se soit manifesté. Pourtant, il avait juré à Emily que rien de grave ne pouvait arriver.

S'ils ne s'étaient pas arrêtés au musée des pionniers, ils se seraient trouvés sur le chemin et auraient peut-être été piégés par ce lahar.

Cette pensée lui donna le frisson.

Plusieurs rangers arrivaient en courant. L'un d'eux s'arrêta à leur hauteur.

— Est-ce que ça va ? demanda-t-il.

— Oui, nous n'avons rien, assura Ryan.

Emily s'agrippait encore à lui, mais moins fort qu'avant.

— Je vais bien, dit-elle. Que s'est-il passé ?

— C'est un lahar, dit l'homme. Nous allons suivre le sentier pour voir s'il y a des blessés. Un groupe scolaire est descendu par là.

— Je suis chirurgienne pédiatrique. Je peux vous aider.

Soudain, la peur qui l'avait submergée s'était évanouie. Tout ce qui comptait à présent pour elle, c'était de venir en aide aux gens. C'était admirable.

— Moi aussi, je suis chirurgien.

— Génial, dit le ranger. Suivez-moi, je vais vous emmener dans mon camion.

Ils lui emboîtèrent le pas et prirent place dans le véhicule.

Le chemin était cahoteux et accidenté. Il leur fallut plus d'une demi-heure pour arriver à l'endroit où les scolaires se trouvaient. Il semblait que les professeurs avaient réussi à rassembler les enfants dans un endroit sûr au-dessus du lit de la rivière. Le problème, c'était qu'ils étaient cernés de toute part par la coulée de boue. Ils étaient pris au piège.

Heureusement, ce n'étaient pas de jeunes enfants, mais des préadolescents. D'où il était, Ryan avait l'impression qu'aucun d'eux n'était gravement blessé. Juste quelques éraflures et des blessures légères.

Le ranger gara son camion.

— Vous restez là, dit-il, nous vous amènerons les enfants.

Il se dirigea vers l'endroit où le lahar avait balayé le sentier.

Tout était recouvert de boue et de débris végétaux. Le sol

semblait stable, mais Ryan se doutait qu'il n'en était rien. Là où le ranger les avait laissés, ils étaient en sécurité, mais il n'aimait pas voir Emily si près de l'endroit où s'activaient les rangers occupés à évacuer les enfants.

Les bras croisés, elle observait les opérations de sauvetage.

— Tu devrais peut-être attendre dans le camion, dit-il.

— Tout va bien. Nous ne risquons rien, ici.

Il lui passa un bras autour des épaules.

— Est-ce que ça va ?

— Pas tout à fait, mais si je me focalise sur les enfants et les secours, cela ira.

Elle lui sourit.

— Sauver des vies est plus important que l'anxiété et la surcharge sensorielle que je ressens en ce moment. C'est comme ça que je m'en sors.

— Excellente solution.

Lui, il n'avait jamais été aussi terrifié de sa vie. Et ce n'était pas parce qu'il avait eu peur pour lui-même. Il avait été terrifié à l'idée de perdre Emily. Ou le bébé. Ou les deux. C'était quelque chose d'inattendu et d'insoutenable.

Emily achevait de soigner la dernière écolière qui avait été évacuée après que le lahar eut submergé le lit de la rivière.

Heureusement, aucun élève n'avait été sérieusement blessé. Ils iraient tous à l'hôpital, mais tous étaient stabilisés.

— C'était si... si effrayant ! balbutia Jessica tandis qu'elle lui nettoyait sa plaie et lui posait un pansement.

— Je veux bien te croire ! J'ai eu très peur quand les sirènes se sont déclenchées. J'avais oublié que Rainier était un volcan. Et c'est la première fois que je fais l'expérience d'un lahar.

— Vous n'êtes pas de l'État de Washington ?

— Non. Je viens de l'Utah. Nous avons des montagnes, mais pas de volcans.

Emily se leva.

— Tu es prête à partir avec l'ambulance. J'ai entendu l'un des rangers dire que tes parents t'attendent à l'hôpital.

— Ah, tant mieux, dit Jessica, l'air soulagé.

Ryan s'occupait d'un ranger qui s'était blessé en glissant dans la boue. Il fallait s'assurer que sa colonne vertébrale supporterait son transfert à l'hôpital.

Emily appréciait qu'il ait été là et qu'il l'ait réconfortée quand elle avait été terrifiée par l'arrivée du lahar. Jamais elle ne s'était sentie aussi vulnérable qu'en cet instant, cramponnée à Ryan.

Elle s'en voulait un peu de s'être montrée aussi fragile devant lui. Heureusement qu'elle lui avait parlé de son autisme Asperger avant. Elle était contente qu'il soit là, même si, bien sûr, elle ne se serait pas trouvée dans cette situation s'il n'avait pas eu la brillante idée de l'amener là.

Une ambulance arriva et prit en charge le blessé pour le conduire à l'hôpital.

— Est-ce que ça va ? demanda Ryan en la rejoignant.

— Oui, ça va. Je me sens fatiguée, mais cela ira.

— Peut-être n'était-ce pas une très bonne idée de venir ici aujourd'hui...

— Tu crois ? dit-elle en riant. Comment va le ranger ?

— Bien. Il n'a aucune fracture, mais il peut avoir un hématome. On lui fera une IRM de la colonne vertébrale. On prendra soin de lui, là-bas.

— Es-tu prêt à rentrer ?

Ryan hocha la tête.

— Nous devons juste trouver un ranger qui nous ramène à la voiture.

— Je peux vous emmener, proposa un ambulancier. Je n'ai personne à transporter.

— Parfait.

Ryan et elle montèrent à l'arrière de l'ambulance.

Le voyage s'avéra un peu moins confortable que dans le camion du ranger. Ryan lui passa un bras autour de la taille pour l'aider à résister aux secousses mais, quand elle s'écarta sans dire un mot, il ne lui posa aucune question.

Elle avait le plus grand mal à le tenir à distance, et elle se le reprochait. Elle avait travaillé dur toute sa vie pour ne dépendre de personne. Pourtant, elle était contente qu'il soit là. Sa présence la calmait.

L'ambulance s'arrêta, et l'infirmier vint leur ouvrir les portes arrière.

— Merci encore de votre aide à tous les deux, dit-il. Elle nous a été précieuse.

— C'était avec plaisir, répondit Emily.

L'ambulance s'éloigna, se dirigeant vers l'entrée principale du parc.

Il était presque 15 heures. Le parc était silencieux car tous les sentiers n'étaient pas encore ouverts à la randonnée, et les rangers avaient fermé l'accès à celui où s'était produit le lahar. On n'entendait que le chant des oiseaux et le murmure du vent dans les pins.

— As-tu faim ? demanda Ryan.

— Je suis affamée.

— Je pensais qu'on pique-niquerait près de la rivière, mais il semble que nous soyons coincés ici.

— Oui, ça m'en a tout l'air.

Il sortit du SUV une glacière et une couverture.

Ils trouvèrent non loin du parking un coin ensoleillé d'où l'on pouvait voir le mont Rainier et la vallée.

Ryan étendit la couverture sur l'herbe. Emily s'assit dessus et commença à sortir les vivres de la glacière.

Ryan prit place à côté d'elle, en silence.

Elle était consciente qu'une tension s'était installée entre eux depuis leur trajet en ambulance.

— Désolée de m'être agrippée à toi quand le sol s'est mis à trembler, marmonna-t-elle. Je crois que cela a créé une certaine gêne entre nous.

— Cela ne m'a pas déplu, Emily.

Elle sentit une chaleur subite lui envahir les joues. Elle le regarda et vit qu'il était sérieux. Quelque chose avait changé, mais elle n'aurait pas su dire quoi.

— Es-tu fâché que je me sois écartée de toi quand nous étions à l'arrière de l'ambulance ?

— Non, je ne suis pas fâché. Je ne veux pas t'envahir. Je veux simplement t'aider le plus que je pourrai tant que je serai ici.

— En as-tu envie, ou t'y sens-tu obligé ?

Il soupira et regarda droit devant lui.

— Je désire avoir une famille, mais en même temps je ne sais pas si je peux me fixer quelque part. Ma carrière compte énormément pour moi.

— Tu n'as pas l'habitude de rester toujours au même endroit.

— C'est vrai. J'aime voyager. Mon père aussi était incapable de rester en place. Peut-être suis-je comme lui. Peut-être...

Il parut vouloir ajouter quelque chose mais n'en fit rien.

— Je ne veux pas te faire du mal, reprit-il. Si j'avais su que tu étais enceinte...

— Tu ne serais pas resté, Ryan. Tu avais un travail important qui t'attendait ailleurs.

— Je veux être là pour toi et le bébé. C'est mon bébé aussi, et en ce moment je suis là, je veux t'aider.

Elle désirait vraiment le croire, mais elle savait qu'il ne pourrait pas rester. Cependant, il avait des droits sur son enfant.

— Tu peux t'impliquer autant que tu voudras, dit-elle.

— Merci.

— Mon rendez-vous avec le Dr Samuel est dans deux jours, dit-elle en lui prenant la main. Accompagne-moi.

— Je le ferai.

— Promis ?

— Promis.

Il lui tendit une bouteille d'eau.

— Je vois que tu as du mal à me faire confiance, et je peux le comprendre, ajouta-t-il. On se connaît à peine.

— Je ne me fie pas à grand monde, tu sais. Quand il m'est arrivé de le faire, les gens en ont profité pour se moquer de moi, parce qu'il y avait des choses que je ne comprenais pas, comme le mensonge ou le sarcasme.

— Que s'est-il passé ?

Elle détestait parler de Robert. Elle se sentait gênée d'être tombée amoureuse d'un homme incapable de supporter sa réussite. Un homme qui l'avait trompée et rabaissée. Qui lui avait menti. Elle s'en voulait vraiment d'avoir laissé un homme de cette sorte entrer dans sa vie. Elle avait été folle de lui faire confiance.

Lorsque ses parents avaient su qu'elle était tombée enceinte après une aventure d'une seule nuit, ils s'étaient réjouis d'apprendre qu'elle gardait le bébé. Ils semblaient très heureux de devenir grands-parents. Mais ils craignaient qu'elle ne retombe dans le même piège qu'avec Robert. Ils avaient peur de la voir mener une vie indépendante. Peur qu'elle ne puisse pas prendre soin d'elle, qu'elle ne se fasse manipuler et qu'on profite d'elle. Peur qu'elle ne soit tombée amoureuse d'un homme qui l'embobine.

Mais Ryan n'était pas comme cela. Son seul problème, c'était son incapacité à s'installer quelque part.

Elle savait aussi que sa mère craignait qu'elle ne soit pas capable de s'occuper d'un enfant qui risquait d'être autiste. Elle aussi s'inquiétait de cette éventualité de transmettre ses difficultés à son bébé. Mais pour autant, elle n'allait pas retourner vivre dans l'Utah. Elle se sentait capable de vivre seule.

Elle soupira.

— J'ai eu une relation avec un homme qui m'a menti et m'a trompée. Il ne méritait pas l'amour que je lui portais. Je m'étais juré de ne plus jamais retomber amoureuse d'un chirurgien... Et j'y suis parvenue pendant cinq ans.

Ryan sourit, le regard brillant.

— Jusqu'à ce que tu me rencontres.

— Oui, jusqu'à ce que je te rencontre et que nous passions cette nuit fatale à Las Vegas.

— C'est donc à cause de cette histoire que tu ne me fais pas confiance ? dit doucement Ryan. Je peux le comprendre, mais je te dirai une chose : tu peux te fier à moi. Peut-être ai-je du mal à me fixer mais, en ce qui concerne notre bébé, je ne te laisserai pas tomber.

Elle aimerait tellement le croire ! Peut-être devrait-elle lui laisser le bénéfice du doute ?

Se penchant vers elle, il lui caressa la joue.

Elle ferma les yeux, songeant à la dernière fois où il avait eu ce geste et où elle s'était retrouvée rapidement dans ses bras.

— Jamais je ne vous ferai du mal, à toi ou au bébé.

— Je sais...

Et avant qu'elle comprenne ce qu'il se passait, elle se retrouva contre lui, s'abandonnant aux sensations qu'il faisait naître en elle.

Fermant les yeux, elle reçut son baiser. Un baiser doux,

parfaitement contrôlé, mais qui exprimait un désir violent. Un baiser qui l'embrasa tout entière. Ryan lui avait déjà fait cet effet-là, la première fois. Ce moment d'intimité et de connexion lui avait manqué, mais il lui faisait peur aussi.

Elle le repoussa, et il lui fallut un moment pour reprendre son souffle.

— On a une longue route à faire, dit-elle. On ferait mieux de rentrer à Seattle.

— Tu as raison. Finis ton déjeuner, je m'occupe de ranger.

Il commença à rassembler les restes du pique-nique.

Elle prit une profonde inspiration et tenta de calmer les battements désordonnés de son cœur.

Elle jouait un jeu dangereux auquel elle n'était pas sûre de survivre... Et elle n'était pas sûre de le vouloir.

9

Emily détourna les yeux de son écran d'ordinateur et fixa rêveusement la pile de dossiers sur son bureau.

Cela faisait deux jours qu'elle n'avait pas revu Ryan. Elle n'avait eu aucun contact avec lui depuis l'équipée au parc national du mont Rainier.

Le retour s'était fait dans le silence, et elle s'était endormie avant qu'ils n'arrivent à l'autoroute. Elle s'était réveillée au moment où Ryan se garait devant chez elle. Il l'avait escortée jusqu'à son appartement mais n'était pas entré. Il l'avait embrassée sur le front et lui avait souhaité une bonne nuit.

Elle s'interrogeait encore sur ce qu'il s'était passé ce jour-là et sur ce qu'elle ressentait. Elle avait les idées confuses.

Normalement, elle ne devrait pas faire confiance à Ryan. Il était incapable de se fixer quelque part, et il était chirurgien, ce qui constituait à ses yeux deux mauvais points... Mais il la regardait et lui parlait si gentiment ! Jamais Robert ne s'était comporté de cette façon avec elle. Lorsqu'elle se rappelait cette relation désastreuse, elle s'en voulait d'avoir cru sur le moment qu'elle vivait quelque chose de beau. Il n'en avait rien été. Jamais.

Elle avait peur de connaître de nouveau la même déception. Mais Ryan était bien différent de Robert et elle savait tout au fond d'elle-même que jamais il ne leur ferait de mal, à elle et au bébé.

Peut-être qu'elle pourrait lui donner sa chance ?

Cette idée l'effrayait...

Soudain, son bip retentit.

C'était Ryan. Il voulait la voir immédiatement au laboratoire de pathologie.

Son estomac se noua.

S'il était là-bas, c'était parce qu'il avait les résultats de Raquel. Pourvu qu'ils ne soient pas mauvais !

Elle retrouva Ryan devant le laboratoire. Appuyé contre le mur, il se tenait la tête dans les mains.

— Je suis là, dit-elle. Tu as le rapport concernant Raquel ?

Il le lui tendit.

— C'est une tumeur maligne. Elle a un cancer. Je vais l'envoyer passer un scanner pour voir s'il s'est étendu.

— Oui, c'est une bonne idée.

— J'espérais que tu accepterais de venir avec moi pour leur annoncer la nouvelle. Elle est ta patiente, et s'il y a des métastases, nous pourrions nous lancer à deux dans une opération chirurgicale pour l'en débarrasser.

— D'accord.

Ryan se passa la main sur le visage.

— Annoncer l'apparition d'un cancer n'est jamais facile, et avec les enfants, c'est encore pire. Je préfère avoir affaire à des adultes.

Elle lui prit le bras.

— Tu sais, les enfants sont beaucoup plus résilients que les adultes. Nous allons affronter cela ensemble. S'il n'y a pas de métastases, prévois-tu d'enlever la tumeur ?

— Oui, et le plus tôt possible. Plus la tumeur grossit, moins l'opération a de chances de réussir.

— Bien. Allons voir ensemble la mère de Raquel. Nous la laisserons informer elle-même sa fille, et nous serons là pour toutes les deux. C'est tout ce que nous pouvons faire.

Ils se rendirent dans la chambre de Raquel.

La petite fille dormait. Vanessa, sa mère, assise à son chevet, était plongée dans un roman.

Emily s'avança, le cœur serré à l'idée de ce qu'ils allaient devoir lui annoncer.

— Vanessa, le Dr Gary et moi, nous voudrions vous parler.

Vanessa hocha la tête et se leva.

— Allons dans le salon d'à côté, continua Emily.

Aussitôt, Vanessa devint livide.

Ils allèrent tous les trois s'asseoir dans le salon. Là, Vanessa fondit en larmes.

— C'est une tumeur maligne, n'est-ce pas ?

Ryan posa sa main sur l'épaule de la pauvre femme.

— Oui. Je suis désolé.

Emily tendit à Vanessa un mouchoir en papier et s'assit à côté d'elle, s'efforçant de contrôler ses émotions.

— Que va-t-il se passer maintenant ? interrogea Vanessa.

— Nous allons faire passer à Raquel un scanner cérébral afin de nous assurer que le cancer ne s'est pas étendu, et, ensuite, nous commencerons un traitement, expliqua Emily.

— Dans tous les cas, ajouta Ryan, je veux l'opérer pour lui retirer cette tumeur avant qu'elle ne devienne trop grosse et ne provoque des crises plus graves et des dégâts fonctionnels.

Vanessa hocha la tête.

— Cela fait beaucoup de choses à intégrer. Je suis une maman célibataire, j'ai des problèmes au travail, et le coût...

— Ne vous faites pas de souci pour cela. Je travaillerai à titre gracieux. En ce qui concerne le SMFPC, je ne peux rien dire.

— Ne vous inquiétez pas, Vanessa, dit Emily. Le principal, c'est Raquel et son bien-être. Je vais demander à mon interne, le Dr Teal, d'emmener Raquel faire son scanner, et ensuite le Dr Gary décidera ce qu'il y a de mieux à faire en ce qui concerne l'intervention chirurgicale. Je vais dire à notre équipe d'oncologie pédiatrique de prendre contact avec vous.

Vanessa se frotta les tempes.

— Raquel est tout ce que j'ai au monde.

Emily sentit une boule se former dans sa gorge. Elle eut du mal à parler.

— Vous n'allez pas la perdre. On va tout faire pour que vous restiez ensemble toutes les deux très, très longtemps. Dès que nous aurons les résultats du scanner, nous pourrons nous mettre au travail.

— Merci à vous deux, dit Vanessa à travers ses larmes. Merci d'avoir été là le soir où Raquel a eu sa crise, et... Et merci pour tout ce que vous faites pour nous maintenant.

Elle se leva et quitta la pièce.

— Je vais l'accompagner et répondre aux questions de Raquel, dit Ryan.

— Et moi, je vais demander au Dr Teal de réserver le scanner...

Mettant la main sur la bouche, Emily essaya d'étouffer un sanglot.

— Hé, qu'y a-t-il ? demanda Ryan en s'agenouillant devant elle. Qu'est-ce qui ne va pas ?

— Je ne sais pas, dit-elle en reniflant. J'ai opéré beaucoup d'enfants atteints d'un cancer, mais jamais cela m'a affectée autant que le cas de Raquel. Ce doit être parce que je suis enceinte. D'habitude, je ne me laisse pas aller à mes émotions quand je me sens oppressée. Mais là, c'est trop dur. Je ne peux pas me retenir.

— Ce doit être une question d'hormones. Moi aussi, je me sens affecté, mais c'est parce que je ne travaille pas tout le temps avec des enfants, et je déteste en voir un atteint d'un cancer. Tu es forte, Emily. Tu es confrontée à cela à longueur d'année et tu sauves des vies. Tu es plus forte que moi.

Elle s'essuya les yeux.

— Merci d'être si gentil.

Il lui releva le menton.

— Ce n'est pas de la gentillesse, c'est juste un constat.

— Va voir Raquel.

— Est-ce que cela va aller pour toi ?

— Mais oui.

— Bon, d'accord.

Il se releva et quitta la pièce.

Elle se força à respirer calmement.

Ce qu'il venait de se passer ne lui ressemblait pas. Perdre le contrôle lui avait toujours semblé inacceptable.

Lorsqu'elle se leva, elle eut un étourdissement. Il lui fallut attendre un moment avant de se sentir assez bien pour sortir du petit salon.

Elle bipa le Dr Teal et s'arrêta au bureau des infirmières où elle s'assit sur une chaise en attendant l'arrivée de son interne.

Amanda apparut quelques minutes plus tard.

— Vous m'avez bipée, docteur West ?

— J'ai besoin que vous emmeniez la patiente de la chambre

607 passer un scanner cérébral. Sa biopsie a montré qu'elle avait un cancer.

Le visage d'Amanda se décomposa.

— J'y vais, docteur West.

Restée seule, Emily se leva trop vite de sa chaise et, de nouveau, la pièce se mit à tourbillonner autour d'elle.

— Docteur West ?

Elle entendit quelqu'un dire son nom, mais elle ne put répondre. Une sensation étrange l'envahit, ses genoux se dérobèrent sous elle, et tout devint noir.

— Alors, je vais perdre mes cheveux ? demanda Raquel d'une voix chagrine.

— Oui, à cause de la chimiothérapie et des rayons, dit Ryan. Il n'y a pas moyen d'éviter cela. Mais, avant que tu ne commences tes traitements, je devrai de toute façon te raser une partie de la tête pour t'enlever ta tumeur.

Raquel soupira et regarda sa mère en laissant libre cours à ses larmes.

— Je vois bien que cela t'ennuie, dit Ryan en s'asseyant à côté d'elle. Alors, puisque je dois te raser la tête, tu auras le droit de raser la mienne. Tu me feras la boule à zéro, comme à l'armée.

Vanessa intervint.

— Ce n'est pas nécessaire, docteur Gary !

Mais le regard de Raquel s'illumina.

— Et après, je pourrai vous faire des dessins sur le crâne ?

— Ça, non. Pas question.

— Bon, d'accord, docteur Gary. Marché conclu !

Ryan sourit.

— Je pensais bien que ça te ferait plaisir.

On frappa à la porte, et le Dr Teal entra dans la chambre.

— Docteur Gary, nous allons emmener Raquel faire le scanner cérébral.

Il hocha la tête et se leva.

— Je reviendrai plus tard, Raquel. Docteur Teal, dès que les clichés seront prêts, je veux que vous me bipiez.

— Oui, bien sûr, docteur Gary.

Il sortit de la chambre.

Il espérait que les cellules malignes ne s'étaient pas diffusées. En général, chez l'adulte, les tumeurs primaires du cerveau sont rares. Elles apparaissent le plus souvent à la suite d'un autre adénocarcinome, comme le cancer du poumon. Mais chez l'enfant, il est fréquent de voir des tumeurs cérébrales primaires. Il espérait que c'était le cas chez Raquel : quelque chose de simple qui puisse être traité avec une chimiothérapie et une radiothérapie minimales, associées à une immunothérapie.

À peine était-il dans le couloir qu'une infirmière se précipita vers lui.

— Docteur Gary, nous vous cherchions !

— Moi ? Il y a un problème avec Jason ?

Jason et Raquel étaient les seuls patients dont il avait à s'occuper dans cet hôpital tant que les jumelles siamoises n'étaient pas nées.

— Jason va bien, dit l'infirmière. C'est le Dr West. Elle est à la maternité avec le Dr Samuel. Elle s'est évanouie.

Il n'attendit pas d'en savoir plus. Il courut aussi vite qu'il put jusqu'à la maternité, qui se trouvait à l'autre bout du SMFPC. Son sang bourdonnait dans ses oreilles tandis qu'il parcourait le passage couvert reliant les deux ailes de l'hôpital.

Lorsqu'il y arriva, essoufflé, une infirmière devina qui il cherchait. Comme il passait devant elle sans s'arrêter, elle lui cria le numéro de la salle où se trouvait Emily.

Il ne prit même pas le temps de frapper avant de pénétrer dans la pièce.

Emily, allongée sur une table d'examen, avait les yeux clos. Elle était blanche comme un linge. Elle avait une petite coupure à la tête, qui avait été refermée avec des stéristrips.

— Em ? dit-il en se penchant sur le lit.

— Ryan ? Comment as-tu su que j'étais ici ?

— C'est une infirmière qui m'a mis au courant. Je suis venu aussi vite que j'ai pu. Tu vas bien ? Et le bébé ?

— Elle va bien, dit le Dr Samuel en entrant dans la pièce. Son taux de sucre dans le sang a chuté brutalement. Je vais lui faire passer un test de tolérance au glucose et vérifier si elle ne présente pas un diabète gravidique. Elle s'est aussi fait une petite blessure à la tête en tombant, mais elle ne présente aucun signe de commotion cérébrale.

— Et le bébé ? demanda Ryan.

Il était terrifié à l'idée de perdre aussi ce bébé-là.

— Il va très bien, assura le Dr Samuel. Voulez-vous entendre les battements de son cœur ?

— Oui.

Le Dr Samuel étala sur le ventre d'Emily un gel spécial avant de se servir de la sonde. Ryan put alors entendre battre le cœur de son enfant.

— Il bat fort, commenta le Dr Samuel en souriant.

Ryan écoutait, incrédule, et pressa la main d'Emily.

— Je veux que vous rentriez vous reposer chez vous, Emily, dit le Dr Samuel. Il vous faut du repos. Ne buvez et ne mangez rien après minuit, et, demain matin, je vous ferai un test de tolérance au glucose.

— D'accord, Derek, dit Emily, comme à contrecœur.

— Docteur Gary, croyez-vous pouvoir ramener Emily chez elle ?

— Mais il a ses patients, protesta-t-elle.

— Je peux la ramener, déclara Ryan d'un ton ferme.

— Tu as Raquel qui...

— Pour l'instant, elle passe un scanner. Le Dr Teal m'enverra les résultats par mail. De toute façon, je ne peux pas l'opérer avant demain. Tu t'es blessée à la tête et tu as fait une hypoglycémie. Je ne vais pas te laisser sans surveillance. Je vais te ramener chez toi et m'occuper de toi ce soir.

Emily soupira et prit la serviette que lui tendait le Dr Samuel pour se débarrasser du gel qu'elle avait sur l'abdomen.

Ryan l'aida à s'asseoir.

— Attends ici le temps que j'aille chercher tes affaires et que je ramène ma voiture de ce côté-ci de l'hôpital.

— Ce n'est pas si grave..., commença à argumenter Emily.

— Écoutez-le et faites ce qu'il vous dit, la coupa le Dr Samuel avant de quitter la pièce.

Elle leva les yeux au ciel.

— Ne bouge pas, ordonna Ryan.

Et il esquissa un sourire.

— Très bien, dit Emily en croisant les bras.

Mais avant de sortir, il vit qu'elle souriait aussi.

Après avoir refermé la porte derrière lui, il s'appuya contre le mur et respira un grand coup, puis il se dirigea vers l'autre aile de l'hôpital.

Il avait eu si peur pour Emily et le bébé ! La même peur l'avait envahi lorsqu'il avait entendu la sirène retentir dans le parc national. L'idée de les perdre le rendait malade.

Cela l'épouvantait. Il se sentait démuni devant une telle angoisse. Il n'était même pas sûr de pouvoir être un bon père. Et il se détestait d'être aussi craintif, vulnérable et peu sûr de lui.

Mais, pour l'instant, il allait faire tout son possible pour Emily et le bébé. Il ne s'en irait pas comme son père l'avait fait. Pas maintenant, en tout cas.

Assise dans son lit, Emily se réjouissait d'avoir une télévision dans sa chambre, car, autrement, elle serait devenue folle.

Depuis que Ryan l'avait ramenée chez elle, il ne cessait de la surveiller et ne la laissait pas mettre un pied par terre.

— Je ne suis pas obligée de rester au lit ! cria-t-elle assez fort pour que Ryan puisse l'entendre depuis la cuisine. On m'a dit simplement de rentrer et de me reposer !

— Et où te reposes-tu le mieux ? demanda Ryan.

Elle soupira.

— Dans mon lit.

— Exact.

— Je vais commander le dîner, dit-il en lui apportant une tasse de thé. As-tu une préférence particulière ?

— Un repas chinois, ce serait génial.

— Très bien. Et, après, nous pourrions regarder un film.

— Tu ne dois pas retourner à l'hôpital ?

— J'attends que le Dr Teal m'envoie les résultats du scanner. Lorsque je les aurai, je déciderai de la marche à suivre, mais l'opération ne peut avoir lieu avant demain, car Raquel a déjeuné et goûté. Je t'emmènerai demain matin à l'hôpital pour ton test de tolérance au glucose, et ensuite je l'opérerai.

— Et ton autre patient ?

Ryan secoua la tête, le visage fermé.

— Jason ? Son état est stable, et il est en de bonnes mains.

Ce qui signifiait que Jason n'avait toujours pas récupéré toute sa mobilité.

Elle devinait que cela pesait lourd sur la conscience de Ryan. Peut-être était-ce pour cela qu'il en faisait tant pour elle ?

Il la quitta pour passer la commande du dîner.

Elle posa sa tasse de thé bien sucré sur la table de nuit et s'appuya contre son oreiller.

Elle se sentait encore un peu flottante et avait mal à la tête. Elle toucha avec précaution sa plaie et fit la grimace.

— Ne tripote pas cela, dit Ryan en revenant dans la chambre.

— Je ne tripote rien du tout !

— Mais si.

Il s'assit au bord du lit et consulta son téléphone.

— Ils devraient livrer le dîner dans quarante minutes, dit-il.

— Bien. Aucune nouvelle de l'hôpital ?

— Non, rien.

S'avisant que Ryan n'avait pas encore vu les résultats de l'IRM qui avait été faite à Janet, elle saisit sa tablette et ouvrit le fichier contenant les clichés des bébés.

— Regarde, dit-elle. Puisque tu as décidé de rester ici, nous pourrions peut-être discuter de ces images.

Ryan attrapa la tablette et, se débarrassant de ses chaussures, s'assit à côté d'elle.

— Beaucoup de nerfs sont entremêlés.

— Crois-tu pouvoir les séparer sans que les bébés se retrouvent paralysés ?

— Oui, je le crois… Mais je ne le saurai que lorsque je serai à pied d'œuvre.

— Chaque cas de séparation de siamois est différent. C'est comme un puzzle.

— S'il en était autrement, les choses seraient moins compliquées.

— J'aimerais mieux cela, dit-elle en buvant une gorgée de thé. Comment Raquel a-t-elle réagi à la nouvelle ?

— Elle a été effrayée. Je crois que cela lui a fait du bien de m'entendre lui dire qu'elle avait le feu vert.

— Le feu vert pour quoi ?

— Comme je dois lui raser la tête pour l'opérer de sa tumeur, elle aura elle aussi le droit de me le faire.

Emily faillit s'étrangler avec son thé.

— Tu as dit à une petite fille de dix ans qu'elle pouvait te raser la tête ?

— Oui, elle me mettra la boule à zéro. Elle voulait décorer mon crâne avec des dessins, mais je m'y suis opposé.

Emily haussa un sourcil.

— Tu en fais un peu trop pour tes patients.

— Cela l'a rendue heureuse.

Elle sourit, attendrie.

Il était si gentil avec les enfants ! Il serait un bon père. Elle espérait seulement qu'il serait là pour leur bébé...

C'était la première fois qu'elle pensait à cet enfant comme étant *leur* bébé. Jusqu'à présent, elle l'avait toujours considéré comme son bébé à elle. Elle n'aurait su dire quand le changement s'était opéré, mais il avait bel et bien eu lieu.

Elle lui passa la main dans les cheveux.

— Tu as vraiment de beaux cheveux. Je me demande à quoi tu ressembleras lorsque tu auras la tête rasée.

— J'ai déjà eu la boule à zéro.

Il sortit son téléphone de sa poche et lui montra une photographie.

— Regarde, c'est moi lorsque j'étais au collège. J'avais la tête rasée.

Il était si maigre et si jeune sur la photo qu'elle se mit à rire.

— Pourquoi gardes-tu cette vieille photo de toi sur ton téléphone ?

— C'est pour me rappeler le chemin que j'ai parcouru.

— Tu as besoin de t'en souvenir ?

— Certains jours, oui.

Un silence gêné s'installa entre eux, comme cela s'était passé après le baiser qu'ils avaient échangé dans le parc national.

Alors que Ryan remettait son téléphone dans sa poche, quelqu'un sonna à la porte.

— Ce doit être la livraison du dîner, dit-il en allant ouvrir.

Elle s'appuya contre son oreiller et ferma les yeux.

Elle brûlait de demander à Ryan quels étaient ses plans pour l'avenir. Elle aurait tant aimé pouvoir lui faire confiance !

Elle voulait un tas de choses, et elle doutait de les avoir jamais.

Ils dînèrent dans la chambre. Ryan insista pour qu'Emily reste couchée, il lui servit son repas chinois sur un plateau tandis que lui-même s'asseyait près du lit pour manger. Ils regardèrent ensuite un film des années 1980, une comédie qui avait eu beaucoup de succès dans leur jeunesse mais qui lui parut assez médiocre aujourd'hui. Emily avoua cependant qu'elle prenait encore plaisir à la regarder, et il en fut attendri.

Elle finit par s'endormir.

Il emmena à la cuisine les restes du dîner et revint avec un verre d'eau qu'il posa sur la table de nuit.

Emily dormait paisiblement.

Il aurait voulu rester auprès d'elle, mais les résultats du scanner cérébral étaient maintenant disponibles. Ne pouvant les recevoir sur son téléphone, il devait se rendre à l'hôpital pour les lire...

À moins de demander à Emily son mot de passe afin de pouvoir utiliser sa tablette.

— Emily ? murmura-t-il.

— Oui ? répondit-elle d'une voix ensommeillée. Les résultats sont arrivés ?

— Oui, mais je ne peux pas les recevoir sur mon téléphone. Désolé de te réveiller, mais il faudrait que tu ouvres ta tablette pour que je puisse y jeter un coup d'œil. Sinon, je devrai me rendre à l'hôpital.

— Moi aussi, je veux connaître les résultats !

Emily s'assit dans son lit, prit sa tablette et la connecta avant de la lui passer.

Il ouvrit sa messagerie et fit apparaître les clichés du scanner. Très vite, il poussa un soupir de soulagement.

— Il n'y a aucune métastase nulle part, ce qui signifie qu'il s'agit d'un cancer au stade 2.

— Génial, commenta Emily en étouffant un bâillement. Je suis vraiment heureuse d'entendre cela.

Il saisit son téléphone et appela le Dr Teal.

— Bonsoir, docteur Teal, ici le Dr Gary. Je voudrais que vous prépariez Raquel pour l'intervention chirurgicale et que vous réserviez une salle d'opération pour demain matin. Merci.

Et il raccrocha.

— Quel est le meilleur cancérologue pédiatrique du SMFPC, selon toi ?

— Le Dr Ramses. C'est elle la meilleure.

— Je vais lui confier Raquel.

Il envoya au Dr Ramses un message électronique avec, en pièces jointes, les résultats du scanner et le dossier de Raquel. Il reçut presque immédiatement une réponse.

— Le Dr Ramses verra Raquel avant que je ne l'opère, annonça-t-il triomphalement à Emily.

— Tu devrais aller là-bas de bonne heure si tu as l'intention de laisser Raquel te raser la tête, dit-elle en souriant.

Elle avait l'air épuisée. Il s'en voulut de l'avoir réveillée.

— Tu veux que je te laisse pour que tu puisses te reposer ?

— Non, reste. Il est tard, et tu dois te lever tôt demain.

— Toi aussi.

— Je ne suis pas pressée de faire ce test de tolérance au glucose, marmonna-t-elle. Je ne suis pas fan du soda orange, surtout quand il est épais et sirupeux.

— Cela ne donne guère envie, en effet.

Il la regarda se rendormir.

Elle lui avait demandé de rester. Sa présence la réconfortait. Lui aussi avait envie de rester, même s'il savait qu'il ne devrait pas, car il ne faisait que se torturer davantage en se rapprochant ainsi d'elle.

Il ôta ses chaussures.

Il allait lui briser le cœur quand il partirait. Cette pensée le rendait malade. Bien sûr, il *pourrait* rester. Se spécialiser en neurochirurgie pédiatrique. Il aimait Seattle et, s'il se fixait ici, il serait proche d'Emily et du bébé. Ils ne seraient peut-être plus obligés de divorcer. Ils pourraient rester mariés et essayer que cela marche entre eux...

Il retint un soupir.

Il était en train de tomber amoureux.

Emily faisait progressivement tomber toutes les barrières qu'il avait érigées autour de lui pour se protéger. Celles qu'il avait dressées lorsque son père les avait abandonnés. Celles qu'il avait consolidées lorsque sa mère l'avait renié, furieuse qu'il ne suive pas le chemin qu'elle avait tracé pour lui. Celles qui s'étaient renforcées lorsque Morgan avait interrompu sa grossesse.

Toutes ces barrières destinées à protéger son cœur, seule Emily avait pu les franchir. Mais il n'était pas sûr de pouvoir lui offrir la vie qu'elle méritait d'avoir. Il n'était même pas sûr de savoir aimer. Et encore moins d'être un bon père.

Il ressemblait tellement à son propre père ! Comment pourrait-il être un bon père alors qu'il n'avait jamais pu rester en place et que tout ce qui comptait pour lui, c'était de sauver des vies et de pratiquer la médecine ? Il avait si peur de ne pas savoir s'y prendre avec son enfant. De lui faire du mal comme ses parents lui en avaient fait à lui.

Emily dormait profondément. Il s'allongea à côté d'elle et lui posa la main sur le ventre.

Sentant le bébé donner des coups de pied, il sourit.

Là, maintenant, blotti contre Emily, la main sur son ventre, sentant son bébé bouger, il avait envie que cela marche.

Il devait y croire s'il voulait se donner des chances d'y parvenir. Son instinct lui disait de s'en aller, que ce serait mieux pour Emily et le bébé, mais son cœur lui conseillait de rester et de tout faire pour que cela marche. Son cœur lui disait de se donner une chance d'être heureux — idée à laquelle il n'était absolument pas habitué.

Non, il n'allait pas partir. Pas maintenant. Il allait essayer de se montrer à la hauteur.

10

Le lendemain matin de bonne heure, Ryan emmena Emily au bureau du Dr Samuel pour qu'elle passe son test de tolérance au glucose tandis que lui-même irait préparer Raquel à son opération.

Il savait que ce test durait un certain temps : on prélevait du sang à intervalle régulier avant et après l'absorption du jus d'orange afin de voir comment l'organisme réagissait. Cela permettrait au Dr Samuel de dire si Emily souffrait ou non d'un diabète gravidique.

Il espérait que non. Si c'était le cas, cela diminuerait sérieusement sa résistance physique et l'empêcherait d'opérer elle-même les siamoises. Il savait que cela l'anéantirait.

Il lui demanda de le prévenir dès que le test serait terminé, même s'il était en train d'opérer. L'un des internes pourrait lui transmettre le message.

En arrivant devant la chambre de Raquel, il croisa le Dr Ramses qui en sortait. Elle venait de présenter à Vanessa et à Raquel le traitement qu'elle avait programmé.

— Je suis ravie de vous rencontrer enfin, docteur Gary, dit-elle.

— Tout le plaisir est pour moi, répondit-il en lui serrant la main. Vous m'avez été chaudement recommandée par le Dr West.

Elle sourit.

— Eh bien, j'en suis enchantée. Je viens d'expliquer mon plan pour la chimiothérapie, la radiothérapie et l'immunothérapie. Raquel n'a pas besoin de doses massives, mais je prévois de commencer ce programme deux jours après l'opération. Je veux être sûre que l'hormone que la tumeur sécrète dans son sang est presque négative.

La radiothérapie suivra la chimiothérapie, et seulement après que je suis assurée que le cerveau est complètement cicatrisé.

— Cela me semble être un bon plan.

— J'ai hâte de lire votre rapport postopératoire, dit-elle avant de s'en aller.

Il trouva Raquel allongée sur son lit, prête à partir pour le bloc opératoire.

Elle semblait si petite, et morte de peur.

Lorsqu'il entra dans la chambre, elle tourna la tête vers lui.

— Tu es prête pour notre préparation ? demanda Ryan en brandissant le rasoir électrique.

Raquel ouvrit de grands yeux.

— Vous êtes sérieux ?

Il hocha la tête.

— Moi d'abord. Ainsi, tu seras sûre que je ne reviendrai pas sur ma promesse.

Raquel se redressa dans son lit, et il se baissa pour que sa tête soit à la hauteur de la petite fille.

Il ne fallut pas longtemps à Raquel pour lui raser le crâne.

— Voilà, c'est terminé, et je jure que je n'ai pas fait de dessin.

Il se leva et reprit le rasoir électrique.

— Tu es prête ?

Les lèvres tremblantes, elle hocha la tête.

— Oui, je suis prête.

— Tu es très courageuse et très forte pour ton âge, Raquel. Cette force te permettra de traverser n'importe quelle épreuve.

Si seulement il pouvait croire que cela s'appliquait aussi à lui-même !

Raquel hocha la tête et ferma les yeux.

Vanessa s'assit de l'autre côté du lit et tint la main de sa fille tandis qu'il rasait les cheveux de l'enfant.

— Voilà, c'est fait, dit-il en posant le rasoir.

Il s'accroupit devant Raquel.

— On est beaux, tous les deux, non ?

Raquel sourit et lui caressa le crâne.

On frappa à la porte. Le Dr Teal et l'équipe chirurgicale entrèrent dans la chambre avec un chariot.

Le Dr Teal écarquilla les yeux en le voyant, mais elle ne fit aucun commentaire.

— C'est l'heure, docteur Gary, dit-elle.

Ryan hocha la tête et se tourna vers Raquel.

— À tout à l'heure.

— Est-ce que ma maman va venir ?

— Pas cette fois. Mais ne t'inquiète pas, elle t'attendra et sera là quand tu sortiras de la salle d'opération.

Il quitta la chambre et se rendit au bloc opératoire, ignorant les regards curieux que lui valait sa nouvelle coupe de cheveux.

Il procéda à la toilette réglementaire et se mit en tenue, regrettant qu'Emily ne soit pas avec lui.

Sa présence avait le don de l'apaiser quand il opérait, et Raquel était tout autant sa patiente à elle que la sienne. Cela faisait deux heures qu'elle avait commencé son test. Il ne devrait pas tarder à avoir de ses nouvelles...

— On m'a dit que ta nouvelle coupe était une horreur.

Il se retourna et vit Emily qui se tenait sur le seuil de la salle. Elle était elle aussi en tenue et lui souriait, le regard brillant.

— Je pourrais ôter ma coiffe pour te montrer mon crâne rasé, dit-il, mais je ne veux pas contaminer le champ opératoire.

Elle rit.

— De toute façon, tes cheveux repousseront.

— Exactement. Comment te sens-tu ?

— Bien. Je n'ai pas de diabète gravidique ! J'espère qu'il y a une place pour moi pour être ton assistante ?

— Il y a toujours de la place pour toi. Raquel est aussi ta patiente.

— Bien, dit-elle en commençant à se laver les mains à côté de lui.

— Sais-tu pourquoi tu t'es évanouie ?

— C'était dû à l'hypoglycémie. Le Dr Samuel veut que je lève le pied. Je vais prendre un peu de congés. La seule tâche qui m'attend, c'est de m'occuper des jumelles siamoises et de procéder à leur séparation. Lorsque ce sera fait, j'arrêterai de travailler jusqu'à la naissance du bébé. Le Dr Samuel m'interdit de me surmener.

— Je me réjouis que tu n'aies pas de diabète, et aussi que tu sois décidée à te reposer. Tu en as besoin.

— Mais l'idée de devoir rester couchée, avec toi dans les parages tous les soirs, montant la garde et me donnant des ordres... quel cauchemar !

Cette description le fit rire.

— Qu'est-ce qui te gêne ? Que je sois dans les parages ou que je te donne des ordres ?

— Les deux. Mais, honnêtement, que tu montes la garde ne me gêne pas tant que ça. J'aime bien t'avoir dans les parages.

Emily n'arrivait pas à croire qu'elle ait pu faire un tel aveu à Ryan. Mais elle avait dit la vérité : elle aimait qu'il s'occupe d'elle et compter sur lui.

Le pouvait-elle vraiment ?

Elle chassa cette idée.

Elle ne voulait pas y penser. D'ailleurs, depuis que Ryan était à Seattle, il avait répondu présent chaque fois qu'elle avait eu besoin de lui.

Son goût pour l'indépendance lui soufflait de ne compter que sur elle-même, mais, quand on raisonnait ainsi, on était très seul.

Robert lui avait brisé le cœur, et elle ne voulait pas connaître à nouveau cette souffrance, mais, depuis sa folle nuit avec Ryan à Las Vegas, elle commençait à se dire que, après tout, il lui était peut-être possible de connaître l'amour que vivaient ses parents.

L'amour ?

Elle ne savait même pas si elle aimait Ryan, son esprit était confus à ce sujet. Peut-être fallait-il mettre cela sur le compte de ses modifications hormonales. Mais une chose était sûre : elle était heureuse de pouvoir être avec lui en cet instant.

Elle le rejoignit dans la salle d'opération. Ryan essayait de réconforter Raquel, qui semblait terrifiée. La petite fille le regardait avec adoration et sembla se calmer.

Quand l'enfant s'aperçut de sa présence, elle lui lança un regard plein d'espoir.

— Docteur West ?

— Je suis là, Raquel. J'ai pensé que je pourrais donner un coup de main au Dr Gary, si tu es d'accord ?

— D'accord, répondit la petite fille en souriant.

L'anesthésiste lui posa un masque sur le visage.

— Respire, murmura Emily. Respire profondément.

Les paupières de Raquel devinrent lourdes, ses muscles se détendirent. Lorsqu'elle fut endormie, Emily s'écarta tandis que l'équipe intubait l'enfant.

— Tout est prêt, docteur Gary, annonça l'anesthésiste quand le protocole de l'anesthésie générale fut terminé.

— Parfait. Mettons-nous au travail et donnons à cette petite fille une chance de vaincre le cancer. Scalpel.

Alors que Ryan achevait de recoudre sa petite patiente, Emily quitta la salle d'opération afin de se changer.

Elle allait accompagner Vanessa au service des soins intensifs où Raquel allait être transférée.

L'extraction de la tumeur s'était avérée difficile, mais Ryan avait créé de bonnes marges. Cela voulait dire que beaucoup de tissu avait été prélevé et que, par conséquent, l'enfant mettrait plus de temps à récupérer. Et Ryan avait choisi de la faire dormir plus longtemps afin de permettre à son cerveau de mieux cicatriser.

Après avoir laissé Vanessa auprès de sa fille, elle regagna la salle d'opération. Ryan y était encore, occupé à rédiger son rapport sur un ordinateur. Autour de lui, des infirmières s'affairaient, remettant la salle en ordre.

— Tu as fait du bon travail, dit-elle.

— Merci. Je suis content d'avoir pu laisser de bonnes marges, mais la convalescence va être plus délicate. Dès que j'aurai terminé ce rapport, j'irai aux soins intensifs parler avec Vanessa et vérifier l'état de Raquel.

— Resteras-tu ici ce soir ?

— Oui, je veux être sûr qu'elle va bien, et je pourrai aussi aller voir Jason.

Elle eut le cœur serré en songeant au jeune garçon. Celui-ci n'avait toujours pas retrouvé la mobilité de ses jambes. Il risquait de devenir paraplégique.

— Je vais rentrer à la maison et suivre les conseils de mon

médecin, dit-elle. J'ai prévu de procéder à une simulation de la séparation demain après-midi. Pourras-tu y assister ?

— Bien sûr, je viendrai. Prends soin de toi, ce soir. À quelle heure viens-tu à l'hôpital demain ?

— Vers 9 heures. Je veux préparer la simulation.

— Préviens-moi quand tu seras là. Je serai peut-être dans l'une des chambres de garde.

— Je le ferai. Essaye de ne pas trop t'inquiéter.

— Je ne peux pas m'en empêcher.

Il lui fit un clin d'œil et se remit à écrire son rapport.

Elle soupira et quitta la salle.

Elle ne voulait pas que Ryan se fasse du souci, mais elle trouvait rassurant qu'il semble se soucier d'elle et du bébé.

Surtout, ne pas nourrir trop d'espoir...

De nouveau, elle fut assaillie par le doute.

Ryan n'avait pas cherché à la revoir après leur nuit à Las Vegas. Même à son retour de l'étranger, il n'avait pas pris contact avec elle alors que son adresse figurait sur le certificat de mariage.

Peut-être avait-il eu peur ? Elle aussi, elle avait eu peur.

Aujourd'hui encore, elle avait peur. Elle se sentait vulnérable face à lui. Il avait fait tomber ses défenses. Or, elle n'était pas sûre de pouvoir supporter d'avoir de nouveau le cœur brisé. Et elle ne laisserait pas son enfant subir la même douleur. Elle devait faire preuve de prudence.

Mais même si elle voulait maintenir une certaine distance entre Ryan et elle, elle s'en sentait incapable.

Elle était tombée amoureuse de lui.

Lorsqu'elle arriva à l'hôpital le lendemain matin, Emily se rendit au service des soins intensifs pour voir Raquel.

Ryan était dans la chambre de la petite fille, en train de rédiger des notes. Une infirmière lui révéla qu'il avait passé presque toute la nuit au chevet de Raquel, notamment lorsque Vanessa avait eu besoin de faire une pause et avait quitté la chambre un moment.

Ryan leva les yeux de ses notes et l'aperçut qui rôdait dans le couloir. Il sourit et se leva pour la rejoindre.

— Bonjour, dit-il.

— Bonjour.

Elle regarda son crâne rasé et y passa la main.

— Cela te va bien, finalement, dit-elle.

— Merci.

— Es-tu prêt à descendre au laboratoire de simulation ?

— Oui. Il faut juste que j'achève de rédiger mes notes et que je passe voir Jason. Je te rejoindrai après.

— Parfait. Nous pourrons...

Elle s'interrompit, car quelqu'un la bipait. En consultant le numéro inscrit sur l'écran, elle vit qu'il s'agissait d'un appel d'urgence concernant les siamoises.

— Qu'est-ce que c'est ? interrogea Ryan.

— Les jumelles. Je dois aller au bloc opératoire.

— Fais attention à toi.

Elle hocha la tête.

— Je te tiendrai au courant.

Elle vit qu'il était soucieux. Comme lui, elle pensait qu'il était bien trop tôt pour que les jumelles voient le jour maintenant, mais elle y était préparée. Elle savait comment gérer une naissance prématurée.

Elle courut aussi vite qu'elle put jusqu'au bloc opératoire, se changea, se lava les mains en toute hâte et entra dans la salle d'opération.

Une couveuse équipée d'une lampe chauffante était là, prête à accueillir les bébés.

Le Dr Samuel était à l'œuvre.

— Content de vous voir, docteur West, dit-il. Je vais sortir les bébés.

— Bien. Je suis prête.

Elle prit position à côté de lui et assista à la naissance des jumelles.

Elles étaient toutes petites, reliées l'une à l'autre par le dos. Elles devraient prendre des forces avant qu'on puisse les séparer. L'opération serait encore plus délicate, compte tenu de leur petite taille. Emily avait opéré des bébés plus petits, mais en général ils ne partageaient aucun de leurs organes avec un autre enfant.

— Et voilà, dit le Dr Samuel en prenant les bébés et en les lui passant.

Elle les saisit, aidée par le Dr Sharipova qui l'avait rejointe. Le Dr Samuel coupa le cordon ombilical, et l'un des bébés poussa un petit cri à peine audible.

— Bienvenue dans ce monde, mes petites, murmura Emily tandis que le Dr Sharipova et elle plaçaient les enfants dans la couveuse.

L'équipe chirurgicale s'affairait tandis qu'elle-même examinait les jumelles et les plaçait sous oxygène avant qu'elles soient transférées dans l'USIN, l'unité de soins intensifs néonatals.

— Bien, nous pouvons les emmener, dit-elle après avoir intubé les bébés.

Au moment de sortir, elle se retourna pour regarder le Dr Samuel qui s'occupait de la mère.

Combien cette femme avait dû avoir peur lorsqu'on l'avait conduite en urgence au bloc opératoire sans savoir si ses bébés allaient survivre ou non, songea-t-elle, la gorge nouée.

Elle lui promit mentalement de tout faire pour que ses enfants puissent être séparées quand elles auraient un peu grossi et avoir ainsi une chance de démarrer correctement dans la vie.

C'était son job de faire en sorte que cela réussisse, et elle était bien décidée à gagner la bataille.

11

Ryan n'avait eu aucune nouvelle des jumelles. Il bipa Emily mais ne reçut aucune réponse, ce qui l'inquiéta.

Lorsqu'il se rendit à l'USIN, il vit que les jumelles étaient dans une couveuse et que les infirmières s'occupaient d'elles.

Elles avaient donc survécu à l'accouchement, ce qui le réjouit. Mais où était Emily ? Pourvu qu'elle n'ait pas eu un autre malaise !

— Quand les jumelles sont-elles nées ? demanda-t-il en s'emparant de leur fiche médicale.

— Il y a environ trois heures, répondit l'infirmière. Le Dr West est restée avec elles jusqu'à ce qu'elle soit sûre que leur état était stable. Ensuite, elle est allée parler avec leur mère qui s'était réveillée de son anesthésie.

— Les jumelles ont-elles eu un saignement cérébral ?

— La jumelle A, oui, mais pas la jumelle B. Elle est plus forte que A.

— Je suis leur neurochirurgien, alors je voudrais que vous me transmettiez les données concernant le saignement de A.

— Bien sûr, docteur Gary.

Il quitta le service et bipa de nouveau Emily, toujours sans succès. Il avait l'estomac noué. Il fallait qu'il la trouve.

Passant devant l'une des chambres de garde, il vit que la porte était fermée, ce qui indiquait que la pièce était occupée.

Il ouvrit la porte.

Emily était là, assise sur le lit, se tenant la tête entre les mains. Elle pleurait.

— Hé, dit-il en entrant dans la chambre.

Il referma la porte et la verrouilla afin que personne ne vienne les déranger.

Elle leva la tête, les yeux rouges et le visage trempé de larmes.

— Désolée.

— De quoi ? demanda-t-il en s'asseyant près d'elle.

— De te rendre témoin de cela. Je ne sais pas... C'est incroyable. Je suis tellement furieuse de me laisser ainsi affecter. Ça ne m'était encore jamais arrivé.

— Quoi donc ?

— Je devais parler à Janet, la mère des jumelles. Elle était bouleversée, ce qui est bien normal. Et j'ai ressenti sa douleur. L'angoisse terrible qui la ravageait à l'idée que ses petites filles pouvaient mourir.

— Allons, tout va bien.

— Quoi ?

— L'état des bébés est stable. Celui de Raquel aussi. Et toi, il faut te reposer.

— Je ne veux pas rentrer me coucher.

— Emily, tu as besoin de repos.

— J'ai besoin d'être ici pour ces deux bébés. Je ne veux pas qu'il leur arrive quelque chose ! La jumelle A montre un saignement cérébral.

— Je sais. Je suis passé les voir et j'ai étudié leur fiche médicale. Je m'occupe de ce saignement. Cela arrive souvent chez les prématurés.

— Oui, je sais. Je suis néonatalogiste.

Elle se leva, les poings serrés.

— Je m'en veux tellement, Ryan ! Je soigne des enfants très malades, j'ai assisté aux funérailles de certains d'entre eux. J'ai vu des petites vies m'échapper, et j'ai toujours tenu le coup. Si je m'étais laissé atteindre émotionnellement chaque fois, aujourd'hui je serais folle. Alors, pourquoi le cas de ces petites siamoises me perturbe-t-il à ce point ?

— Parce que tu es enceinte, dit-il doucement.

Emily leva les yeux au ciel et se mit à rire.

— Je les hais.

— Quoi donc ?

— Les hormones. Elles me font perdre tout contrôle. Je me sens tellement oppressée.

— Cela nous arrive à tous, tu sais.

— Oh ! vous, les hommes ! C'est plus facile pour vous.

— Tu crois cela ? Mais non.

— Excuse-moi. Il faut que je sorte de cet hôpital, mais je ne veux pas aller me coucher !

— Très bien, allons faire une promenade. Nous pourrions aller à la Space Needle.

Emily le regarda comme s'il avait perdu la tête.

— Quoi ?

— Je te propose d'aller à la Space Needle. Monter jusqu'au sommet de cette tour t'aidera à relativiser les choses.

Il se leva et la prit par le bras.

— Les jumelles vont bien. La Space Needle n'est pas loin, et tu as besoin de te vider la tête.

Elle réfléchit un bref instant, fronçant les sourcils.

— D'accord, déclara-t-elle enfin. Mais allons-y tout de suite.

— Très bien, dit-il en ouvrant la porte. Allons nous changer, et ensuite nous irons nous promener. L'air est doux, on croirait presque un soir d'été.

À peine furent-ils dehors qu'Emily parut se sentir mieux.

Ryan acheta les tickets, et ils prirent l'ascenseur qui les conduisit jusqu'à la terrasse d'observation.

De là, la vue était impressionnante. On voyait tout Seattle, Elliott Bay, et au loin le mont Rainier.

— Je n'étais jamais montée ici, dit Emily, apparemment ravie.

— Je suis content que tu apprécies l'altitude.

— Je n'en suis pas fan, mais on ne vit qu'une fois.

Appuyée sur la rambarde, elle regardait Seattle et, vers l'est, la chaîne des Cascade Mountains.

— Le ciel est clair, ce soir, fit-il observer. Mais il pleut au nord-est, on voit les nuages qui arrivent.

— Ce n'est pas étonnant, il pleut toujours à Seattle. La pluie ne me gêne pas. Parfois, par nuit claire, on peut voir une aurore boréale.

— Ah, vraiment ?

— Cela n'arrive pas souvent, mais j'ai vu cela lors de ma première année ici, à Seattle. Elle est apparue au-dessus de Puget Sound. J'ai trouvé cela très spectaculaire.

— Quand cela se produit-il ?

— En automne.

— Alors, on n'en verra pas cette nuit. Dommage.

— Oui, dommage. Cela m'aurait peut-être aidée à oublier la défaillance que j'ai eue aujourd'hui. Je m'en veux vraiment de n'avoir pas su contrôler mes émotions.

— As-tu pleuré devant la patiente ?

— Non.

— Alors, tu as contrôlé tes émotions. Tu es plus forte que tu ne le penses, Emily.

— Je ne suis pas forte, j'ai juste appris comment garder la tête froide. J'ai appris à compter sur moi et à ne pas trop attendre des autres.

Il haussa un sourcil.

— Je pensais que tu avais eu une enfance heureuse, comparée à la mienne.

— Oui, c'est vrai. J'ai vraiment cru à l'amour...

— Est-ce moi qui t'ai fait changer d'avis ?

— Non.

Elle n'avait pas envie de parler de Robert, mais elle était lasse de cacher sa honte d'être tombée amoureuse d'un homme comme lui. Un homme qui lui avait fait perdre confiance en tous les autres.

— Je t'ai déjà raconté une mauvaise expérience que j'ai eue et qui m'a dégoûtée à jamais de sortir avec des chirurgiens... Enfin, jusqu'à ce que je te rencontre. Voici l'histoire : lorsque j'étais résidente, je suis tombée amoureuse d'un de mes collègues, lui aussi résident en pédiatrie. Il était merveilleux et charmant...

— Je le déteste déjà, dit Ryan en lui adressant un clin d'œil.

Elle rit, voyant qu'il essayait de détendre l'atmosphère.

— J'ai obtenu une promotion avant lui : on m'a proposé de venir au SMFPC en tant que titulaire chargée de diriger le service de chirurgie pédiatrique. Il ne l'a pas supporté. Il était jaloux, bien sûr. Il m'a rabaissée, s'est moqué de mon autisme, m'a reproché de faire passer mon travail avant lui. Du coup, il m'a parlé de toutes les femmes avec qui il avait couché quand nous étions ensemble, précisant que j'étais trop occupée à faire carrière pour lui prêter attention.

— Quel sale type !

— Je me suis juré de ne plus jamais fréquenter de chirurgien, et j'ai tenu ma promesse durant cinq ans. Jusqu'à ce que, *toi*, tu arrives, conclut-elle en lui donnant un coup de coude.

Il se mit à rire.

— Désolé... Mais, non, en fait, je ne le suis pas, murmura-t-il.

Elle rougit, et il éprouva pour elle le même désir qui l'avait poussé vers elle six mois auparavant.

— Tu n'es pas la seule à avoir connu une grave désillusion, dit-il doucement. Il y a quelques années, je suis tombé amoureux d'une chirurgienne, et l'histoire s'est mal terminée. Elle n'appréciait pas mon mode de vie, ma façon de toujours sauter d'un avion à un autre. Elle m'a quitté pour se consacrer à sa carrière. Cela m'a sérieusement refroidi envers les chirurgiennes.

— Si tu es contre le mariage, tu devrais signer les papiers du divorce, dit Emily, déroutée.

— Je ne l'ai pas fait, car j'ai vu que tu étais enceinte. Je n'ai pas voulu divorcer à cause du bébé.

— Les gens ne devraient pas se... se marier pour cette raison, bafouilla-t-elle. Il faut qu'il existe un lien plus profond, de l'amour... On se marie pour la vie, ou du moins je veux le croire...

Il la prit par le menton pour l'obliger à le regarder dans les yeux mais, à cet instant, des gens sortirent de l'ascenseur et vinrent vers eux en faisant beaucoup de bruit.

Le charme était rompu.

— Je ferais mieux de rentrer à la maison, dit Emily.

— Je te ramène. Et, promis, je ne t'obligerai pas à garder le lit.

— Marché conclu ! répondit-elle en riant.

Ryan était content que l'arrivée de ces gens sur la terrasse l'ait empêché de prendre Emily dans ses bras et de l'embrasser. Elle méritait mieux qu'un homme comme lui.

Pourtant, lorsqu'elle l'invita à entrer chez elle, il accepta.

Ils s'installèrent sur le canapé et regardèrent un film, mais il n'y prêtait guère attention. Il ne pensait qu'à Emily, si proche de lui qu'il pouvait sentir le parfum de son shampoing et la chaleur de son corps.

Il était partagé entre le désir de tenter sa chance avec elle et la crainte d'être incapable de la rendre heureuse. Il était très amoureux d'elle mais, le problème, c'était qu'il ne voulait pas lui faire du mal ni la perdre.

— Ryan, murmura-t-elle.

— Oui ?

— Pourquoi ne pas essayer ?

— Essayer quoi ?

— De vivre comme des gens mariés. Nous le sommes, et nous devons apprendre à nous connaître. Pourquoi ne pas essayer, dans l'intérêt du bébé ? Si cela ne marche pas, nous nous quitterons.

C'était exactement ce qu'il avait envie d'entendre, mais il était trop effrayé pour saisir sa chance.

— Em, je...

Elle lui toucha le visage, les larmes aux yeux.

— Je veux essayer, Ryan. Seulement, j'ai peur de me tromper une fois de plus.

— Je ne suis pas comme lui. Jamais je ne te ferais du mal.

— Tu m'en as fait lorsque tu n'as pas répondu à mes messages.

Il soupira.

— Je te jure que je ne les ai pas reçus. Sinon, je serais venu te retrouver.

— Je te crois, même si c'est difficile pour moi. Je veux te faire confiance.

Il lui caressa la joue. Elle avait la peau si douce.

— Je suis désolé. J'ignorais tout. Je regrette tellement que tu sois restée seule si longtemps.

Elle appuya la tête contre son épaule, et il s'enivra de son parfum. Une odeur de pomme et de noix de coco.

— Je suis heureux, Emily, dit-il en posant sa main sur son ventre arrondi. Vraiment.

— J'aime quand tu me tiens comme cela, dit-elle, les yeux pleins de larmes.

Il lui releva le menton. Ces yeux bleus, ces douces lèvres roses… Il l'aimait tant, même s'il ne la méritait pas. Se penchant vers elle, il l'embrassa.

— Oh ! Ryan, murmura-t-elle contre sa bouche.

— Em, je…

— Moi aussi, je te désire, dit-elle en l'embrassant de nouveau. Je te désire tellement.

Il ne put résister davantage. La soulevant dans ses bras, il la porta jusqu'à sa chambre et la reposa doucement sur ses pieds.

Il ne voulait pas précipiter les choses, de crainte de lui faire du mal. La couvrant de baisers, il commença à la dévêtir. Lorsqu'il la débarrassa de son pantalon, il promena ses lèvres sur son abdomen, puis un peu plus bas, ce qui la fit gémir de plaisir.

— À ton tour, murmura-t-elle lorsqu'il se redressa.

Elle lui enleva sa chemise, et il adora le contact de ses mains sur son torse.

— Tu m'as manqué, dit-elle tandis qu'il la serrait dans ses bras.

— Tu m'as manqué aussi.

C'était vrai. Depuis leur nuit à Las Vegas, il n'avait cessé de penser à elle.

Emily le conduisit jusqu'au lit, et ils s'assirent, se caressant et s'embrassant tandis que le désir montait en eux.

Cette nuit, seuls comptaient pour lui les gémissements d'Emily.

Emily voulait que cela arrive. Elle voulait être heureuse, ne serait-ce qu'un bref moment. Elle voulait se laisser emporter par le plaisir sans se soucier du lendemain.

Ryan l'allongea sur le lit, et elle retrouva sous ses caresses les sensations qu'elle n'avait connues qu'avec lui.

— Em, tu es si belle, je te désire tellement, lui murmura-t-il à l'oreille.

Un frisson la parcourut. Elle se rappela leur nuit d'amour à Las Vegas, la façon dont il l'avait possédée. Le désir qui l'envahit était si fort que, en cet instant, tout lui était complètement égal. Le terrain dangereux sur lequel elle s'aventurait, sa peur que Ryan la quitte dès le lendemain, même s'il avait dit qu'il ne le ferait pas...

— Je te veux, Ryan. Je veux ce moment avec toi.

Lorsqu'il la pénétra, leurs regards se croisèrent. Elle s'accrocha à son cou, bougeant au même rythme que lui.

Elle se sentait vivante.

Elle était amoureuse. Cet amour lui faisait peur, mais là, maintenant, elle ne voulait pas y penser. Tout ce qu'elle voulait, c'était savourer ce moment.

Plus tard, satisfaite et comblée, elle se blottit tout contre Ryan, éprouvant un délicieux sentiment de sécurité.

Entre ces bras solides qui l'enlaçaient, elle oubliait tous ses doutes. Peu importe ce qui arriverait le lendemain. Pour l'instant, elle était heureuse et détendue, et elle se laissa glisser dans un doux et profond sommeil.

Les deux semaines qui suivirent, le temps s'écoula paisiblement. Ryan avait quitté son hôtel pour s'installer chez Emily. Ils se retrouvaient tous les soirs et passaient la nuit dans les bras l'un de l'autre. Ils ne parlaient pas d'avenir, vivant simplement l'instant présent.

La plupart du temps, Emily se réjouissait de cet arrangement, mais parfois ses peurs et ses doutes revenaient. Elle craignait que Ryan ne la quitte. Que son bébé grandisse sans avoir de papa. Elle avait peur d'être tombée amoureuse de quelqu'un qui finirait par la faire souffrir. Chaque fois que ces pensées venaient l'assaillir, elle était terrassée par ses émotions, alors qu'elle n'avait certainement pas besoin de cela en ce moment.

Les jumelles siamoises, Sasha et Melanie, étaient dans un état stable et elles devenaient chaque jour plus fortes, ce qui augmentait les chances que leur séparation se passe bien. L'équipe chirurgicale procédait quotidiennement à une simulation en laboratoire afin d'avoir la technique bien en main. Ryan se livrait à différents scénarios sur la façon de dénouer les nerfs entremêlés.

Ce matin-là, Emily eut le vague pressentiment qu'il allait se passer quelque chose.

— Est-ce que ça va ? lui demanda Ryan lorsqu'elle s'arrêta au bureau des infirmières du service de pédiatrie générale. Tu as l'air tendu.

— J'ai un mauvais pressentiment. Comment s'est passée ta simulation ?

— Bien. Je crois, en me fondant sur leurs derniers scanners, que je sais comment je vais procéder. Une fois que tu auras joué ta partie, je séparerai les nerfs situés à la base de la colonne vertébrale. J'ai un greffon pour Sasha, parce que le plus gros du coccyx se trouve du côté de Melanie. Vu leur jeune âge, la greffe devrait bien prendre.

Emily hocha la tête, mais elle était soucieuse. Quelque chose de néfaste allait se passer, elle le sentait.

Un coup de tonnerre claqua, et le ciel s'obscurcit. Un orage approchait.

— Voilà peut-être ce qui explique ton mauvais pressentiment, dit Ryan en se tournant vers la fenêtre.

— J'espère que tu as raison...

À peine avait-elle prononcé ces mots que son biper sonna.

Le message venait de l'USIN. Il s'agissait des jumelles.

Le cœur serré, elle se mit à courir dans le couloir, suivie de Ryan qui avait reçu le même message.

— Dis au Dr Sharipova de se rendre en salle d'opération et demande à ton équipe de neurologie de se tenir prête, cria-t-elle en entrant dans l'ascenseur.

Ryan hocha la tête.

— Je te retrouverai là-bas.

Comme elle approchait de l'unité de soins intensifs néonatals, elle aperçut les parents qui se tenaient devant.

— Docteur West, dit Janet en sanglotant. Mes petites filles !

— Je vais devoir les séparer maintenant. J'aurais préféré attendre qu'elles soient plus fortes et plus âgées, mais si je ne les opère pas immédiatement, elles ne survivront pas. Donnez-vous votre consentement ?

Janet et son mari, qui la tenait par les épaules, hochèrent la tête.

— Nous vous donnerons des nouvelles dès que possible, promit Emily avant d'entrer dans l'USIN.

Une armée d'infirmières et de résidents en néonatalogie s'activait autour des bébés.

— Qu'avons-nous ? cria-t-elle pour se faire entendre au milieu de cette agitation.

— La jumelle B souffre de tachycardie, et les organes de la jumelle A commencent à se détériorer. Les reins qu'elles partagent fonctionnent difficilement. Le taux de créatinine est élevé. Le risque est grand qu'il se produise une insuffisance multisystémique des organes.

— Je veux avoir tous les résidents en néonatalogie disponibles dans la salle d'opération n° 3. J'ai besoin du plus de bras possible. Nous avons simulé cette opération, maintenant il est temps de passer à l'action.

Après s'être assurée que l'état des bébés était suffisamment stable, Emily ordonna leur transfert au bloc opératoire. Elle évita de regarder Janet, craignant que les larmes de la pauvre femme ne la gagnent. Sasha et Melanie devaient survivre. Elle devait garder son sang-froid pour sauver ces enfants.

La galerie d'observation était bondée d'internes, et le directeur du service de chirurgie était là aussi.

Elle se sentit oppressée. Elle détestait la foule.

Heureusement, ils n'étaient pas dans la salle d'opération avec elle. Elle pouvait oublier leur présence.

Sentant son bébé lui donner des coups de pied, elle regarda son ventre.

— Écoute, l'informa-t-elle à voix haute, l'opération va être longue. Je sais que ce sera dur pour nous deux, mais nous devons le faire.

Sans doute était-ce stupide d'avoir fait cette déclaration à son enfant, mais cela la détendit.

Ryan se trouvait déjà dans la salle d'opération. L'équipe était en train de sortir les petites filles de la couveuse pour les poser sur la table d'opération.

Elles semblaient minuscules sur cette grande table. Une fois qu'elles seraient séparées, les deux équipes devraient refermer les incisions et réparer les dégâts potentiels.

La partie la plus stressante de cette opération serait de tourner les bébés de sorte que Ryan puisse travailler sur leurs colonnes vertébrales respectives.

Respire, s'enjoignit-elle.

Une fois les bébés anesthésiés, avec son équipe, Emily se chargea de Melanie tandis que l'autre chirurgien pédiatrique s'occupait de Sasha. Ryan restait en retrait. Comme elle lui lançait un regard en coin, il hocha la tête en plissant les yeux.

Elle comprit qu'il lui souriait pour l'encourager. Exactement ce dont elle avait besoin.

— Bien, dit-elle, nous allons séparer les jumelles siamoises Melanie et Sasha Wainwright. Je vais opérer la jumelle B, et le Dr Knox se chargera de la jumelle A. Une fois que nous les aurons séparées jusqu'à la colonne vertébrale, il nous faudra effectuer un retournement très délicat, et le Dr Gary prendra le relais pour les séparer au niveau du coccyx en gardant leurs nerfs intacts pour que chacun des bébés possède toutes ses fonctions. Allons-y.

Elle s'avança vers la table d'opération.

— Scalpel.

Son corps la faisait souffrir. Heureusement, le bébé ne lui avait donné aucun coup de pied durant l'opération, qui durait depuis plusieurs heures.

Elle était presque prête à passer le relais à Ryan.

La jumelle A, Melanie, se retrouvait maintenant avec deux reins parce que celui qu'elle avait était trop petit. La jumelle B, Sasha, n'avait plus qu'un rein, mais il était solide. Le foie avait été séparé, et les intestins avaient été réséqués et réparés avec succès. La seule chose qui reliait encore les bébés, c'était le coccyx, ainsi que les nerfs situés à la base de la colonne vertébrale.

— Êtes-vous prêt, docteur Knox ? demanda Emily.

— Oui. Et vous, docteur West ?

— Je suis prête pour le retournement et pour passer le relais au Dr Gary.

Plus que prête. Elle avait besoin de s'asseoir et de prendre une boisson protéinée pour trouver la force de continuer. Elle aurait pu ensuite s'en aller, mais elle voulait assister jusqu'au bout à l'opération.

— D'accord, on y va. Doucement.

Les chirurgiens tenaient les bébés, recouvrant l'incision ouverte et s'assurant que les tuyaux, les perfusions et tout le reste suivaient correctement le mouvement.

Emily retenait son souffle. Cette étape était aussi délicate à réaliser que de parvenir à tenir dans sa main un flocon de neige sans l'écraser.

— Le retournement est réussi, dit-elle, soulagée.

Des applaudissements éclatèrent, venant de la galerie.

Elle s'écarta, laissant l'équipe neurochirurgicale prendre le relais. Elle s'assit sur un tabouret, et le Dr Teal lui tendit une boisson protéinée avant de lui éponger le front.

— Excellent travail, docteur West, chuchota Amanda.

Emily lui sourit.

— Ce n'est pas encore terminé.

Elle regarda Ryan, il était absorbé par sa tâche.

Des capteurs contrôlaient les impulsions nerveuses. Emily espérait que le résultat serait parfait. Mais même si l'une des jumelles se retrouvait incapable de marcher, ce serait encore une victoire.

Emily ferma les yeux et pria en silence pour que tout réussisse.

— Chez la jumelle A, les deux jambes et les deux bras fonctionnent, annonça Ryan au bout d'un moment.

Il y eut des applaudissements, et Emily retint son souffle.

Allez, Sasha. Allez !

— Chez la jumelle B, les jambes et les bras fonctionnent, dit Ryan d'un ton soulagé. Vous avez tous fait du bon travail. La séparation de ces jumelles est un succès.

Les applaudissements redoublèrent.

Emily se dirigea vers Melanie, la jumelle A qui avait eu des débuts difficiles, tandis que le Dr Knox s'occupait de Sasha. Elle vit Ryan quitter la salle. Sa tâche à lui, ici, était terminée.

— Où en sommes-nous ? demanda-t-elle au Dr Sharipova.

— Son état s'améliore.

— Approchez-vous, docteur Teal, et tenez cet écarteur.

Amanda méritait d'assister à la fermeture des incisions. Elle avait été son bras droit, tous ces derniers temps.

— Merci, docteur West, dit celle-ci en prenant l'écarteur.

Et elles fermèrent les incisions de Melanie.

— Il faut la remettre dans la couveuse et la monter à l'USIN, dit Emily lorsque ce fut terminé. Pouvez-vous vous en occuper, docteur Sharipova ?

— Oui, docteur West.

L'état de Melanie était stable. Les prochaines vingt-quatre heures seraient décisives. Quand le Dr Knox et son équipe placèrent Sasha dans sa couveuse, Emily poussa un soupir de soulagement et s'assit.

— On a tous fait du bon travail, dit-elle.

Il y eut encore quelques applaudissements, et elle leva les yeux vers la galerie.

Les internes commençaient à s'en aller, mais elle vit le directeur du service de chirurgie lever le pouce pour la féliciter.

Les jumelles une fois parties, la salle d'opération fut bientôt vide. Restée seule, Emily ôta son masque et se débarrassa de sa blouse chirurgicale. Elle ressentait le besoin de demeurer encore un moment là, au calme, pour pleurer.

C'était terminé. Maintenant, elle devait se ressaisir et aller rassurer la mère à demi-morte d'inquiétude en lui annonçant que ses bébés avaient survécu à l'opération.

Ryan avait les mains qui tremblaient tandis qu'il se dirigeait vers le service de neurochirurgie pédiatrique.

Il avait reçu un message concernant Jason et lui demandant de venir. Il essayait de ne pas laisser ses nerfs prendre le dessus.

L'intervention qu'il venait de faire sur les jumelles siamoises l'avait mis à rude épreuve, car s'il échouait, Emily ne le lui pardonnerait pas.

Il avait eu presque peur de toucher les bébés. En les regardant, il n'avait pu s'empêcher de penser au bébé qu'il avait perdu. Quel drôle de chirurgien il faisait !

Pour rien au monde il ne voulait ressembler à son père.

Il avait adoré les deux semaines qu'il venait de vivre avec Emily, partageant son quotidien. Mais il était attendu pour une consultation à New York, et il avait envie d'y aller.

Parce qu'il était un lâche qui fuyait ses responsabilités de peur de souffrir. En fait, il était comme son père. Un égoïste incapable de se fixer quelque part. Il se détestait d'être ainsi.

Tandis qu'il se dirigeait vers la chambre de Jason, il nota dans le service une agitation fiévreuse qui l'inquiéta.

Emily avait raison. En soumettant Jason à une hypothermie thérapeutique, il avait peut-être commis une terrible erreur.

Il se rua dans la chambre.

— Que se passe-t-il ?

— Ses appareils de contrôle ont bipé, expliqua le médecin résident. Il a cessé de respirer, et nous avons dû l'intuber. Ses constantes sont basses, et son abdomen présente des bleus et une rigidité anormale. Nous pensons à une possible rupture de la rate.

— Emmenons-le en salle d'opération.

Tandis qu'ils poussaient le chariot de Jason dans le couloir, Emily apparut. En les voyant, elle ouvrit de grands yeux et se précipita vers eux.

— Qu'est-il arrivé ?

— Une hémorragie interne, dit Ryan. C'est peut-être la rate, mais nous devons faire une laparotomie exploratoire pour le savoir.

Il vit de la colère dans les yeux d'Emily. Elle ne dit rien, mais il savait ce qu'elle pensait. Elle lui en voulait d'avoir fait le choix d'une hypothermie thérapeutique.

Elle les accompagna au bloc opératoire et se prépara en silence. Elle semblait stressée et fatiguée, ce qui l' inquiéta.

— Tu ne devrais pas faire cette laparotomie, dit-il avec fermeté. Je vais appeler le Dr Knox.

— Je n'aurais pas à la faire si tu n'avais pas agi comme tu l'as fait, rétorqua-t-elle.

Cette réflexion l'irrita.

— Tu ne sais pas si c'est cela qui est en cause. Il peut s'agir de toute autre chose. Le taux de ses globules blancs est très élevé, il a peut-être une infection.

— Tu as fait un choix risqué, et Jason en paye le prix, lança-t-elle en se dirigeant vers la salle d'opération.

Il eut l'impression de recevoir une gifle en plein visage.

Elle avait raison. Il avait pris une mauvaise décision et mis Jason en danger.

Mais après tout, il n'était qu'un être humain…

Il pénétra à son tour dans la salle d'opération tandis qu'Emily s'approchait de la table. Il la vit vaciller alors qu'elle demandait un scalpel et commençait à opérer.

— Je vais prendre le relais jusqu'à ce que le Dr Knox arrive, dit-il d'un ton ferme. Tu dois quitter cette salle.

— Je ne m'en irai pas. Je suis à la tête du service de chirurgie pédiatrique, et j'ai commencé la procédure.

— Il s'agit de mon patient. Le Dr Knox va se charger de cette intervention et, toi, tu vas sortir de ma salle d'opération.

Il détestait devoir lui parler sur ce ton.

— Non. Je contrôle...

— Écoute, je sais qu'à cause de ton syndrome d'Asperger, tu as du mal à renoncer à tout contrôler, mais, cette fois, tu dois t'y résoudre. Jason est mon patient, et tu dois quitter ma salle d'opération. Maintenant !

À peine avait-il prononcé ces mots qu'il les regretta. Il vit à quel point il venait de la blesser. Il vit aussi l'étonnement des autres, qui ignoraient tout des troubles autistiques d'Emily.

Il avait trahi sa confiance. Il était un monstre.

— Je ne...

Les yeux révulsés, elle perdit connaissance et s'écroula.

— Appelez le Dr Samuel ! s'écria-t-il.

Il aurait voulu la relever lui-même, mais il devait s'occuper de Jason et continuer l'opération. Si le garçon souffrait d'une hémorragie interne, il devait la stopper. Il ne pouvait hélas abandonner son patient, c'était Emily qu'il devait laisser alors qu'elle gisait là, sur le sol, inconsciente.

— Sortez-la d'ici et appelez le Dr Samuel, ordonna-t-il.

Deux résidents arrivèrent, portant un brancard sur lequel ils installèrent Emily. Après lui avoir posé un masque à oxygène sur le visage, ils l'évacuèrent rapidement de la salle d'opération.

Ryan éprouvait un terrible sentiment d'échec. Une fois de plus, il se sentait complètement impuissant.

12

Clouée au lit jusqu'à la fin de sa grossesse, Emily regrettait amèrement d'avoir abusé de ses forces. Le Dr Samuel lui avait pourtant fait clairement comprendre que son congé maternité commençait dès aujourd'hui...

Ryan n'était pas passé la voir cette nuit. Le Dr Samuel lui avait dit qu'il l'avait bipé, mais il n'était pas venu.

C'était sa faute à elle. Elle s'était mise en colère parce qu'elle avait peur pour Jason et qu'elle était épuisée. Elle lui avait fait des reproches alors qu'il n'était pas responsable de ce qu'il arrivait à Jason.

Sans doute avait-elle tout gâché avec Ryan. Elle avait voulu jouer de sa position hiérarchique, et lui l'avait légitimement chassée de la salle d'opération.

Elle balaya une larme du revers de la main.

Ce qu'il avait dit devant les autres l'avait blessée. Il avait trahi sa confiance. Elle aurait dû le savoir. Les chirurgiens ne faisaient pas de bons compagnons. La plupart se prenaient pour Dieu. Ils étaient égoïstes, et beaucoup ne supportaient pas de voir une femme prendre le pouvoir. Elle avait cru que Ryan était différent, mais, visiblement, elle s'était trompée.

Au moins, les jumelles avaient passé la nuit et leur état était stable. C'était une consolation. Mais elle n'avait aucune nouvelle de Jason.

On frappa à la porte de la chambre.

C'était Ryan. Il avait les yeux cernés.

Elle eut le cœur serré, songeant à Jason.

— Oh ! non ! Tu ne l'as pas perdu, n'est-ce pas ?

— Non, dit-il depuis le seuil. Une partie de ses intestins est morte, elle a été réséquée. Et sa rate avait une petite déchirure qui a pu être réparée. Il devrait se rétablir parfaitement.

— Bien.

Elle s'attendait à le voir entrer dans la chambre, mais il ne bougeait pas et ne la regardait même pas.

Il ne la supportait plus, se dit-elle. Il ne supportait pas qu'elle soit autiste, ni qu'elle dirige un service. Il allait la quitter, comme elle l'avait prévu dès le début. Le problème, c'était que, maintenant, elle était amoureuse de lui.

— On m'attend à New York, dit-il. Je dois y faire une consultation.

— Tu ne restes pas, alors.

— Non. Je ne… Je n'y arrive pas, Em.

Elle sentit des larmes rouler sur ses joues.

— J'aurais dû le savoir.

— Que veux-tu dire ?

— Tu ne supportes pas qu'une femme détienne une certaine autorité. Ni que je puisse être une meilleure chirurgienne que toi. Tu veux une femme effacée. Mais ce n'est pas mon genre. J'ai travaillé dur pour arriver là où j'en suis maintenant, et… Oh ! j'aurais dû savoir qu'avec un chirurgien cela ne marcherait pas !

— Ce n'est pas cela, rétorqua Ryan d'un ton sec. Pas du tout.

Il ne la regardait pas, et cela lui brisait le cœur.

— Alors, que fuis-tu ? Qu'est-ce qui te fait peur ?

— Je suis désolé, Em.

— C'est faux. Si tu as parlé devant tout le monde de mon syndrome d'Asperger, c'est parce que tu as honte de moi. Mais ce n'est pas mon cas. Ça ne l'est plus. Alors, fais-moi une faveur, va-t'en. Mon erreur a été de te laisser entrer dans ma vie. J'ai été stupide.

Elle ne le regardait pas, s'efforçant de retenir ses larmes. Elle ne voulait pas se montrer faible et vulnérable devant lui.

— Au revoir, Emily.

Elle entendit la porte se refermer et fondit en larmes. Tournant la tête, elle vit les papiers du divorce posés sur la table de nuit. Ils portaient la signature de Ryan.

Ainsi, c'était fini.

Elle savait qu'elle n'aimerait plus jamais un autre homme. Tout ce qu'elle aurait, ce serait son bébé.

Eh bien, c'était très bien ainsi. Juste son bébé et elle contre le monde entier. Comme elle l'avait imaginé le jour où elle avait découvert qu'elle était enceinte.

Ryan s'en voulait à mort.

Il était la pire personne au monde. Il avait failli tuer un patient en prenant la mauvaise décision, et Emily s'était évanouie après qu'il avait trahi sa confiance. Il avait cru un instant les perdre tous les deux, le bébé et elle. Le Dr Samuel l'avait averti qu'elle devrait garder le lit jusqu'à la fin de sa grossesse.

Il se rendit au vestiaire des titulaires pour y prendre ses affaires et laissa son badge d'identification dans le placard.

Il pourrait rester, mais il ne pensait pas que ce serait le bon choix. Travailler sur des enfants lui était trop pénible. Il préférait se consacrer aux adultes. Il avait trop peur de prendre des risques avec de jeunes vies.

Il avait trop peur de finir comme son père.

Il était *déjà* comme lui ! Il fuyait. Il fuyait toujours. Pourquoi avait-il tellement peur de tenter sa chance ?

Il savait pourquoi : il avait trop peur de tout perdre. De connaître à nouveau la souffrance. Non seulement la souffrance causée par la perte de ce bébé que Morgan avait porté quelque temps, mais aussi celle causée par la perte de sa famille. Dès qu'il s'agissait de la famille et de l'amour, il avait peur de l'inconnu. La vie était tellement compliquée, avec son lot de douleurs et de joies…

Non, ce n'était pas possible ! Il ignorait ce que lui réservait l'avenir, mais il ne pouvait pas fuir Emily et le bébé. Il les aimait trop. L'idée de la perdre lui était insupportable. Il ne pouvait pas fuir Emily, la femme qu'il aimait.

Il l'avait blessée, mais il allait consacrer le reste de sa vie à réparer sa faute. Si elle le lui permettait.

Un message lui parvint, venant de la chambre de Jason.

Craignant le pire, il s'y rendit aussitôt, prêt à affronter le regard douloureux des parents du garçon. Ce regard qu'ont tous les parents quand ils savent que leur enfant va mourir.

Il les trouva en larmes.

Oh ! Seigneur, non !

Puis, soudain, il se rendit compte que le père et la mère de Jason souriaient en même temps qu'ils pleuraient !

Il s'approcha du lit et vit que Jason était réveillé.

— Doc ! Je voulais que vous voyiez cela.

— Quoi donc ?

Jason agita les orteils de son pied gauche et souleva légèrement son pied droit.

— Je les sens ! Je peux les bouger.

Un soulagement immense l'envahit.

Cela avait marché ! Il n'avait pas ruiné la vie de cet enfant.

Il saisit un œsthésiomètre et le passa sur le pied droit de Jason.

— Le sens-tu ? demanda-t-il.

— Oui, un peu, s'écria Jason, tout excité.

— Eh bien, c'est très bon signe, dit Ryan en souriant.

Le garçon sourit aussi tandis que sa mère se penchait vers lui pour l'embrasser.

— Merci, docteur Gary, dit le père. Merci de l'avoir sauvé. Cela a été pour moi le moment le plus effrayant de toute ma vie.

Ryan les regarda tous les trois.

— Pour moi aussi.

Ils avaient l'air si heureux ! Il fallait qu'il le dise à Emily.

Il se rendit dans sa chambre et la vit allongée dans son lit, tournant le dos à la porte. Une boîte de mouchoirs en papier était près d'elle, ainsi que les papiers du divorce.

— Emily, dit-il en s'approchant du lit.

— Va-t'en.

— Non.

Elle se retourna et le regarda comme s'il était devenu fou.

— Comment ça, non ? C'est toi qui m'as quittée. Tu as signé les papiers du divorce. Je sais que je te les ai envoyés, mais c'était avant...

— Je sais. Et tu as raison, j'ai fui, mais cela n'avait rien à voir avec toi.

— Vraiment ? lança-t-elle d'un ton sceptique.

— Vraiment. Que tu diriges le service de chirurgie pédiatrique ne me pose pas de problème. Cela m'est égal que tu m'aies reproché le traitement que j'ai appliqué à Jason. Cela m'est égal que tu aies des troubles autistiques. Tu as raison, nous autres chirurgiens, nous sommes des égoïstes. Des robots. Sauf lorsqu'il est question des gens que nous aimons. Et je t'aime, Emily. J'avais simplement trop peur pour m'autoriser à t'aimer.

— C'est à cause de ton père ?

— Non, ce n'est pas à cause de lui. J'avais peur de te perdre et de perdre notre bébé. J'avais peur de perdre un autre enfant.

Elle écarquilla les yeux.

— Un autre enfant ?

Il s'assit près d'elle.

— Je t'ai parlé de cette relation que j'ai eue avec une chirurgienne, Morgan. Elle est tombée enceinte, mais elle ne me l'a pas dit. Elle se focalisait sur sa carrière, comme moi à l'époque, et elle a de toute évidence pensé qu'avoir un bébé serait pour elle un obstacle. J'étais parti faire une consultation à l'autre bout du pays. Lorsque je suis rentré de voyage, j'ai découvert qu'elle avait avorté et qu'elle me quittait. Elle me mettait devant le fait accompli. Cela m'a anéanti. En courant sans cesse partout, j'échappais à la souffrance...

Sa voix se brisa.

— Je suis fatigué de courir, Em. J'ai toujours peur de l'avenir, mais je t'aime trop et je suis un imbécile.

Elle lui caressa le visage.

— Oui, tu es un imbécile. Et je t'aime, moi aussi. J'avais si peur d'avoir de nouveau le cœur brisé que je ne voulais pas te laisser y entrer, mais tu m'as fait mesurer que l'amour existe.

— Je regrette de t'avoir blessée, et, si tu as déjà signé les papiers du divorce, nous pouvons toujours nous remarier.

— Je ne les ai pas signés.

— Bien.

Il prit les documents et les déchira, puis il embrassa Emily sur les cheveux.

— Je t'aime. Je t'aime tellement que ça me terrifie.

— Moi aussi, je t'aime. Je pensais pouvoir m'en sortir toute seule...

— Tu en es capable.

— Mais je n'en ai pas envie. Je veux que tu fasses partie de ma vie et de celle de notre fille.

Il posa la main sur son ventre, souriant.

— Une fille ?

— Oui. Le Dr Samuel m'a fait passer une échographie pour s'assurer que tout allait bien. C'est là qu'il m'a demandé si je voulais connaître le sexe du bébé.

— Je t'aime, et j'aime notre précieuse petite fille, dit Ryan en l'embrassant. J'ai encore d'autres bonnes nouvelles à t'annoncer.

— Oh ?

— Jason remue les orteils.

Emily poussa un soupir.

— C'est merveilleux. Alors, cela a marché. Je suis désolée d'avoir émis des doutes.

— Tu es chirurgienne, ça fait partie de notre travail.

— Et ta consultation à New York ?

— Ils peuvent trouver quelqu'un d'autre, ou venir ici. Je vais accepter l'offre de ton directeur de travailler ici. Je me plais à Seattle, et je sais que tu t'y sens à l'aise. Je veux m'y installer.

— Tu veux vivre à Seattle et travailler avec moi ? demanda-t-elle, l'air incrédule.

— Oui, et nous pourrons continuer de croiser le fer si nous ne sommes pas d'accord sur la façon de traiter un patient, dit-il sur le ton de la plaisanterie.

Emily éclata de rire et l'embrassa.

— Si tu viens travailler ici, je te promets de te ficher la paix.

— N'en fais rien, surtout ! Sinon, quand aurions-nous l'occasion de faire la paix ? Il n'y a rien de mieux que de se réconcilier.

Et il la serra dans ses bras en se promettant de ne jamais la laisser le quitter.

Épilogue

Un an plus tard, Seattle

Par cette belle journée de printemps, Emily était contente de sortir de chez elle et de profiter enfin du soleil, car il avait beaucoup plu ces temps-ci. Ce beau temps était une excuse parfaite pour quitter l'appartement et aller rendre visite à Ryan.

Elle installa la petite Ruth dans sa poussette et se rendit à pied à l'hôpital.

À vrai dire, elle brûlait d'envie de reprendre le travail. Si elle était contente d'avoir pris un congé d'un an pour s'occuper de sa fille, elle avait cependant hâte de retrouver le bloc opératoire. Certes, son service était en de bonnes mains avec le Dr Sharipova qui venait de passer titulaire au SMFPC, mais il lui tardait de reprendre son poste. Pour l'instant, son patron, c'était sa fille !

Elle fut surprise de voir Ryan l'attendre à l'entrée de l'hôpital. Elle lui avait dit qu'elle passerait le voir mais, en général elle le bipait en arrivant, car elle ne savait jamais où il était.

— Je pensais te trouver dans le service de neurologie, dit-elle.

— Pas aujourd'hui.

Il souriait comme s'il lui réservait une surprise.

Elle détestait les surprises, et Ryan le savait.

Il se pencha vers Ruth et l'embrassa sur le front.

— Elle me manque quand je suis au travail.

— Je sais. Maintenant, dis-moi quelle est cette surprise.

— Quelle surprise ? demanda-t-il d'un air innocent.

— Je suis sûre que tu me caches quelque chose. Tu sais que les secrets me rendent dingue.

— Mais tu les gères très bien. Rappelle-toi la fois où je t'ai fait la surprise de ramener tes parents de Salt Lake City pour qu'ils fêtent Noël avec nous ? Tu as adoré.

Emily croisa les bras.

— Quel est ce secret, Ryan ? Que me caches-tu ?

— Viens avec moi dans la salle de conférences.

— La salle de conférences ?

Ryan sourit, mais il ne dit rien.

À présent, elle était vraiment curieuse de savoir ce qu'il allait se passer.

Ils prirent l'ascenseur pour monter au dernier étage, où plusieurs membres du personnel étaient réunis.

Le Dr Teal, devenue depuis peu résidente, la serra un bref instant dans ses bras. Le Dr Samuel aussi était là. Et, derrière lui, il y avait... Le Dr Ruchi !

— Ana ! s'écria Emily en l'étreignant. Vous détestez voyager. Que faites-vous à Seattle ?

— Eh bien, j'ai dû accompagner jusqu'ici des patientes très spéciales.

Ana la prit par le bras et l'escorta jusqu'à la salle de conférences tandis que Ryan se chargeait de Ruth et de la poussette.

La première personne qu'Emily remarqua en entrant dans la salle, ce fut une préadolescente aux beaux cheveux noirs bouclés qui lui sourit timidement.

Emily en eut le souffle coupé.

— Raquel ! balbutia-t-elle.

Vanessa, la mère de Raquel, la prit dans ses bras.

— Merci, docteur West. Si vous ne vous étiez pas trouvés dans ce restaurant ce jour-là, je ne crois pas que nous serions ici aujourd'hui.

Emily sentit ses yeux se remplir de larmes.

Il y avait aussi dans la salle un garçon qui s'appuyait sur une canne.

— Le Dr Gary voulait que je sois là pour que vous puissiez voir les progrès que j'ai faits.

— Jason ! C'est bon de te revoir.

Emily écrasa une larme tandis qu'Ana attirait son attention sur deux petites filles blondes qui jouaient sur un tapis d'activité. En les voyant, Emily fondit en larmes, cette fois.

Melanie et Sasha, les jumelles siamoises ! Le cas qui leur avait permis à Ryan et à elle de se retrouver !

Janet Wainwright avait elle aussi les larmes aux yeux.

— Merci, docteur West.

Emily se tourna vers Ryan, qui tenait leur fille dans ses bras.

— Qu'est-ce que tout cela veut dire ?

— Il y a un an, nous avons décidé de prendre le risque de former une famille. Et, aujourd'hui, sont réunis ici les patients dont nous nous sommes occupés ensemble en échangeant nos points de vue. Nous leur avons sauvé la vie, tout comme toi tu as sauvé la mienne. Je t'aime, Em, et je sais que ton travail te manque.

Emily se mit à rire et s'essuya les yeux. Se dressant sur la pointe des pieds, elle embrassa Ryan.

— Merci.

— Merci à toi d'être ma femme, d'avoir mis au monde notre fille et d'être une chirurgienne extraordinaire. Et il y aura encore plus de vies sauvées lorsque tu reviendras prendre ton poste.

— Allons, dit le Dr Ruchi, il est temps de goûter à ce gâteau.

La tête appuyée contre l'épaule de son mari, Emily prit la part de gâteau que lui servait Ana.

Elle n'avait jamais vraiment cru à l'amour, mais elle avait eu tort. Elle avait l'amour de Ryan et de leur fille ; et dans son travail aussi, elle se sentait entourée d'amour.

Elle était heureuse d'avoir surmonté ses peurs et franchi les obstacles qui s'étaient dressés sur sa route. Si elle ne l'avait pas fait, elle ne serait pas ici aujourd'hui. Elle ne connaîtrait pas la joie d'avoir une famille. Elle n'aurait pas tout cet amour autour d'elle.

Et une vie sans amour lui semblait sans aucun intérêt.

MARIE FERRARELLA

Un jeu périlleux

Traduction française de
CAROLINE JUNG

BLANCHE

HARLEQUIN

Titre original :
A SECOND CHANCE FOR THE SINGLE DAD

Ce roman a déjà été publié en 2018.

Prologue

Maizie tourna la tête. Une séduisante jeune femme blonde aux yeux bleus était apparue comme par enchantement dans la pièce, qui sembla tout à coup emplie de sa seule présence. C'était le bureau où Maizie Sommers avait établi la société immobilière qu'elle avait créée et fièrement fait prospérer au fil des ans.

Mais l'entreprise qui la rendait encore plus fière était celle qu'elle menait avec ses deux amies de toujours, Theresa Manetti et Cecilia Parnell, et dont les bénéfices n'étaient pas financiers mais les gratifiaient autant que si elles gagnaient des millions de dollars.

— Maizie, dit la jeune femme blonde d'une voix douce. Il faut que tu aides Kayley à rencontrer quelqu'un. Je ne veux pas qu'elle passe sa vie toute seule. Ce n'est pas juste. Elle a tant d'amour à donner ! Je m'en serais volontiers chargée moi-même, mais je ne suis plus en mesure de le faire maintenant. De plus, Kayley est ta filleule. Aide-la, je t'en prie.

Les mots de la jeune femme emplirent la pièce tout entière.

Maizie se réveilla en sursaut et regarda autour d'elle.

Elle n'était pas dans son bureau, mais dans son lit. Sa chambre était plongée dans l'obscurité. Seul un rayon de lune filtrait par la fenêtre, tel un laser, éclairant le tapis et…

Quelque chose brillait, par terre. Un minuscule objet, rond et plat.

Maizie prit une profonde inspiration. Un rêve. Ce n'était qu'un rêve, dont les détails collaient néanmoins parfaitement à la réalité : c'était *vraiment* son bureau et cette jeune femme blonde était *vraiment* son amie Karen Quartermain, telle qu'elle était il y a des années, avant que la maladie ne l'emporte.

C'était la première fois qu'elle rêvait de Karen. Même de son vivant, son amie n'était jamais apparue dans ses rêves. Pourquoi maintenant, deux mois après sa mort ?

Maizie jeta un coup d'œil au réveil et soupira. Il était encore tôt. Elle se tourna sur le côté et referma les yeux, dans l'espoir de se rendormir. Ce n'était qu'un rêve, rien de…

Elle rouvrit les yeux et fixa le petit objet que la lune faisait toujours scintiller sur le tapis. Qu'est-ce que cela pouvait être ?

De nouveau, elle poussa un long soupir, consciente qu'elle ne trouverait pas le sommeil tant qu'elle n'aurait pas ramassé l'objet. Elle se leva.

C'était une pièce de monnaie. Un penny.

Il avait dû tomber de sa poche quand elle s'était déshabillée. Quoique… elle ne se rappelait pas avoir gardé d'argent dans sa poche. D'autant que tous les pennys qui lui passaient entre les mains finissaient dans un grand vase, dans son bureau.

Que faisait ce penny sur le tapis de sa chambre ?

— Karen ? finit-elle par dire, hésitante, en jetant un coup d'œil circulaire dans la chambre. C'est toi ? C'est toi qui m'envoies un signe ?

Elle avait conscience de l'incongruité de la situation mais elle connaissait bien son amie. Un jour, Karen avait dit en plaisantant que si elle mourait avant elle et voulait entrer en contact avec elle, elle déposerait un penny sur son chemin pour lui transmettre un message.

Puis elle avait ri en disant que, de toute façon, on ne pouvait plus rien acheter avec un penny, alors autant s'en servir comme moyen de communication.

Elle avait tenu le même discours à sa fille Kayley.

Maizie contempla la pièce de monnaie.

— C'est toi, Karen, n'est-ce pas ? murmura-t-elle dans le noir. Tu veux que j'aide Kayley à rencontrer un homme ? Tu peux compter sur moi. Je vais en parler aux filles et voir ce qu'on peut faire.

1

— Si je puis me permettre, docteur Dolan, vous avez l'air un peu perdu. Puis-je faire quelque chose pour vous ? demanda Cecilia Parnell.

Depuis qu'elle avait monté cette société de nettoyage qui comptait désormais bien plus d'employés qu'elle ne l'aurait imaginé au départ, Cilia rendait visite personnellement à ses clients une fois par mois pour s'assurer que les services qu'elle proposait les satisfaisaient pleinement. D'ordinaire, elle ne recevait que des éloges.

Mais la situation présente n'avait rien d'ordinaire. Le Dr Lucas Dolan, chirurgien orthopédique et réserviste, était revenu du Moyen-Orient où il pratiquait la médecine auprès des soldats blessés mais aussi des populations locales qui, dans bien des cas, n'avaient jamais vu un médecin de leur vie.

Jusqu'au jour où un appel téléphonique avait bouleversé sa vie.

C'était neuf mois auparavant. Sa femme Jill et sa fille de quatre ans, Lily, avaient été renversées sur le chemin de la crèche par une femme qui conduisait tout en écrivant des textos. Luke avait sauté dans le premier avion mais Jill était morte avant qu'il n'arrive à son chevet.

Lily, quant à elle, allait bien, mis à part quelques contusions et le choc de l'accident.

— Perdu ? répéta Luke en dévisageant la femme qui venait de lui adresser la parole.

Il avait fait appel à Cecilia Parnell la semaine où il s'était installé dans sa nouvelle maison avec sa fille après son retour du Moyen-Orient.

Assis dans son canapé, il s'efforça de ne pas se laisser submerger par le chagrin qui était devenu son plus fidèle compagnon depuis neuf mois.

Il était perdu, en effet. La femme dont il était amoureux depuis la fac et avec qui il avait partagé sa vie avait disparu sans prévenir, le laissant seul face à tout ce dont elle s'occupait quand il n'était pas là, face à la perspective d'être le père célibataire d'une petite fille qu'il connaissait à peine.

Lily avait deux ans quand le peloton de réserve dont il faisait partie avait été appelé et envoyé à l'étranger. Elle en avait quatre à son retour.

À présent, elle venait de fêter son cinquième anniversaire et leur relation était à l'image de la situation dans laquelle Luke se trouvait désormais. Et, tel un aveugle, il tentait de se frayer un chemin dans un monde qui lui était totalement inconnu.

Il s'efforça de sourire à Cecilia qui faisait tout pour lui être agréable. Mais il ne pouvait pas se confier à elle, pas davantage qu'à sa belle-mère Barbara qui avait emménagé avec Lily et lui, et s'occupait d'elle quand il travaillait.

Il lui donna la première réponse qui lui traversa l'esprit.

— Je suis un peu stressé, sans doute. Nous avons beaucoup de travail et peu de personnel. Je dois partager mon assistante avec un autre chirurgien. Elle est débordée. J'ai cherché une autre assistante, mais je n'ai pas encore trouvé la personne adéquate.

Cilia le regarda d'un air compatissant.

— Je suis en contact avec beaucoup de monde dans mon travail. Je peux aussi en parler à mes amies, dont le cercle de relations est encore plus large que le mien. Je leur demanderai de me faire signe si elles rencontrent des candidats potentiels. Je suis sûre qu'à nous trois nous trouverons quelqu'un rapidement, affirma-t-elle, un sourire chaleureux et maternel sur les lèvres.

— Merci. C'est très gentil de votre part.

Cilia salua la belle-mère de Luke d'un signe de tête en sortant de la maison. Barbara Baxter lui avait fait part de la situation et de ses inquiétudes au sujet de son gendre qui, sans sa femme, « était comme un poisson échoué sur le sable », pour reprendre ses mots. Barbara avait perdu sa fille mais elle était aussi suffisamment généreuse pour affirmer que Luke avait besoin d'une femme et Lily, d'une mère. C'est ce qui l'avait poussée à appeler Cilia le matin même, afin qu'elle et ses amies associées les aident à trouver une solution.

Elle avait appris à Cilia que Luke ne travaillait pas ce jour-là. Cilia avait donc prétexté une visite professionnelle afin de rencontrer Luke en personne. Dès ses premiers échanges avec lui, elle avait compris qu'elle et ses amies pourraient faire quelque chose pour ce bel homme de trente-huit ans qui avait vécu un drame personnel en servant sa patrie.

Elle ouvrit la portière de sa voiture et, avant de démarrer, appela Maizie et Theresa pour leur proposer de se retrouver le soir même pour « jouer aux cartes », formule qu'elles avaient fini par employer à chaque fois qu'il s'agissait de se réunir pour trouver une femme ou un homme à une personne de leur entourage.

— J'ai un candidat ! s'écria-t-elle, quelques heures plus tard, en franchissant le seuil de l'appartement de Maizie.

— Moi aussi ! s'écria Maizie. Du moins, une candidate.

Elles se regardèrent, aussi surprise l'une que l'autre.

— À toi l'honneur, dit Cilia. Nous sommes chez toi.

Maizie prit une profonde inspiration.

— Mon amie Karen m'avait dit un jour en riant que si elle mourait, elle entrerait en contact avec moi en laissant un penny sur mon chemin, commença-t-elle en regardant alternativement ses amies.

Theresa et Cilia hochèrent la tête d'un air peiné.

— J'ai rêvé d'elle, cette nuit, poursuivit Maizie. C'était un rêve très réaliste dans lequel elle me demandait de trouver un homme pour sa fille Kayley. Quand je me suis réveillée, j'ai aperçu une pièce d'un penny sur le tapis de ma chambre. J'ignore comment elle est arrivée là. Tout ce que je sais, c'est qu'elle n'y était pas quand je suis allée me coucher.

— Tu es sûre ? demanda Cilia en la dévisageant.

— Certaine. La fille de Karen, Kayley, est une jeune fille adorable. Elle a démissionné de son travail pour s'occuper de Karen quand elle a su qu'elle avait un cancer des os.

— Qu'est-ce qu'elle faisait comme travail ?

— Elle était assistante médicale. Ça a été une chance pour Karen de...

Elle s'interrompit.

— Pourquoi me regardes-tu comme ça ? demanda-t-elle à Cilia qui la fixait d'un drôle d'air.

— Je n'en crois pas mes oreilles ! s'exclama cette dernière. Les filles, je crois que nous sommes sur le point de résoudre deux problèmes en un.

Theresa et Maizie la regardèrent d'un air interrogateur.

— Je crois que j'ai trouvé l'homme idéal pour ta filleule.

Kayley Quartermain vérifia l'adresse que sa marraine avait griffonnée sur un bout de papier. Depuis toujours, elle l'appelait tante Maizie. Elle l'avait perdue de vue après son diplôme. Elles s'étaient revues peu de temps avant la mort de sa mère.

Maizie en avait un peu voulu à Karen de ne pas l'avoir avertie de sa maladie avant qu'elle atteigne le stade terminal.

C'était en tout cas grâce à tante Maizie que les derniers jours de sa mère avaient été moins atroces. Elle s'était ensuite occupée des obsèques. En y repensant, elle ne savait pas comment elle aurait traversé cette épreuve sans le soutien de sa marraine.

Kayley se gara dans le parking du centre médical et sourit. Tante Maizie lui faisait penser aux marraines des contes, plus proches des fées que des humains. Non seulement elle l'avait aidée à surmonter ce qui s'avérait être la période la plus difficile de sa vie, mais elle l'avait appelée, la veille, pour lui annoncer qu'elle lui avait peut-être trouvé un poste d'assistante médicale dans le cabinet d'un chirurgien orthopédique que connaissait l'une de ses amies.

La vie allait peut-être prendre un nouveau tour.

Elle gara sa voiture et se dirigea vers l'entrée du centre médical. C'est alors qu'elle aperçut, juste devant elle, à l'entrée du bâtiment, un penny tout neuf, tout brillant.

Elle le fixa quelques instants en se demandant si elle ne l'avait pas imaginé. Depuis la mort de sa mère, elle était à l'affût des pièces qu'elle aurait pu trouver sur son chemin, tout en se disant qu'il fallait être fou pour croire qu'une personne morte puisse envoyer sur Terre des signes de l'au-delà.

Mais la pièce était bel et bien là, à ses pieds. Elle se pencha pour la ramasser.

Est-ce que cela signifie que je vais avoir le poste, maman ? C'est toi qui as arrangé tout cela ?

Elle chassa ses doutes de son esprit. Elle avait vraiment envie de croire que sa mère était à ses côtés dans les moments importants de sa vie. Elle scruta la pièce dans la paume de sa main.

Quel mal y avait-il à considérer cette pièce comme un porte-bonheur ?

Des tas de gens avaient des porte-bonheur et mettaient telles chaussettes pour jouer tel match, accrochaient une patte de lapin à leur rétroviseur, portaient telle couleur dans telles circonstances.

Il n'y avait aucun mal à cela, conclut-elle dans un haussement d'épaules avant de ranger la pièce dans son sac à main.

Elle avança et franchit les portes du centre médical. Puis elle s'arrêta un instant pour se concentrer sur ce qu'elle était venue y faire. Elle aimait beaucoup le travail d'assistante médicale et elle était compétente. Mais mieux valait mettre toutes les chances de son côté.

C'est toi qui m'envoies ce poste d'assistante médicale, maman ? Tu as remis tante Maizie sur ma route pour qu'elle m'aide à passer le cap et à reprendre le cours de ma vie ?

Instinctivement, elle rouvrit son sac et jeta un coup d'œil à la pièce.

Tu veilles toujours sur moi, n'est-ce pas ? demanda-t-elle en pensée. Mais elle connaissait déjà la réponse.

Elle referma son sac et se dirigea vers l'ascenseur. Elle appuya sur le bouton d'appel et les portes s'ouvrirent aussitôt. Un bon présage ?

Elle prit une grande inspiration en tentant de se convaincre qu'elle était la personne idéale pour le poste. Elle entra calmement dans la cabine vide. Elle qui, d'habitude, stressait face à tout ce à quoi elle devait faire face de nouveau — un entretien, un examen et, de manière plus générale, toute situation sortant un peu de l'ordinaire — était cette fois étonnamment détendue. Elle sourit. Elle avait le sentiment certes irrationnel mais fortement ancré en elle qu'elle ne se présentait pas seule à l'entretien d'embauche. Et une impression de légèreté et de bien-être étonnants en de telles circonstances.

Tout ira bien... Il n'y a aucune raison d'avoir peur. Tu vas avoir le poste.

Les portes de l'ascenseur se refermèrent puis se rouvrirent brusquement, laissant apparaître un homme grand et blond, d'allure sportive.

— Vous disiez ? demanda-t-il en la regardant droit dans les yeux, la tête légèrement inclinée, comme s'il craignait d'avoir entendu quelque chose qui ne lui était pas adressé.

— Non, rien, répondit-elle vivement, prenant conscience qu'elle avait parlé à haute voix.

Elle ne risquait pas de raconter à un parfait inconnu — vraiment parfait, en effet — qu'elle parlait toute seule pour se remonter le moral avant un entretien. Elle passerait pour folle, sans aucun doute.

C'était parfois ainsi que les rumeurs commençaient à se répandre.

Elle sourit à l'homme qui, lui, demeura de glace.

2

Le centre de chirurgie orthopédique était situé dans un bâtiment carré blanc, de deux étages. Au rez-de-chaussée se trouvaient une salle de chirurgie ambulatoire et un service de radiologie. Au second étage, des portes battantes séparaient le grand hall, dans lequel se trouvaient l'accueil et la salle d'attente, ainsi que des bureaux et des salles de consultation situées à l'arrière du bâtiment et dans lesquelles les médecins recevaient les patients, chacun dans sa spécialité.

Kayley sortit de ses réflexions quand elle comprit que l'homme très séduisant lui tenait les portes de l'ascenseur.

— Oh ! merci ! dit-elle en s'empressant de sortir de la cabine.

— Je vous en prie, murmura l'homme d'une voix grave et chaude qui l'enveloppa comme un châle.

Elle parcourut le hall du regard et se dirigea vers le guichet d'accueil où une jeune femme brune, avec des yeux verts, la salua.

— Votre nom ?

— Kayley Quartermain, répondit-elle en sentant les battements de son cœur accélérer.

Cela faisait des années qu'elle n'avait pas passé un entretien d'embauche.

— Et vous venez voir ?

— Le Dr Dolan.

La réceptionniste consulta une liste sur l'écran de son ordinateur et fronça les sourcils.

— Vous êtes sûre d'avoir rendez-vous aujourd'hui ?

— Oui. J'ai même appelé hier après-midi pour vérifier qu'il était bien maintenu.

La jeune femme haussa une épaule et se tourna pour prendre un document sur une pile.

— C'est la première fois que vous venez au centre ? demanda-t-elle en lui tendant un formulaire d'admission.

Kayley comprit la méprise.

— Oui, mais je ne viens pas en tant que patiente. En fait, je dois passer un entretien avec le Dr Dolan pour le poste d'assistante médicale. Je lui ai envoyé mon CV par mail.

— C'est Rachel qui va être contente de vous voir ! s'exclama la réceptionniste en souriant.

— Rachel ? répéta Kayley.

— Rachel est la secrétaire médicale du Dr Barrett mais pour le moment, elle travaille aussi pour le Dr Dolan en attendant qu'il ait trouvé quelqu'un. Autant vous dire qu'elle est débordée.

Kayley hocha la tête d'un air compatissant.

— Asseyez-vous dans la salle d'attente. On viendra vous chercher.

Le « on » se révéla être l'assistante médicale dont elles venaient de parler et qui, après avoir échangé quelques mots avec la réceptionniste, fonça droit vers elle, un grand sourire sur les lèvres. Kayley se leva et vint à sa rencontre.

— Bonjour ! Je suis Rachel Mathews. Vous venez pour le poste d'assistante médicale ? demanda Rachel, la main tendue.

— Oui, je…

Mais Rachel ne la laissa pas finir sa phrase. Kayley eut l'impression qu'elle se retenait de lui sauter au cou.

— Enfin ! Merci ! Je crois que je n'aurais pas pu faire une semaine de plus dans ces conditions, dit-elle dans un soupir de soulagement.

Elle lui serra vigoureusement la main.

Cela signifiait-il qu'elle avait le poste ? C'était étrange. Rachel ne l'avait jamais vue. Même si elle avait lu son CV, elle n'avait pas eu l'occasion de vérifier ses compétences ni ses expériences. Kayley aurait pu tout aussi bien inventer tout ce qu'elle avait mis dans son CV.

— Venez, suivez-moi, dit Rachel en se dirigeant vers les portes battantes. Vous allez me parler un peu de vous.

— J'ai envoyé mon CV par mail, dit Kayley en la suivant dans le dédale de couloirs.

— Oui, je l'ai lu. Mais c'est toujours bien de discuter de vive voix. Le regard d'une personne en dit plus, selon moi, que des mots sur un CV.

Elle la conduisit dans une salle de consultation équipée d'un moniteur sur l'écran duquel étaient affichées des radiographies.

— Asseyez-vous. Vous avez le choix entre la chaise et la table d'examen, selon ce qui vous est le plus confortable, dit Rachel d'une voix un peu mécanique.

C'était sans doute ce qu'elle proposait à toutes les personnes qu'elle faisait entrer dans une salle de consultation.

— Je prends la chaise, répondit Kayley.

S'asseoir sur la table d'examen lui donnerait l'impression d'être une patiente. Pas question de se retrouver dans une position de vulnérabilité pour passer un entretien.

Elle tendit à Rachel une copie de son CV et se prépara à répondre à la salve de questions qu'elle ne manquerait pas de lui poser.

Mais il n'y eut pas de salve.

Rachel prit simplement la parole.

— Le Dr Dolan est un homme adorable. Mais il est triste. Très triste. Il traverse une passe difficile. Il faut savoir vous protéger pour que cette tristesse ne vous atteigne pas, l'avertit-elle.

Kayley avait démissionné, pour s'occuper de sa mère, d'un poste d'assistante médicale chez un médecin réputé, où elle gagnait plutôt bien sa vie. Elle n'était pas en position de faire la fine bouche. Elle avait reçu en héritage une petite somme d'argent, ce qui lui permettait de ne pas vendre son âme au diable — du moins pour un mois ou deux.

— Puis-je savoir pourquoi il est si triste ? demanda-t-elle.

— Sa femme est morte dans un accident de voiture il y a neuf mois. Leur petite fille était elle aussi dans la voiture, mais elle a survécu sans séquelles. Et, si vous voulez mon avis, ajouta Rachel en baissant le ton, il s'en veut de ne pas avoir été là quand l'accident s'est produit.

— Je comprends. Mais il n'aurait probablement rien pu faire de plus s'il avait été là, dit-elle.

L'image de sa mère lui traversa l'esprit. Quels efforts elle avait déployés pour faire reculer cette affreuse maladie !

— Vous avez sans doute raison. Mais on ne le saura jamais et en attendant, le Dr Dolan doit se remettre de cette disparition brutale et prématurée.

Rachel parcourut des yeux le CV qu'elle avait dans les mains.

— En ce qui me concerne, je serais ravie de travailler avec vous, dit-elle sans ambages. Mais c'est le Dr Dolan qui prendra la décision finale.

— Bien sûr, acquiesça-t-elle. D'ailleurs, je croyais que je passerais l'entretien avec lui.

— Il est en consultation, mais il devrait faire un saut. Je pense qu'il aura quelques questions à vous poser. En fait, il a déjà reçu cinq candidats mais n'en a retenu aucun.

Kayley sentit son cœur se serrer. Ce n'était pas un très bon signe.

— Vous savez pour quelles raisons il les a écartés ? demanda-t-elle en s'efforçant de ne pas laisser paraître son trouble.

Rachel secoua la tête d'un air sincèrement désolé.

— Il ne m'a rien dit. Je l'ai simplement vu secouer la tête après chaque entretien et dire : « Ce n'est pas le bon. » J'ai pourtant cru qu'Albert ferait l'affaire, mais je me suis trompée.

— Albert ?

— C'est le dernier candidat qui a postulé.

Le refus d'embaucher un homme signifiait peut-être que le Dr Dolan n'avait pas de préjugés sexistes. Cette pensée la rassura. Le fait d'être la sixième candidate était quelque peu déconcertant. D'un autre côté, si elle n'obtenait pas le poste, sa situation ne serait pas pire. Elle avait encore des tas d'affaires à régler liées au décès de sa mère. Elle ne serait pas désœuvrée en attendant de trouver autre chose.

— Attendez ici, dit Rachel en se dirigeant vers la porte. Je vais voir si le Dr Dolan a bientôt fini sa consultation.

Puis elle blêmit.

— Oh non ! J'ai oublié de lui apporter les radios de M. Mulroney !

Elle ouvrit la porte en grand.

— J'espère que vous aurez le poste ! lança-t-elle par-dessus son épaule avant de refermer la porte.

Kayley sourit.

— Moi aussi, murmura-t-elle.

Elle se rassit et attendit un moment. Un long moment. Au bout de vingt minutes, elle commença à s'agiter sur sa chaise et se demanda si on ne l'avait pas tout simplement oubliée. En arrivant, elle avait remarqué que la salle d'attente était pleine de patients. Il y avait une dizaine de médecins à l'étage, mais les consultations devaient s'enchaîner.

Elle hésita entre aller se renseigner et attendre encore un peu, mais sa patience avait atteint ses limites. Elle prit son sac et se leva. Elle ouvrit la porte mais au lieu de sortir de la pièce, elle se trouva stoppée dans son élan par un grand corps en blouse blanche. Une odeur musquée d'after-shave parvint à ses narines. Elle lui rappelait quelque chose.

L'homme de l'ascenseur ! Ce n'était pas un patient, mais quelqu'un qui travaillait au centre médical.

— Attention ! s'écria-t-il tandis qu'elle reprenait ses esprits. Je ne sais pas où vous allez, mais vous avez l'air décidé !

Elle recula d'un pas.

— Désolée. Je ne voulais pas vous bousculer.

— Vous m'en voyez ravi, rétorqua-t-il en la lâchant. C'est vous qui êtes là pour le poste d'assistante médicale ?

— Oui, répondit-elle en rentrant dans la salle de consultation.

— Je vous en prie, asseyez-vous, dit le médecin en indiquant la chaise.

Elle s'exécuta et le regarda s'asseoir à son tour sur le tabouret sur lequel il devait probablement s'installer pour parler à ses patients. Puis il parcourut des yeux le CV qu'il avait reçu par mail.

— Vous venez de San Francisco, à ce que je vois, dit-il avant de lever les yeux.

Il la fixa sans la moindre ébauche de sourire.

— Pour quelles raisons avez-vous quitté votre dernier poste ?

— Je n'ai pas eu le choix, répondit-elle simplement.

— Pas le choix ? répéta-t-il. On vous a mise dehors ?

Elle prit conscience de l'ambiguïté de ses paroles.

— Oh ! non ! Pas du tout. J'ai appris que ma mère avait un cancer et j'ai décidé de venir ici pour m'occuper d'elle.

Son visage demeura impassible.
— Elle va bien, maintenant ?
— Non. Elle est morte.
— Ah.
Il ne s'attendait pas à une telle réponse. Depuis neuf mois, il avait l'impression que tout le monde continuait à vivre et qu'il était resté seul face à la mort de Jill. Il demeura un moment silencieux, ne sachant que dire.
— Vous avez eu la chance d'être ensemble avant qu'elle meure, finit-il par dire.
Ce n'était pas son cas. Jill était partie sans prévenir. Il était trop loin pour pouvoir l'accompagner dans ses dernières heures de vie. Il restait tant de choses qu'il aurait aimé lui dire. Que donnerait-il pour vivre ne serait-ce qu'une journée de plus avec elle !
Kayley hocha la tête.
— Pourquoi postulez-vous ici, à Bedford ? demanda-t-il tout de go. Pourquoi ne retournez-vous pas dans la Baie ?
Décidément, sa rhétorique ne s'encombrait pas de circonvolutions. Il allait droit au but.
— En fait, je suis originaire d'ici. J'ai envie de rester. Pour être honnête, je préfère la Californie du Sud à San Francisco. Je trouve les gens plus ouverts. Et, en plus, il fait beau ! dit-elle en souriant.
— Je vois.
Il demeura de glace.
Qu'est-ce qui lui avait pris de parler du beau temps ? Elle était en plein entretien d'embauche, pas au café avec un ami ! Elle déglutit en se demandant quel genre de réponses il attendait d'elle. Le mieux était encore d'être honnête, que cela lui plaise ou non. Au moins saurait-il à quoi s'attendre si jamais il décidait de lui accorder le poste.
— C'est ici que je me sens chez moi, ajouta-t-elle.
Il hocha la tête et reprit la lecture du CV.
— Je dois vérifier vos références, dit-il.
— Bien sûr ! dit-elle avec l'impression qu'il allait se lever et quitter la pièce.
Mais il ne bougea pas et planta son regard dans le sien.

— Puis-je vous demander pourquoi vous êtes assistante médicale et non médecin ?

— Tout d'abord, faute de moyens financiers. À l'époque, je n'avais pas de quoi poursuivre de longues études de médecine. Je travaillais déjà à temps partiel. Je n'avais pas envie de m'endetter pour le restant de mes jours.

Elle marqua une pause puis sourit.

— Devenir assistante médicale était le moyen de me rapprocher le plus du métier de médecin. J'ai toujours aimé aider les gens, les soigner.

Le médecin la fixa un long moment.

Impossible de deviner ce qu'il pensait d'elle. Elle se demanda si elle n'avait pas trop parlé.

Mentalement, elle croisa les doigts.

3

On frappa et la porte s'entrouvrit. Le visage de Rachel apparut dans l'entrebâillement.

— Je suis vraiment désolée de vous interrompre, docteur, mais votre prochain patient s'agite. Il dit qu'il a rendez-vous juste après avec son avocat. Il craint d'être en retard et que son avocat lui fasse tout de même payer des honoraires.

Elle adressa un regard désolé à Kayley.

Luke se leva.

— Dites-lui que j'arrive.

Il se tourna vers Kayley.

— Merci d'être venue. Je vous recontacterai.

Son cœur se serra. Kayley savait ce que cela signifiait : ne vous faites pas d'illusions.

Elle s'efforça malgré tout d'afficher un sourire.

— Merci, docteur. J'attends votre appel, répondit-elle.

Mais il lui tournait déjà le dos, prêt à sortir de la pièce aussi vite qu'il y était entré.

Elle repensa à la pièce au fond de son sac.

J'ai fait de mon mieux, maman.

Mais ce n'était peut-être pas mon jour de chance, après tout, se dit-elle en sortant de la salle de consultation. *Nous verrons bien...*

Sur le chemin du retour, elle s'arrêta au supermarché pour acheter un bac de glace rhum-raisin. Elle ouvrit la porte du congélateur, prit deux bacs et, après réflexion, reposa raisonnablement le second. Elle savait qu'elle perdait totalement sa force de volonté dans certaines situations décevantes ou frustrantes et que, si elle achetait deux bacs de glace, elle mangerait deux bacs de glace — dans la même soirée.

Elle se dirigea d'un pas leste à la caisse avant de changer d'avis et sortit du supermarché.

Elle baissa les yeux, attirée par quelque chose qui brillait sur le trottoir. Un autre penny.

— Bien tenté, maman. Mais cette fois, je n'y crois plus, murmura-t-elle en se dirigeant vers sa voiture.

Au bout de quelques pas, elle se ravisa néanmoins et fit demi-tour. Autant mettre toutes les chances de son côté. Cela ne coûtait rien de ramasser cette petite pièce, sait-on jamais…

Elle ramassa le penny qui, contrairement à celui qu'elle avait trouvé devant le centre médical, était vieux, usé et un peu collant. Mais cela ne l'arrêta pas.

Tu me suis, maman ? Mais qu'est-ce que tu essaies de me faire comprendre ? Que tout ira bien ? Incapable de reposer la pièce là où elle l'avait trouvée, elle reprit le chemin de sa voiture garée.

Elle s'installa au volant et démarra tout en imaginant la soirée qu'elle passerait à déguster de la glace devant un vieux film.

Le téléphone sonna dès qu'elle entra chez elle.

Elle jeta son sac à main par terre et, le bac de glace dans la main, elle se précipita sur le combiné.

— Allô ! dit-elle dans un souffle.

— Alors ? Comment ça s'est passé ?

Elle reconnut, à l'autre bout de la ligne, la voix maternelle de sa marraine.

— Je n'en sais rien, répondit-elle en se laissant tomber sur le canapé. Le médecin qui m'a reçue a dit qu'il me recontacterait.

— D'accord, mais comment ça s'est passé ? répéta Maizie avec une légère impatience. Tu as bien une idée, un sentiment sur la façon dont s'est déroulé l'entretien.

— C'est allé vite.

Maizie marqua une pause.

— Et alors ? Qu'est-ce que cela signifie ? C'est plutôt bon signe ou mauvais signe, d'après toi ?

— Le Dr Dolan m'a prise entre deux patients. Nous n'avons

pas vraiment eu le temps de discuter. Il est arrivé, mon CV dans les mains, et m'a posé quelques questions.

— Du genre ?

— Il m'a demandé pourquoi j'étais partie de San Francisco.

— Tu le lui as expliqué ? demanda Maizie d'une voix presque enjouée.

— Oui, bien sûr.

— Tu lui as parlé de ta maman ?

Le ton protecteur de sa marraine l'aurait probablement agacée quelques années auparavant, mais maintenant qu'elle était orpheline, elle apprécia d'être un peu maternée. Cela la ramenait à l'époque où elle était petite fille et où il y avait encore quelqu'un pour s'occuper d'elle. Ce qui n'était plus le cas.

— Et alors ? Qu'est-ce qu'il a dit ?

— Pas grand-chose, à vrai dire. À part que nous avions eu de la chance l'une et l'autre d'être ensemble avant qu'elle meure.

— Lui n'a pas eu cette chance, en effet, dit Maizie. Il était à l'étranger quand sa femme a eu un accident mortel.

Le fait que Maizie soit au courant la surprit. Cela dit, Maizie donnait l'impression de tout savoir sur tout le monde.

— C'est ce que m'a expliqué l'assistante médicale actuelle, confirma-t-elle.

— Et qu'est-ce qu'il a dit d'autre ? demanda Maizie, toujours impatiente.

— Pas grand-chose. Il a regardé mon CV en silence. Puis son assistante est venue le chercher pour le patient suivant. C'est là qu'il m'a saluée et dit qu'il me recontacterait.

Elle soupira. À vrai dire, elle se sentait rejetée. C'était le premier entretien qu'elle passait depuis la mort de sa mère et, de toute évidence, ce n'était pas un franc succès.

— Je ne suis pas sûre que ce soit de bon augure, dit-elle d'un ton triste.

— Tu plaisantes ! s'écria Maizie. Je pense au contraire que c'est de très bon augure ! N'oublie pas que tout le monde n'est pas aussi impulsif que toi ou moi. Certains ont besoin de réfléchir avant de prendre une décision.

Comme elle aurait aimé le croire !

— Mais l'assistante m'a dit qu'il a déjà écarté cinq candidats avant moi.

— Ah ? Elle t'a donné une explication ?

Kayley soupira, de plus en plus persuadée qu'elle n'aurait plus jamais de nouvelles du beau docteur — ou qu'il l'appellerait seulement pour lui dire qu'il ne l'embaucherait pas.

— Non, elle n'en savait rien, apparemment.

La nouvelle ne sembla pas démonter Maizie, d'un optimisme sans faille.

— Bon, tu vas avoir le poste, ma chérie. Il a écarté cinq candidats ? Cela tombe bien, six est ton chiffre porte-bonheur.

Kayley éclata de rire. Maizie avait l'art de tirer des conclusions assez peu rationnelles.

— Ah bon ? Depuis quand ?

— Depuis maintenant, quelle question ! J'en suis sûre. Je le sens.

— Alors si tu le sens, c'est que c'est vrai, plaisanta Kayley bien qu'elle considère la situation sous un jour assez différent.

— Écoute, Kayley, j'ai rendez-vous avec un client dans une demi-heure mais je suis libre, ensuite. Veux-tu venir dîner à la maison, disons vers 18 h 30 ? Je serai contente d'avoir un peu de compagnie.

Tante Maizie n'avait absolument pas besoin de compagnie. Elle avait une vie bien remplie et elle était bien entourée. Elle sortait souvent et s'occupait aussi régulièrement de ses petits-enfants.

Elle aurait plutôt besoin de moments de solitude.

— C'est gentil, tante Maizie, mais je préfère passer la soirée tranquille à la maison. J'ai quelques mails à écrire et un bac de glace rhum-raisin qui ne demande qu'à être mangé.

— Comme tu veux, répondit Maizie sans insister.

Mais sa voix était hésitante.

— Je t'assure, ça va, ajouta Kayley en se demandant qui elle cherchait à convaincre le plus.

— Bien, dit Maizie. Mais appelle-moi dès que tu as le poste.

C'est gentil de m'encourager, tante Maizie, mais je ne pense pas que j'aurai ce poste.

— D'accord, je t'appelle dès que j'ai des nouvelles. Mais là, je dois vraiment raccrocher. La glace est en train de fondre et si ça continue, je devrai la manger à la paille.

— Vas-y, ma chérie. Et reste positive. De bonnes choses arrivent quand on est positif.

— Je vais essayer. Merci, tante Maizie.

Elle raccrocha et se précipita dans la cuisine avec le sac contenant la glace. Elle ouvrit un tiroir et prit une cuillère. Elle se passerait de boule à glace et de coupe.

— Allez, viens me consoler de cette drôle de journée, dit-elle au lot de consolation qui lui tiendrait compagnie une partie de la soirée.

Elle plongea la cuillère dans la crème glacée crémeuse et ferma les yeux en savourant.

C'était délicieux mais cela n'apaisa pas le sentiment de déception qui grandissait dans sa poitrine.

Elle avait besoin de travailler. Et le plus tôt serait le mieux. Certains se réjouiraient d'avoir enfin du temps devant eux et en profiteraient pour se remettre à lire, pour voir les films qu'ils avaient manqués au cinéma ou simplement pour faire ce qu'ils n'avaient pas le temps de faire en général.

Mais elle n'était pas très douée pour buller, ne rien avoir de particulier à faire. Le temps était précieux quand il était limité et qu'on en disposait d'un peu à la fois.

Elle prit une autre cuillerée de crème glacée dans l'espoir que sa détresse s'évanouirait. Mais ce ne fut pas le cas.

Génial ! J'ai trente-deux ans et je passe ma soirée assise dans la cuisine à m'empiffrer de calories vides et à philosopher avec un bac de rhum-raisin !

La sonnerie du téléphone la tira de ses réflexions moroses. Elle hésita. C'était sans doute tante Maizie avec une nouvelle suggestion. Elle n'était pas vraiment d'humeur à recevoir des paroles d'encouragement. Mais sa marraine ne la lâcherait pas tant qu'elle sentirait qu'elle n'avait pas un moral d'enfer.

Le téléphone continua à sonner. Agacée, elle serra les lèvres. Mais elle ne pouvait pas non plus laisser le téléphone sonner jusqu'à ce que la messagerie se déclenche. Maizie était adorable. Elle avait toujours été là pour elle, d'une manière ou d'une autre. Ce serait grossier de ne pas répondre, d'autant qu'elle la savait chez elle.

Elle soupira et abandonna momentanément son bac de glace et sa cuillère pour se précipiter dans le salon.

— Je t'assure que ça va, tante Maizie, dit-elle après avoir décroché le téléphone. Ne te tracasse pas pour moi.

Il y eut un long silence à l'autre bout de la ligne.

— Je ne suis pas tante Maizie, annonça une voix grave masculine. Mais je suis content de savoir que ça va.

Le Dr Dolan ?

Ce n'était pas possible.

Cette voix, pourtant...

Elle faillit lâcher le combiné.

— Excusez-moi, je vous ai pris pour quelqu'un d'autre...

Elle entendit un petit rire.

— C'est ce que j'ai cru comprendre, dit la voix grave.

Son cœur battait la chamade.

— Qui est à l'appareil ? demanda-t-elle d'une voix mal assurée, bien qu'elle soit à peu près certaine de l'identité de son interlocuteur.

Mais peut-être était-elle simplement en train de prendre ses rêves pour la réalité. Aucun employeur ne rappelait aussi rapidement. Sauf, peut-être, s'il voulait abréger ses souffrances et lui signifier qu'elle non plus n'avait pas été retenue.

— Je suis désolé. Reprenons les choses dans l'ordre. C'est le Dr Dolan, à l'appareil. Je souhaite parler à Mlle Kayley Quartermain. J'ai essayé de la joindre sur son portable mais je n'ai pas pu laisser de message.

Kayley ferma les yeux. Quelle idiote !

Pour la troisième fois de la semaine, son portable était tombé en rade et elle avait oublié de le recharger. Il allait probablement falloir acheter une batterie neuve. Comment pouvait-elle ne pas anticiper une chose aussi fondamentale ?

— Bonsoir docteur. Je suis Kayley Quartermain. J'ai un problème de batterie sur mon portable.

— Il va peut-être falloir en changer, alors, dit-il.

— Oui, c'est ce que je compte faire, s'empressa-t-elle de répondre.

Un silence s'installa.

— Vous vouliez me parler ? demanda-t-elle, la gorge nouée à la perspective de ce qu'il allait lui annoncer.

— Oui, finit-il par répondre. Je voulais vous demander si vous pouviez venir.

— Pour un autre entretien ? demanda-t-elle, intriguée.

— Vous ne faites pas la course à la présidence, mademoiselle Quartermain. Vous n'avez pas besoin de passer un autre entretien. J'ai appelé le dernier médecin auprès de qui vous avez été assistante. Il m'a fait beaucoup d'éloges sur vous et votre travail. D'ailleurs, il souhaiterait savoir si vous n'auriez pas l'intention de retourner travailler pour lui.

Il marqua une pause avant d'ajouter :

— Et moi je souhaiterais savoir si telle est votre intention.

La question la déstabilisa mais elle s'efforça d'être diplomate.

— Non. J'ai beaucoup aimé travailler avec le Dr Andrews mais, comme je vous l'ai dit tout à l'heure, je m'installe à Bedford.

— Très bien. Alors je réitère ma première question : pouvez-vous venir rapidement ? Je veux dire, pour travailler.

Les battements de son cœur se remirent à accélérer.

— Rapidement ? C'est-à-dire ?

— Demain ?

— Demain ? D'accord, répondit-elle.

— Parfait. Venez à 8 heures. Nous aurons de la paperasse à remplir.

Sur ce, il raccrocha.

Kayley demeura un instant immobile, le combiné à la main, avant de pousser un grand cri de joie.

Elle retourna dans la cuisine en riant, jeta ce qui était devenue une bouillie liquide rhum-raisins et revint dans le salon pour rappeler Maizie.

4

Depuis qu'il travaillait au centre de chirurgie orthopédique, Luke était toujours le premier arrivé, le matin. Ce n'est pas qu'il soit particulièrement impatient de travailler, mais cela lui évitait surtout d'être à la maison avec Lily.

Il aimait sa fille, bien sûr. Il l'aimait beaucoup. Mais il ne savait pas quoi dire à cette petite créature qui lui arrivait à peine à la taille et avec qui il n'avait rien en commun si ce n'est le sang qui coulait dans leurs veines.

Le travail était une bonne excuse pour ne pas avoir à affronter cette situation au quotidien. C'était aussi une bonne excuse pour ne pas avoir à faire face au vide sidéral qui l'engloutissait depuis que Jill n'était plus là pour faire l'intermédiaire entre leur fille et lui.

De plus, arriver le premier au centre le matin lui garantissait une bonne vingtaine de minutes de tranquillité — parfois davantage. En général, il s'arrêtait prendre sa première dose de caféine dans un café situé à un pâté de maisons avant d'aller ouvrir le centre.

Il entra dans le bâtiment et monta au premier étage. Il ne s'attendait pas à tomber sur un autre humain. Pourtant, elle était là, souriante, devant les portes fermées des bureaux, la jeune femme qu'il avait embauchée la veille.

La jeune femme qu'il *n'aurait peut-être pas dû* embaucher la veille. Il n'était pas certain à 100 % d'avoir pris la bonne décision.

Mais voilà des mois qu'il partageait une assistante médicale avec son confrère et que cela ne suffisait pas. Rachel était très compétente et se démenait, mais il avait tendance à oublier certains détails de la vie quotidienne qu'elle n'était pas en mesure de lui rappeler, faute de temps. Même lui avait remarqué qu'elle avait l'air fatigué.

La ponctualité était une qualité qu'il appréciait tout particulièrement. Mais arriver si tôt n'était plus de l'ordre de la ponctualité.

— Vous êtes matinale, dit-il en saluant sa nouvelle assistante d'un signe de tête. Je croyais que nous avions rendez-vous à 8 heures.

Il ouvrit les portes et lui laissa le passage.

— En effet, nous avions dit 8 heures.

Le hall était si calme que c'en était presque irréel.

— Mais je ne voulais pas risquer de rester coincée dans les embouteillages et d'arriver en retard le premier jour.

— À quelle heure êtes-vous arrivée ?

Elle fut tentée de dire qu'elle ne se souvenait pas exactement, mais cela aurait été mentir. Elle opta pour la vérité, même si cela lui faisait prendre le risque de passer pour une maniaque.

— À 7 heures.

Luke jeta un coup d'œil à sa montre, bien qu'il ait une idée assez précise de l'heure qu'il était. 7 h 30. Il lui faudrait renoncer à sa demi-heure de solitude.

Il alluma les lumières de l'étage.

— Vous allez devoir attendre que la directrice administrative arrive. C'est elle qui sait quels papiers vous devez remplir.

— D'accord, répondit-elle d'un ton enjoué. Voulez-vous que je fasse quelque chose en attendant ?

Luke réfléchit. Que pourrait-il bien lui faire faire ?

La nouvelle assistante vint à sa rescousse.

— Vous avez une machine à café ? Si vous voulez, je peux faire du café.

Luke regarda le gobelet qu'il venait d'acheter.

— Je suis passé en prendre un au café. Mais il m'en faudra plus d'un dans la journée. Et je suis sûr que cela fera plaisir à tout le monde de humer une bonne odeur de café en arrivant.

Kayley lui sourit. En dépit de sa tendance à maintenir des distances entre les gens et lui, il ne put s'empêcher de remarquer qu'elle avait le même genre de sourire que Lily, un sourire spontané qui illumine la pièce dans laquelle elles se trouvent.

— Très bien. Où se trouve la cafetière ?

Il s'arrêta devant la porte de son bureau.

— La cafetière se trouve dans la salle de repos. Au fond du couloir, à droite. Le temps que vous prépariez le café, Delia sera là.

— Delia est la directrice administrative dont vous m'avez parlé ?

Luke hocha la tête.

— Delia Chin, précisa-t-il en ouvrant la porte de son bureau.

Elle prit la direction qu'il lui avait indiquée et s'arrêta.

— Docteur Dolan ?

Il la regarda par-dessus son épaule.

— Oui ?

— Merci.

Elle sourit de nouveau.

— Merci de vous avoir indiqué l'emplacement de la cafetière ? demanda-t-il, l'air pince-sans-rire.

— Merci de m'avoir embauchée. Vous ne le regretterez pas, dit-elle avant de reprendre le chemin de la salle de repos.

Luke alluma son bureau.

— Nous verrons cela, mademoiselle Quartermain..., murmura-t-il pour lui-même en entrant dans son bureau.

Kayley ne mit pas longtemps à comprendre pourquoi Rachel avait l'air éreinté le jour où elles avaient fait connaissance. Elle jonglait entre deux médecins et deux plannings. Gérer les détails ne concernant que les patients du Dr Dolan était déjà en soi une tâche ardue. Après avoir effectué ses huit premières heures à ce poste, elle avait l'impression d'avoir couru deux marathons.

Assise dans la salle de consultation après le départ du dernier patient, elle était en train de relire les informations qu'elle venait de rentrer dans l'ordinateur lorsqu'elle perçut une présence. Elle leva les yeux. Ce n'était pas le Dr Dolan mais Rachel qui se tenait dans l'embrasure de la porte.

— Alors, comment s'est passée cette première journée ? demanda-t-elle sur un ton amical.

Kayley réfléchit aux mots qu'elle allait employer. Elle ne voulait pas paraître ingrate ou avoir l'air de se plaindre.

— J'ai déjà appris beaucoup de choses, répondit-elle avec diplomatie.

Rachel se mit à rire.

— C'est une jolie façon de décrire les choses, dit-elle.

Puis elle s'approcha et baissa le ton.

— Le Dr Dolan ne vous a pas épuisée ? Il peut parfois se montrer assez exigeant, dit-elle en jetant un coup d'œil par-dessus son épaule pour s'assurer que personne ne pouvait l'entendre.

— Oh ! non, pas du tout. C'est à moi de prendre mes marques, de comprendre comment fonctionne le service, de me familiariser avec un vocabulaire qui est nouveau pour moi. Le médecin pour lequel je travaillais avant était généraliste.

Des images du cabinet de San Francisco lui revinrent en mémoire.

— Il avait ouvert son cabinet bien avant l'arrivée des ordinateurs. C'était un homme adorable, qui avait tout du médecin de campagne d'autrefois. Il n'hésitait pas à demander l'avis de confrères quand il se trouvait face à des cas compliqués. Et il avait de très belles relations avec ses patients. Il passait beaucoup de temps à leur parler et surtout à les écouter. Il cherchait à comprendre ce qui leur posait problème dans le fond et qui les poussait à venir le voir.

Elle sourit à l'évocation de ces souvenirs.

— Il a eu beaucoup de mal à s'adapter à l'informatique, à retranscrire les données des patients sur l'ordinateur. Alors je passais du temps avec lui et tapais moi-même les dossiers. Sans quoi je crois qu'il n'aurait reçu qu'un patient par heure.

Rachel hocha la tête.

— J'ai l'impression qu'il vous manque, dit-elle sur un ton compatissant.

— C'est vrai, admit-elle en se tournant vers l'écran d'ordinateur. Mais je suis très contente de travailler ici. C'est différent. J'ai l'impression que tout va très vite, ici.

— C'est votre premier jour et vous avez déjà des suggestions à faire ?

Elle se figea en entendant la voix du Dr Dolan. Puis elle fit tourner sa chaise et se retrouva face à lui.

— Non, je ne fais pas de suggestions, seulement des observations, répondit-elle.

Rachel s'était éclipsée. Elle aurait préféré qu'elle l'avertisse, d'une manière ou d'une autre, de la présence du médecin.

— Je reçois beaucoup de patients, dit-il, parce que j'ai envie d'aider le plus de gens possible. Mais je ne m'attarde pas pour discuter avec eux de leurs passe-temps favoris ou de l'équipe de base-ball qu'ils préfèrent. Ce serait voler du temps aux autres patients.

— Je comprends.

Elle se demanda s'il ne valait pas mieux mettre fin à cette discussion mais elle eut aussi envie de défendre ses valeurs.

— Prendre quelques minutes pour parler au patient peut aussi le mettre à l'aise et lui donner l'impression qu'il est une personne et pas seulement un cas parmi les autres.

Luke sentit un accès de colère monter en lui, comme cela lui arrivait parfois depuis la mort de Jill. Il tenta de le maîtriser avant de répondre.

— Je n'ai pas à me justifier face à une assistante avec qui je travaille depuis quelques heures, dit-il, mais il se trouve que j'ai eu mon diplôme à l'université Johns Hopkins. J'ai travaillé dur pour y arriver. Les gens ne viennent pas me voir pour que je leur fasse la conversation mais parce qu'ils sont malades et qu'ils veulent guérir. Si l'objectif de certains médecins est que leurs patients se sentent comme dans un cocon bien douillet, c'est leur choix. En ce qui me concerne, je les soigne ou du moins je m'y efforce et fais tout mon possible pour que leur état s'améliore. Si cela vous pose problème, dans ce cas, vous pouvez toujours aller travailler pour quelqu'un d'autre.

— Non, merci, répondit-elle sur un ton étonnamment enthousiaste. Je n'ai aucune envie de travailler ailleurs. Continuez à soigner vos patients, moi je me chargerai de leur bien-être.

De toute évidence, elle n'avait pas conscience de ce que ses remarques pouvaient avoir eu de désobligeant pour lui. Mentalement, il passa en revue le déroulement de sa première journée. Il fallait bien reconnaître que pas une fois elle n'avait réclamé son aide.

— Vous vous en êtes bien tirée, aujourd'hui, reconnut-il un peu à contrecœur. Vous pouvez revenir demain.

Elle lui sourit comme s'ils venaient de signer un accord.

— Merci, docteur. Alors à demain.

— À demain.

Le lendemain matin, lorsqu'il sortit de l'ascenseur, il ne fut pas aussi surpris que la veille de trouver Kayley Quartermain devant la porte. Peut-être cherchait-elle à se racheter, de peur d'être mise à la porte à cause de ses remarques de la veille.

De fait, elle portait un paquet de café dans une main et, dans l'autre, une grande boîte en carton rose dont il émanait une odeur très appétissante.

— Vous avez encore évité les bouchons ? demanda-t-il.

— Je déteste être en retard, dit-elle en guise de réponse.

Il ouvrit la porte.

— La ponctualité est une qualité admirable, mais il ne faut pas non plus que vous passiez trop de votre temps à attendre les autres.

— J'aime mieux attendre qu'être en retard.

— Je vous en prie, dit-il en lui laissant le passage.

Puis il désigna la boîte rose.

— Qu'est-ce que c'est ?

— J'ai apporté des beignets pour le bureau, dit-elle en avançant vers la salle de repos.

Cette jeune femme exagérait, décidément.

— Combien d'autres personnes avez-vous agressées, hier ?

Sa question sembla la prendre totalement de court.

— Je n'ai agressé personne.

— À part moi, vous voulez dire.

De toute évidence, elle ne semblait pas avoir conscience que ses mots avaient pu le blesser.

— Je suis désolée. Je n'avais aucune intention de vous offenser. Vous aimez les beignets ? demanda-t-elle, le regard empli d'espoir.

— Non, je n'aime pas les beignets.

Il lut la déception sur son visage. Peut-être s'était-il exprimé de manière abrupte.

— Mais ma fille adore ça ! ajouta-t-il dans une tentative maladroite de se rattraper.

— Lesquels préfère-t-elle ? demanda-t-elle en soulevant le couvercle en carton rose. J'ai pris un assortiment.

Luke secoua la tête.

— Je ne sais pas…

— Comment savez-vous qu'elle aime les beignets, alors ? demanda Kayley.

— C'est ma belle-mère qui me l'a dit.

Il la fixa d'un regard perçant.

— Vous avez d'autres questions ?

— Vous pourriez peut-être demander à votre belle-mère quel genre de beignets aime votre fille, et lui faire une surprise. Si toutefois vous êtes en contact avec votre belle-mère, ajouta-t-elle.

— Pour le moins, murmura-t-il dans sa barbe avant de tourner les talons.

Il avait une journée de travail à préparer et il ne pouvait pas passer sa matinée à parler beignets avec Mlle Innocence.

Il quitta la pièce.

Il allait lui donner une chance — un jour de plus —, après quoi il prendrait une décision. Si elle continuait à se mêler de sa vie privée et de sa façon de concevoir la médecine, ainsi qu'à dispenser ses conseils à deux dollars, il lui ferait savoir que leur collaboration était terminée.

— Il paraît que vous avez enfin votre propre assistante, dit sa belle-mère à Luke quand il passa le seuil de la porte.

Il fut surpris de la trouver encore debout. Manifestement, elle l'attendait. Peut-être s'était-il passé quelque chose de grave ?

Sa remarque le prit au dépourvu. Il n'avait parlé à personne des changements survenus au centre médical.

Il déposa son cartable devant la porte.

— Qui vous a raconté ça ?

— Elle-même. Kayley a appelé. Elle a l'air adorable.

— Elle a appelé ? Quartermain ? Ici ? En quel honneur ? demanda-t-il, incrédule.

— Elle voulait savoir quels beignets aime Lily, dit Barbara. Elle a dit que vous lui en rapporteriez demain soir. Si vous voulez mon avis, cette jeune femme a l'air très attentionnée. J'espère pour vous qu'elle est aussi compétente que prévenante.

Il poussa un long soupir.

— Elle se mêle surtout de ce qui ne la regarde pas. Elle est au centre depuis deux jours et elle s'imagine qu'elle peut s'immiscer et donner des conseils sur tout…

— Sur tout quoi ? demanda Barbara, curieuse.

— Sur la façon dont j'exerce mon métier, par exemple.

— Nous sommes tous perfectibles, dit Barbara, un sourire sur les lèvres.

— Je ne dis pas que je suis parfait, protesta-t-il. Je ne l'ai jamais prétendu.

— C'est vrai. Alors pourquoi n'écoutez-vous pas ce qu'elle a à vous dire ?

— Parce que, pour elle, être un bon médecin signifie s'asseoir avec le patient pour discuter. Les gens viennent me voir parce que je suis médecin, pas parce qu'ils cherchent un nouvel ami !

Il prit une grande inspiration. Pourquoi était-il sur la défensive ? Il n'avait pas à se justifier.

Le mari de sa belle-mère était chirurgien. Il avait été son professeur. S'il y avait une personne qui pouvait comprendre ce qu'il ressentait, c'était bien Barbara.

— Des amis, ils en ont déjà, ajouta-t-il.

— Sans doute, acquiesça Barbara. Mais les amis ne sont pas toujours les mieux placés pour comprendre ce qu'une personne malade traverse ni ce qu'elle ressent. Alors qu'un médecin… Les patients ont parfois simplement besoin que vous leur disiez que tout ira bien.

— Je croirais entendre Kayley, dit-il.

Sa belle-mère ne prit pas mal la remarque. Au contraire, elle sembla la considérer comme la confirmation que la jeune femme avait du caractère.

— Vous voulez dire par là que c'est une femme intelligente et pleine d'intuition ?

Il aurait ri s'il n'avait pas été épuisé de sa journée. La première chose à pâtir de sa fatigue était son sens de l'humour.

— Vous savez, Barbara, la journée a été longue. Je crois que je vais aller me coucher.

— Vous ne dînez pas ? Lily a insisté pour que je vous garde une assiette au chaud.

C'était probablement Barbara et non Lily qui avait pensé à garder son dîner au chaud. D'un geste, il déclina la proposition. Il était trop tard pour qu'il ait envie de manger quoi que ce soit. Tout ce dont il avait envie, c'était de prendre une douche et de s'écrouler dans son lit.

— J'ai mangé de la pizza au centre.

Barbara secoua la tête et afficha un air désapprobateur.

— Vous avez une curieuse façon de vous nourrir, pour un médecin.

— J'ai mangé de la tomate, du fromage, de la pâte et quelques bouts de jambon, dit-il. Je ne pouvais pas faire plus équilibré !

Elle lui jeta un regard triste.

— Je ne me souviens pas de vous avoir trouvé aussi morose quand je vous ai rencontré, dit-elle tandis qu'il se dirigeait vers sa chambre.

— Beaucoup de choses ont changé depuis notre première rencontre, répliqua-t-il. Pour commencer, Jill était vivante.

Barbara se mordit la lèvre.

Elle aurait voulu dire tellement de choses à Luke, mais elle ne savait pas par où commencer ni comment lui faire dessiller les yeux. Cela lui faisait mal de le voir dans cet état.

Tout ce qu'elle pouvait faire, c'était continuer à espérer qu'un miracle se produise — et qu'il se produise avant qu'il ne soit trop tard pour que Luke ait encore du temps à passer avec sa fille.

5

En sortant de l'ascenseur, le lendemain matin, Luke fut plutôt étonné de ne pas voir Kayley l'attendant devant la porte. Il en éprouva un soulagement certain — c'est du moins ce qu'il se dit tout en se demandant pour quelle raison elle n'était pas là.

Mais il entendit le mécanisme de l'ascenseur se remettre en marche alors qu'il avait à peine enfoncé la clé dans la serrure. Son soulagement avait été de courte durée. Quand les portes de l'ascenseur s'ouvrirent, il n'eut pas besoin de se retourner pour deviner que la personne qui en sortait était Kayley, précédée par des effluves de son parfum — était-ce une odeur de lavande ?

— Bonjour, docteur ! lança-t-elle sur un ton enjoué.

— Bonjour, mademoiselle Quartermain, répondit-il sans enthousiasme en lui ouvrant la porte. Vous savez, ce n'est pas la peine de venir aussi tôt au centre. Vous ne serez pas payée davantage.

— Je sais, répondit-elle d'une voix joyeuse qui l'agaça. J'aime bien avoir un peu de temps devant moi pour tout préparer. Cela m'évite de perdre ce temps pendant les heures où je suis payée.

Luke la regarda, intrigué.

— Pour tout préparer ?

— Oui, dans la salle de repos. Pour faire le café.

— Vous faites un très bon café, j'en conviens, dit-il.

De fait, elle faisait le café comme il l'aimait : bien corsé. À chaque fois que les réceptionnistes avaient tenté de faire le café le matin, il avait eu l'impression qu'on avait fait infuser un bout de bois dans de l'eau chaude.

— Merci ! s'exclama-t-elle sans lui laisser l'occasion de poursuivre.

Ses remerciements spontanés s'accompagnèrent d'un sourire tout aussi séduisant que les autres. Se sentant déstabilisé, il s'efforça de regarder dans le vague au-dessus de sa tête afin de ne pas être distrait en lui parlant.

— Mais préparer le café le matin ne fait pas partie de votre travail. Normalement, les secrétaires de l'administration s'en chargent à tour de rôle.

Il n'allait pas lui dire qu'aucune ne préparait un aussi bon café qu'elle.

— Cela ne me dérange pas, répondit-elle. J'adore faire le café. Quand j'étais petite, je me précipitais à la cuisine, le matin, pour préparer le café de ma mère. D'une certaine manière, faire le café le matin est peut-être un moyen de rester en contact avec elle, maintenant qu'elle est morte.

Que pouvait-il ajouter à cela ?

Il haussa les épaules.

— Je ne voudrais pas vous priver de ce moment. Mais dès que cela ne vous fera plus plaisir, je vous en prie, arrêtez aussitôt. Il n'est écrit nulle part, dans votre contrat, « doit faire le café le matin pour tout le monde ».

— Je sais, dit-elle, les yeux brillants.

Sur le point de partir, elle s'arrêta net.

— Oh ! j'allais oublier.

Elle fouilla dans le cabas « Boulangerie française » qu'elle portait à l'épaule et en sortit un petit carton qu'elle lui tendit.

Il le prit précautionneusement, comme s'il s'agissait d'une bombe, et lui décocha un regard suspicieux.

— Qu'est-ce que c'est ?

— Deux beignets avec des vermicelles en chocolat pour Lily. J'en aurais bien pris davantage, mais je ne voulais pas qu'elle mange trop de sucre. Le sucre est un excitant. J'en ai aussi pris un à la confiture pour votre belle-mère.

Elle le regarda en souriant. Jamais cette femme ne descendait de son nuage ?

— Elle m'a avoué qu'elle avait un faible pour les beignets à la confiture.

— Vous avez été nommée ambassadrice de bonne volonté pour le pays ? demanda-t-il sur un ton sarcastique.

Il commençait à se sentir dépassé par ce derviche tourneur. Prenait-elle le temps de respirer, parfois ?

— Non, mais je me présenterais si jamais le poste se créait.

Elle referma son cabas et se dirigea vers la salle de repos, tandis qu'il la regardait s'éloigner.

De toute évidence, le sarcasme n'avait aucune prise sur elle. Décidément, cette femme le laissait perplexe.

D'après son expérience, les cadeaux, fussent-ils de simples beignets, n'étaient jamais gratuits. Ils créaient un lien, une dette. Ils impliquaient un retour, un échange. Au bout du compte, il y avait toujours un prix à payer.

Qu'allait-elle lui demander, dans ce cas ? Elle avait déjà obtenu le travail pour lequel elle avait postulé et son poste ne pouvait pas lui servir de tremplin pour aller plus haut sur l'échelle sociale.

Il réfléchit un moment, en vain. Il n'était pas du genre à tourner autour du pot, aussi décida-t-il de lui poser la question directement.

Il la rejoignit à son bureau.

— Pourquoi faites-vous cela, mademoiselle Quartermain ? Qu'est-ce que vous avez derrière la tête ?

Il avait quelques tomodensitogrammes à examiner avant l'arrivée de son premier patient. S'il venait au centre de bonne heure le matin, c'était pour relire un dossier, regarder des radios, pas pour réfléchir à ce que son assistante avait dans la tête. Mais il sentait qu'il n'aurait pas la paix tant qu'il se poserait la question — tout en se disant que c'était sans doute une cause perdue.

Elle sortit une seconde boîte en carton rose, plus grande, de son sac et la posa sur la table.

— Je n'ai rien derrière la tête, docteur. Vous avez toutes les radios dont vous avez besoin ce matin ? demanda-t-elle, ramenant son attention sur ses patients.

— Oui, rétorqua-t-il de mauvaise grâce avant de tourner les talons.

Effectivement, essayer d'aller au bout des choses avec elle était peine perdue.

Les patients se succédèrent et la matinée se déroula sans complications jusqu'à l'arrivée du dernier patient, un peu avant midi.

Ralph Jordan, un garçon de onze ans, était venu accompagné par sa mère, Janis. Il avait manifestement besoin de cette présence maternelle mais comme tous les garçons de son âge, il devait se considérer trop grand pour donner la main à sa mère en public. Alors il remuait sans cesse.

Il fut évident, dès son arrivée, que sa jambe gauche le faisait souffrir et qu'il déployait des efforts pour ne rien en laisser paraître.

À la faveur d'un bref échange de paroles — exercice dans lequel il s'était perfectionné au cours de son expérience à l'étranger — Luke parvint à discerner le cœur du problème.

Ralph était un irréductible joueur de football qui, dans son ardeur à la tâche, s'était déchiré le ligament du genou gauche.

Luke se tourna vers sa mère.

— Je vais lui faire passer une IRM pour comprendre la nature exacte du problème.

Kayley observa le visage du jeune patient. Il avait l'air effrayé par ce qui l'attendait. Après s'être présentée au garçon et à sa mère, elle était restée silencieuse durant l'examen.

— Qu'est-ce que ça veut dire ? demanda Ralph.

Luke ne lui répondit pas.

— C'est quoi, une IRM ? insista-t-il.

— C'est un examen que le docteur doit faire, répondit sa mère avant de jeter nerveusement un coup d'œil à sa montre.

Elle avait l'air sur le point de craquer.

— Combien de temps cela va-t-il durer ? demanda-t-elle.

— Cela devrait prendre à peu près une heure, répondit Luke. Mais tout se passe dans le même bâtiment. Le service de radiologie est au premier étage.

Il se tourna vers Kayley.

— Appelez pour voir si quelqu'un peut s'occuper du scanner. Jambe gauche.

— Bien, docteur.

Elle s'exécuta. Par chance, le technicien chargé des scanners était disponible.

Lorsqu'elle rapporta l'information à Luke, il la regarda comme si cela allait de soi. Mme Jordan, par contre, était de plus en plus agitée.

— Je sais que ma demande va vous paraître un peu bizarre, mais j'ai un petit de quatre ans à aller chercher à la crèche. Pensez-vous que je puisse laisser Ralph et faire l'aller-retour ? Ce n'est pas loin d'ici, ajouta-t-elle comme si cet argument pouvait rendre la chose plus acceptable.

Ses yeux imploraient le médecin.

— Tu ne vas pas me laisser ici ! s'écria son fils, le visage déformé par la peur.

— Ralph, je t'en prie, ne me fais pas une scène ici, dit-elle sèchement.

Puis elle se retourna vers le médecin.

— C'est faisable, docteur ? Qu'en pensez-vous ?

Elle était suspendue aux lèvres du médecin, attendant qu'il lui donne le feu vert. Ralph, lui, avait l'air affolé.

— Je peux l'emmener passer son scanner, si vous voulez, proposa Kayley avant de s'adresser au jeune garçon. Tu vas voir, Ralph, ce n'est rien du tout. Et, surtout, cela ne fait pas mal.

Du coin de l'œil, elle perçut que le médecin n'approuvait pas outre mesure cette façon de procéder. Mais pour elle, la santé et le confort de Ralph étaient ce qui primait. Il avait avant tout besoin d'être tranquillisé. Or, pour le moment, il était dans un état de stress intense.

Sa mère changea d'expression, soulagée que quelqu'un s'occupe de Ralph pendant qu'elle allait chercher son autre fils à la crèche.

— Merci docteur. Merci mademoiselle, dit-elle avant de sortir précipitamment de la pièce, sans un mot pour son fils.

Ralph étouffa un cri de protestation et prit la main de Kayley comme si sa vie en dépendait.

— J'emmène Ralph dans le service de radiologie, docteur, dit-elle.

— C'est quoi, le service de radiologie ? demanda Ralph, les yeux écarquillés.

De toute évidence, il ne serait pas tranquille tant qu'on ne lui aurait pas expliqué à quelle sauce il allait être mangé.

— C'est l'endroit où on fait des radiographies, c'est-à-dire des photos du corps des gens, afin de voir, à l'intérieur, ce qu'il y a à soigner. On va prendre la photo de ta jambe gauche, de sorte que le Dr Dolan puisse la réparer.

— Vraiment ? s'exclama Ralph, le regard empli d'espoir.

— Oui, vraiment. Il faut juste que je passe prendre quelque chose sur le chemin.

— D'accord, dit Ralph en se redressant courageusement.

Ils sortirent de la pièce et marchèrent jusque devant les vestiaires. Elle ouvrit son casier et en sortit une tablette et des écouteurs.

— C'est pour quoi faire ? demanda Ralph, intrigué.

— C'est pour que tu puisses regarder un film sur ma tablette pendant le scanner. Ça fera passer le temps plus vite.

Ralph n'ayant pas d'autres questions à poser, elle mit la main sur son bras.

— Prêt à aller passer cette radio ?

Il poussa un gros soupir nerveux et hocha lentement la tête. Ils se dirigèrent vers l'ascenseur et descendirent au premier étage.

Lorsqu'ils entrèrent dans la salle de radiologie, Ralph la regarda d'un air inquiet.

— C'est quoi, ce bruit ?

— C'est le bruit de l'appareil qui se met en marche.

Ralph serra sa main plus fort.

— Ça fait peur, dit-il dans un souffle.

— Ce n'est qu'une machine. Ne t'inquiète pas, elle ne peut pas te faire de mal, répondit-elle sur un ton rassurant.

Mais il ne parut pas convaincu et la suivit à contrecœur dans la pièce où se trouvait le scanner.

Teddy, le technicien, leva les yeux quand ils entrèrent.

— C'est le patient ? demanda-t-il en désignant d'un signe de tête le garçon accroché à son bras.

— Je vous présente Ralph Jordan. Ralph, voici Teddy, notre super technicien, expert en radios et scanners, dit-elle d'une voix exagérément enjouée.

Puis elle fit face au garçon et le regarda dans les yeux, sans cesser de sourire.

— Ralph, tu vas t'allonger sur cette table et rester immobile pendant que la machine va prendre des photos de ta jambe.

Il regarda la table comme s'il s'agissait d'un autel sacrificiel antique et que son tour était venu d'être donné en offrande aux dieux. Il tremblait.

— Ne t'inquiète pas. C'est vraiment comme un gros appareil photo. C'est un peu impressionnant mais ça ne fait pas mal du tout. Et grâce à lui, le docteur pourra voir ce qui ne va pas dans ta jambe et la réparer. Bientôt, tu pourras de nouveau jouer au foot.

— Je n'ai plus envie de jouer au foot, dit-il d'une voix chevrotante.

— Mais tu as envie de marcher normalement, non ?

Il hocha la tête sans grande conviction.

Elle l'aida à s'allonger sur la table.

— Tiens, mets ces écouteurs et concentre-toi sur le film.

Elle mit en marche la vidéo. C'était un film montrant des superhéros unissant leurs forces pour sauver le monde.

Elle s'assura qu'il était captivé par l'action du film, ce qui ne tarda pas, avant d'adresser un signe de tête à Teddy.

Ralph sursauta quand la table se mit à bouger. Elle posa sa main sur la sienne et lui adressa un sourire rassurant pour le tranquilliser.

Elle regarda le lit avancer lentement dans l'appareil. Par chance, on ne lui scannait que la jambe. Son torse et sa tête demeuraient à l'extérieur, ce qui rendait les choses plus faciles.

— Vous voulez vous asseoir ? proposa le technicien en la voyant debout, près du lit.

Elle serait mieux assise, en effet, mais le moindre mouvement de sa part risquait de perturber son jeune patient qui semblait avoir trouvé un semblant de calme. Plus vite l'examen se terminerait, mieux ce serait.

Le scanner dura quarante-cinq minutes en tout. Ralph parut se détendre peu à peu. Manifestement, les superhéros le subjuguaient. Elle avait eu une bonne intuition en allant chercher sa tablette.

Il eut même l'air surpris lorsque le lit regagna sa position initiale, signe que l'examen était terminé.

— C'est fini ? demanda-t-il quand elle ôta les écouteurs de ses oreilles.

— C'est fini. Je t'ai dit que ça passerait vite. Viens, nous allons remonter voir le docteur. Ta maman ne devrait pas tarder à revenir de la crèche avec ton petit frère.

— Je pourrai regarder la fin du film en les attendant ? demanda-t-il.

— Bien sûr !

— Super !

Elle le conduisit à l'ascenseur puis dans la salle de consultation.

Ralph remit les écouteurs sur ses oreilles. Lorsque sa mère apparut avec son petit frère, le film qui l'avait passionné et lui avait permis de se détendre pendant le scanner venait juste de se terminer.

6

Luke entra dans la salle de consultation quelques instants après l'arrivée de Mme Jordan et de son fils cadet, prénommé Simon.

Ralph leva les yeux.

— J'ai vu un film, dit Ralph, tout fier, à sa mère et à son frère. Avec des superhéros. On pourra revenir ?

Le petit frère eut l'air déçu, sans doute un peu jaloux de ne pas avoir vu le film comme son aîné.

— Il le faudra sans doute, répondit sa mère en adressant à Luke un regard interrogateur.

— Je vous appelle d'ici demain matin, une fois que j'aurai examiné les scanners, dit-il, pressé d'en finir.

Janis Jordan hocha la tête.

— Il n'a pas été trop pénible ? demanda-t-elle.

De toute évidence, ses relations avec son fils aîné n'étaient pas détendues.

— Non, il a été adorable, répondit Kayley.

Ralph semblait impatient de raconter ce qu'il avait vécu.

— Je me suis couché sur un lit et on m'a fait entrer dans une grosse machine. Elle faisait beaucoup de bruit mais je n'ai pas eu peur, maman, affirma-t-il en bombant le torse. Kayley m'a donné des écouteurs, tu sais, comme ceux de grand-père, avec la tablette. Comme ça, j'ai pu regarder le film sans entendre le bruit.

— Merci, dit Mme Jordan à Kayley.

Kayley lui sourit.

— Je vous en prie. Ralph a été très courageux.

— Oui, je pourrai même le refaire. Kayley, je vais refaire un scanner ?

— Nous verrons, dit-elle. Il va d'abord falloir que cette jambe guérisse et que tu prennes soin d'elle, d'accord ?

— D'accord, répondit-il, manifestement ravi de plaire à sa nouvelle amie.

Mme Jordan et ses fils quittèrent la pièce. Lorsqu'elle se retrouva seule avec le médecin, Kayley sentit le poids de son regard. Elle tourna la tête. Il la regardait comme si elle avait soudain une tête de monstre marin.

— Des écouteurs ? dit-il, une expression indéchiffrable sur le visage.

— C'était un bon moyen de le distraire, dit-elle dans un hochement de tête.

— Vous vous promenez toujours avec votre tablette et vos écouteurs ?

Elle n'était pas accro à sa tablette, mais elle ne regrettait pas de l'avoir eue dans son casier ce jour-là.

— Je crois qu'aujourd'hui c'était vraiment une bonne idée.

— En effet, acquiesça-t-il.

Elle le regarda, surprise.

— Teddy m'a dit que le patient était très stressé en arrivant et que, sans votre film, le scanner aurait pu durer des heures. Mais une question me trotte dans la tête. Comment se fait-il que vous ayez un film de superhéros sur votre tablette ?

— J'ai des tas de films sur ma tablette, précisa-t-elle. Et il se trouve que je suis fan des superhéros depuis ma plus tendre enfance.

C'était peut-être un truc de filles.

— Ma fille adore ça aussi, dit Luke. Du moins, il me semble.

— Il vous semble ?

Elle le regarda d'un air incrédule.

— Vous n'en êtes pas sûr ?

Il hésita. Cette conversation commençait à l'agacer, mais il ne pouvait pas quitter la pièce sans répondre. Mais que dire ?

— Nous n'avons pas beaucoup d'occasions de parler, dit-il.

Son assistante pleine d'énergie afficha un intérêt qui lui parut sincère.

— Elle dort encore quand je pars le matin et, la plupart du temps, elle est déjà couchée quand je rentre le soir.

— Mais à quelle heure se couche-t-elle ? Le centre ferme à 17 heures.

— Quand le centre ferme, je vais à l'hôpital voir ceux de mes patients qui ont été opérés.

— Vous voyez votre fille le week-end, alors.

— Pas vraiment, admit-il. Je travaille bénévolement dans une clinique gratuite à Santa Ana le samedi et dans une autre, à Los Angeles, le dimanche.

En voyant son sourire s'évanouir, il eut l'impression qu'on venait d'éteindre la lumière.

Elle le regarda avec une expression dont il ne sut dire si elle était de tristesse ou de reproche. Peut-être un peu des deux. Et un soupçon de pitié ? Cette pensée l'irrita.

— Vous vous rendez compte que vous passez à côté des plus belles années de votre fille ? fit-elle remarquer.

— Nous avons le temps, dit-il sur un ton qu'il voulut détaché.

Il n'était pas venu là pour entendre un sermon, encore moins par une jeune femme qu'il connaissait à peine et qui avait tendance à se mêler de ce qui ne la regardait pas.

— Ah oui ? Quand est-ce que vous prendrez le temps ? Quand vous la tiendrez par le bras, à l'église, le jour de son mariage ?

Il se raidit. Cette fois, c'en était trop.

— Ce que je fais de mon temps ne vous regarde pas. Je vous ai embauchée pour que vous m'assistiez en salle de consultation, pas pour organiser ma vie privée.

— J'ai l'impression que votre vie privée est déjà suffisamment bien organisée comme ça, docteur. Au millimètre. Ce qu'il vous faudrait, c'est au contraire un peu de désorganisation. Notamment du temps à passer avec votre fille.

Avait-elle conscience qu'il pouvait la renvoyer d'un instant à l'autre ? Qu'elle était en période d'essai ?

— Vous dépassez les bornes ! s'exclama-t-il.

— Peut-être.

Elle s'interrompit. Peut-être avait-elle enfin compris.

— Mais c'est de votre fille qu'il s'agit, reprit-elle de plus belle.

Manifestement, elle n'avait pas l'intention de s'en tenir là.

— Je suis sûre que sa grand-mère est formidable avec elle, mais votre fille a aussi besoin de son père. Dieu sait ce que je donnerais pour passer un peu plus de temps avec le mien, dit-elle avec une sincérité qui le prit au dépourvu.

Il fallait reconnaître qu'il n'était pas doué quand les émotions étaient en jeu.

— Eh, bien… je…

Que dire à quelqu'un qui de toute évidence avait souffert de ne pas voir suffisamment son père et qui venait de perdre sa mère ? Incapable de trouver les mots, il changea de sujet.

— Vous avez fait du bon travail avec Ralph, tout à l'heure.

Kayley se remit à sourire, mais quelque chose dans son expression semblait vouloir lui faire remarquer que la discussion sur les relations père-fille n'était pas terminée.

— Merci, docteur. Je me suis comportée avec lui comme j'aurais aimé qu'on se comporte avec moi à son âge.

Il était sur le point de se retirer dans son bureau pour y passer la pause déjeuner jusqu'à ce que le premier patient de l'après-midi arrive, mais les paroles de Kayley piquèrent sa curiosité.

— Vous avez des souvenirs de cette époque ? demanda-t-il. Je veux dire… Je ne veux pas dire que vous êtes vieille, mais j'imagine qu'il y a une vingtaine d'années qui vous séparent de ce garçon. Vous vous souvenez de votre enfance ?

— Vingt et une, pour être précise, corrigea Kayley.

— Justement ! Comment parvenez-vous à vous souvenir de la fille que vous étiez à onze ans ?

Lui avait déjà du mal à se rappeler ce qu'il avait fait une semaine auparavant. Elle devait le faire marcher.

— Ce n'est pas difficile, répondit-elle. J'étais tellement paniquée que personne ne soit là pour m'expliquer ce qui allait m'arriver quand je suis allée à l'hôpital pour me faire opérer des amygdales. Je tombais tout le temps malade, j'avais des maux de gorge. Et du jour au lendemain, à huit ans, je me suis retrouvée dans une chambre d'hôpital. Ma mère travaillait, elle ne pouvait pas rester avec moi. J'étais terrifiée.

— Laissez-moi deviner la suite, dit-il, conscient qu'elle cherchait à lui faire passer un message sur la nécessité d'être plus proche de ses patients, de leur parler, etc.

Mais il n'était pas dupe.

— Un gentil médecin est venu vous voir, a pris le temps de tout vous expliquer, si bien que vous n'avez plus eu peur du tout, dit-il sur un ton plein de sarcasme.

— C'est en partie vrai, répondit-elle, ignorant son ton. En fait, c'était un interne, le Dr Greene. Il était en formation et n'était pas encore blasé.

Elle le fixa droit dans les yeux.

— Il m'a expliqué que je n'avais pas à avoir peur. Qu'il avait une petite fille de mon âge qui avait subi la même opération. Je ne sais pas si c'était la vérité ou s'il l'avait inventé, mais toujours est-il que ça m'a fait beaucoup de bien. Je n'étais pas totalement détendue quand on m'a emmenée au bloc, mais je n'éprouvais plus la même terreur.

Il la regarda, sceptique.

— Pourquoi me racontez-vous cela ? Pour que je me mette à prendre la main de mes patients entre les miennes et que je fasse en sorte que leur opération leur soit agréable ?

— Je ne me risquerais pas à vous dire comment vous devez vous comporter avec vos patients, docteur. Vous seul pouvez en décider. En revanche, je me permets de vous suggérer de passer un peu plus de temps avec votre fille avant qu'elle ait l'âge de quitter le nid pour aller faire ses études. Le temps passe vite — sauf, peut-être, quand on est chez le dentiste et qu'on se fait faire un traitement de canal. Vous risquez un jour de vouloir parler à votre fille et de vous apercevoir qu'elle n'est plus là pour écouter ce que vous avez à lui dire. Ce jour-là, il sera trop tard.

Même si cela lui coûtait de l'admettre, les paroles de Kayley firent mouche. L'image de Jill lui traversa l'esprit. Il était persuadé qu'ils avaient le temps, qu'ils vieilliraient ensemble, qu'ils voyageraient. Au lieu de cela, ils avaient passé les dernières années séparés par un océan, elle seule avec Lily à la maison, lui, en mission au bout du monde.

Kayley vit l'expression de Luke changer. Soit elle avait touché un point sensible, soit elle serait au chômage le lendemain. Peu importait. Dans un cas comme dans l'autre, elle ne regrettait pas de lui avoir parlé franchement. La seule chose qu'elle regrettait, c'était qu'il n'avait pas l'air de comprendre ce qu'elle disait.

— N'oubliez pas de rapporter les beignets à Lily et à votre belle-mère, dit-elle avant de quitter la pièce.

Luke regagna son bureau. Il s'assit et consulta son agenda. Il avait un patient à examiner, à qui il devait donner ou refuser l'autorisation de sortir de l'hôpital.

Il réfléchit un instant. Il n'était pas nécessaire d'attendre la fin d'après-midi pour aller le voir. En règle générale, l'hôpital préférait voir les patients rentrer chez eux le plus tôt possible, une fois qu'ils étaient sur pied. S'il examinait Elliot Murphy maintenant, avant que ses heures de bureau reprennent cet après-midi, il pourrait peut-être rentrer plus tôt chez lui et avoir une chance de voir Lily avant qu'elle se couche — à condition de ne pas s'attarder à passer en revue les dossiers de ses patients et les opérations programmées le lendemain.

L'idée d'être face à sa fille le stressa.

Il devait reconnaître que, s'il passait toutes ces heures à travailler, c'était en partie pour ne pas avoir à les passer avec Lily. Elle ressemblait trop à sa mère. Le simple fait de voir cette copie miniature de Jill était douloureux. Sans compter qu'il ne savait absolument pas comment il devait se comporter avec une petite fille de cinq ans.

Cela devait avoir un rapport avec son manque d'aptitudes relationnelles — ce sur quoi sa nouvelle assistante ne cessait de l'interpeller.

Jill lui manquait tellement ! Avec elle, il savait comment se comporter. Elle comprenait intuitivement ce qu'il pensait et elle parlait pour eux deux. Il n'avait pas grand-chose à dire. Elle le connaissait mieux que quiconque.

Il se leva. Cette assistante agaçante au sourire renversant avait peut-être raison sur un point, finalement. Peut-être fallait-il qu'il arrête de courir et qu'il profite de ce qu'il avait dans la vie avant que cela disparaisse.

Mais avant toute chose, il avait un patient à voir, qui, lui, était sans doute impatient de rentrer chez lui.

— C'est vous, Luke ? dit Barbara Baxter, surprise de voir son gendre passer le seuil de la porte à 18 h 10.

— Qui croyiez-vous que c'était ? Un cambrioleur avec une clé ?

Lily se leva du canapé, attiré par le bruit dans l'entrée. Elle leva les yeux vers Luke et se balança d'un pied sur l'autre, comme si elle se demandait comment se comporter avec lui.

— C'est quoi, un cambrioleur, grand-mère ? demanda-t-elle.

— C'est une personne qui entre alors qu'on ne s'attendait pas à la voir, répondit Barbara pour ne pas inquiéter sa petite-fille.

— Comme papa ? dit Lily sans cesser de le fixer.

— La vérité sort de la bouche des enfants, murmura Barbara.

Puis elle se tourna vers Lily.

— Tu peux aller lui faire un câlin, Lily !

Lily hésita et se tortilla timidement.

Elle était toute petite par rapport à lui. Il devait l'impressionner. Kayley avait raison, pensa-t-il, quoique l'idée ne l'enchante pas. Il fallait qu'il rentre plus tôt. Il avait l'impression que Lily le reconnaissait à peine. À ce rythme, d'ici six mois, elle ne saurait même plus qu'il était son père.

— Qu'est-ce que c'est ? demanda-t-elle en voyant la petite boîte en carton qu'il tenait à la main.

— Tiens, je t'ai apporté des beignets.

Elle le regarda comme s'il venait de lui annoncer qu'il était le prince des contes de fées que Barbara lui lisait le soir.

— Pour moi ? demanda-t-elle en se balançant sur les pointes de pieds.

Manifestement, elle n'en croyait pas ses yeux. Il jeta un coup d'œil à Barbara.

— Oui, pour toi. Des beignets avec des vermicelles en chocolat.

— Des vermicelles en chocolat ? s'écria-t-elle, les yeux écarquillés.

— Oui, de toutes les couleurs, ajouta-t-il pour faire bonne mesure.

— Je peux les voir ? J'ai mangé toute ma soupe ! ajouta-t-elle.

— Barbara ? dit-il en regardant sa belle-mère.

C'était elle qui s'occupait de Lily — comme Jill l'avait fait avant elle. La moindre des choses était de lui demander son avis.

— Vous n'avez pas à me demander, répondit-elle. C'est une histoire entre elle et vous !

Il ouvrit la boîte et présenta le contenu à Lily et à Barbara.

— Le beignet à la confiture est pour Barbara, précisa-t-il.

Barbara tendit la main et attrapa le gâteau avec un regard gourmand.

— Merci, Luke !

— C'est mon assistante qui les a achetés, dit-il par souci de vérité.

— Kayley ? dit Barbara. Quelle bonne idée ! Je n'ai pas mangé de beignet à la confiture depuis des années. Hum ! Décidément, j'aime de plus en plus cette jeune femme.

— Moi aussi, dit Lily en mordant dans le beignet presque aussi gros que son visage.

Était-ce vraiment une bonne idée de rentrer si tôt ? se demanda-t-il, perturbé.

7

Luke se mit à sauter la pause déjeuner de plus en plus fréquemment. Au lieu de rester enfermé dans son bureau avec un sandwich, il allait parfois passer ses deux heures de pause à l'hôpital, où étaient admis ses patients qui avaient été opérés. Et s'il devait signer les procédures de départ d'un patient, il en profitait pour le faire aussi à ce moment-là.

Sauf dans les cas exceptionnels où on l'appelait en urgence au bloc quand il était de garde, Luke se mit donc à rentrer de plus en plus souvent chez lui vers 18 heures.

La situation était nouvelle et étrange à bien des égards mais il avait bon espoir que ses relations avec Lily deviennent sinon normales du moins plus harmonieuses. Lily était de plus en plus spontanée avec lui et il essayait de faire de même. C'était ce que Jill aurait voulu.

Et, pour être tout à fait honnête, c'est ce dont il avait envie, lui aussi.

Cela exigeait des efforts. Bien plus d'efforts qu'il ne l'aurait imaginé. Lily était encore petite. Elle avait à peine deux ans quand il était parti en mission au Moyen-Orient pendant deux années. Pendant presque la moitié de sa vie de petite fille, elle n'avait pas vu son père, et elle était trop petite avant son départ pour se souvenir de lui. Rien de surprenant à ce qu'elle l'ait considéré comme un étranger. Pour elle, c'était un visage qu'elle voyait sur les photos que lui montrait sa mère et une voix qui lui parlait de temps en temps au téléphone.

À présent, Lily l'accueillait avec un grand sourire. Il arrivait de plus en plus souvent qu'elle lui fasse un câlin. Elle ne s'y abandonnait pas totalement comme le font habituellement les enfants de cet âge. Elle gardait une certaine retenue, comme si la perspective d'un nouvel abandon l'empêchait de se laisser aller et de profiter du moment à 100 %. Après tout, sa mère était morte et son père ne s'était pas vraiment occupé d'elle. Jusque-là.

Mais cela allait changer. C'était déjà en train de changer.

De toute façon, Lily n'y était pour rien. C'était à lui de prendre ses responsabilités et de faire en sorte que la situation s'améliore.

Il avait remarqué qu'il pouvait désormais poser les yeux sur Lily sans systématiquement voir en elle un double de Jill. Il reconnaissait même des petites choses de lui dans ses attitudes ou sa manière de se comporter.

Créer une relation était un travail de longue haleine, mais qui valait la peine d'être réalisé.

Quelques semaines plus tard, il tomba sur Kayley qui venait de terminer une consultation. Elle arborait une drôle d'expression, comme si elle avait été prise en flagrant délit d'un acte répréhensible.

— Tout va bien ? demanda-t-il, intrigué.

Elle regarda son téléphone avant de le glisser dans son sac et prit une profonde inspiration.

— Tout est une question de point de vue, répondit-elle.

— Je ne voulais pas être indiscret, dit-il, mal à l'aise. Vous n'avez pas à me raconter.

Il préféra changer d'emblée de sujet.

— Au fait, Julia m'a dit que M. Jacobson avait annulé son rendez-vous de 14 heures. Vous pouvez prendre une pause déjeuner plus longue, si vous voulez.

Elle releva promptement la tête.

— C'est vrai ? Je veux bien, dit-elle.

— Parfait. Profitez-en, dit-il, prêt à quitter la pièce.

Kayley le rattrapa.

— Docteur... Connaissez-vous le gâteau préféré de votre fille ?

Que racontait-elle ? En quoi les goûts de Lily la regardaient-ils ?

— Pourquoi me posez-vous cette question ?

— Eh bien... C'est poli d'apporter un gâteau quand on est invité chez des gens, dit-elle, consciente qu'elle aurait dû commencer par le commencement.

Mais elle ne savait pas comment le docteur prendrait la chose et elle préférait ne pas le brusquer. Cela dit, le temps pressait.

— Ma fille vous a invitée ? demanda Luke.

Voilà la raison pour laquelle elle avait cet air fautif quand il était entré dans la salle.

Mais Lily avait cinq ans. Les enfants de cinq ans ne lançaient pas des invitations à dîner. Que se passait-il ?

— Il faut que je vous dise quelque chose, dit Kayley qui dut percevoir son trouble.

— À quel sujet ?

Kayley prit une grande inspiration.

— Votre belle-mère m'a invitée à dîner.

— Dans son appartement ?

Barbara possédait toujours l'appartement dans lequel elle vivait avant la mort de Jill. Elle l'avait acheté peu de temps avant la naissance de Lily. Elle y gardait parfois sa petite-fille pour soulager Jill. L'appartement se trouvait à Bedford, non loin de l'université.

Après la mort de Jill, Barbara avait emménagé chez eux pour pouvoir s'occuper de Lily. Plus précisément, elle avait emménagé chez eux pour élever Lily pendant que lui tentait de reconstruire sa vie et de trouver la force d'aller travailler le matin.

Kayley hocha lentement la tête, comme si elle n'était pas convaincue.

— Mademoiselle Quartermain, je sens que vous ne me dites pas tout.

Elle s'éclaircit la gorge.

— C'était avec votre belle-mère que je parlais au téléphone à l'instant. Elle m'a invitée à dîner. D'après ce que j'ai compris, c'est chez vous. Avec Lily.

Puisqu'il rentrait désormais chez lui beaucoup plus tôt qu'avant, il assisterait probablement au repas.

— C'est une situation plutôt saugrenue, dit-elle.

— Pas autant que ma belle-mère, rétorqua-t-il d'un air contrarié. Et qu'avez-vous répondu ?

— J'ai accepté.

Elle fouilla dans son sac et en sortit son portable.

— Mais je vais la rappeler pour annuler si vous pensez que ce n'est pas une bonne idée.

— Je ne pense rien du tout, dit-il brusquement.

Ce qui était loin de la vérité.

L'idée de partager un repas avec Kayley Quartermain était aussi déconcertante qu'intéressante. Mais il ne fallait pas que son assistante se fasse de fausses idées. L'invitation venait de Barbara et ne visait qu'à satisfaire la curiosité de sa belle-mère. Et probablement aussi celle de Lily, qui avait posé plusieurs questions au sujet de la personne qui lui avait offert des beignets.

Le regard perçant du médecin mit Kayley mal à l'aise.

— Dois-je comprendre que vous êtes d'accord pour que je vienne ?

Elle vit ses larges épaules se soulever et s'abaisser sous sa blouse blanche amidonnée.

— Cela m'est égal. Je ne serai pas là ce soir, de toute façon.

Il avait une visite de sortie à faire qu'il n'avait pas eu le temps de faire avant 14 heures. Une patiente, qui devait encore passer quelques examens avant d'être autorisée à rentrer chez elle.

— Ce n'est pas pour ce soir, c'est pour demain, précisa Kayley.

— Samedi, donc. Je serai à la clinique.

Kayley le regarda d'un air hésitant.

— En fait... Demain, c'est le Dr Barrett qui travaille à la clinique, lui rappela-t-elle. Vous avez votre journée.

Luke fronça les sourcils. Il n'aimait ni avoir tort ni être repris. Et encore moins acculé. C'est pourtant exactement ce qui était en train de se produire.

— Comment se fait-il que vous connaissiez mon emploi du temps mieux que moi ? demanda-t-il sur un ton bourru.

— C'est ce pour quoi vous me payez. Et il se trouve que je fais bien mon métier, dit-elle avec aplomb. Mais je vais appeler Mme Baxter et lui dire que je ne peux pas venir.

— Non, ne faites pas cela. Elle pensera que je vous ai forcé la main. Barbara est une femme adorable mais elle exprime son mécontentement par toutes sortes de moyens insidieux qui peuvent transformer la vie de quelqu'un en enfer. Pour la tranquillité de tous, je pense qu'il vaut mieux que vous acceptiez cette invitation à dîner.

Kayley afficha un immense sourire.

— Si cela vous convient.

Non, cela ne me convient pas. Pas du tout. Vous prenez déjà suffisamment de place dans ma vie professionnelle. Je ne meurs pas d'envie de vous voir, en plus, assise à ma table, chez moi.

Mais à terme, cette solution était la meilleure. De plus, entre Barbara, Lily et Kayley, il n'aurait pas à faire la conversation.

Cela dit, il y avait un point sur lequel il souhaitait s'entretenir avec Barbara, et ce, avant le dîner du lendemain.

— Ne pensez-vous pas que vous auriez pu prende mon avis avant d'inviter mon assistante ? demanda Luke à sa belle-mère lorsqu'il entra chez lui le soir même.

Barbara esquiva la question.

— Lily vous a réclamé, ce soir, au dîner.

Il en doutait. Il n'avait pas eu beaucoup d'occasions d'être là pour le dîner depuis son retour du Moyen-Orient. Pas suffisamment, en tout cas, pour que sa fille puisse considérer sa présence comme habituelle et donc, attendue.

— Cela m'étonnerait, répondit-il. Et, de toute façon, je ne pouvais pas faire autrement.

Il lui décocha un regard lui signifiant qu'il n'était pas dupe.

— Vous n'avez pas répondu, Barbara.

Elle fit un bref sourire forcé.

— Je suis désolée.

— Cela ne répond pas à la question. Pourquoi ne m'avez-vous pas demandé si vous pouviez inviter Quartermain à dîner ?

— Parce que vous auriez dit non.

En cela, elle n'avait pas tort.

— Je vois déjà cette femme à longueur de journée, cinq jours par semaine.

— J'avais simplement envie de rencontrer la personne qui nous a offert des beignets, à Lily et à moi.

Quel intérêt ? Et pourquoi en faire tout un plat ? Si Barbara avait envie de beignets, elle avait suffisamment d'argent pour s'en acheter elle-même. Elle pouvait même acheter la boulangerie tout entière, si elle le souhaitait.

— Tout cela pour trois beignets ! s'exclama-t-il.

— Certes, mais vous ne nous les auriez jamais apportés si elle n'y avait pas pensé. Mais ce n'est pas la seule raison pour laquelle j'avais envie de la voir.

— Ah bon ? Et quelles autres raisons vous ont poussée à l'inviter ? demanda-t-il, suspicieux.

— C'est tout de même grâce à elle que, depuis quelque temps, vous rentrez à la maison le soir à des heures décentes et que vous avez pris la décision de ne plus travailler qu'un week-end sur deux en alternance avec vos confrères. Si vous voulez mon avis, cette femme est vraiment digne d'être connue.

— Je ne veux pas spécialement votre avis, répondit-il.

Barbara connaissait bien son gendre. C'était un homme adorable dont les manières étaient devenues un peu rudes depuis la mort de Jill. Elle le comprenait, bien sûr, mais cela ne signifiait pas qu'elle l'acceptait. Elle voyait bien qu'il ne vivait qu'à moitié, depuis quelques mois. Or, sa fille avait besoin d'un père pleinement présent.

— Cela ne change rien à ce que je pense d'elle.

— Barbara, je n'ai jamais invité qui que ce soit de mes collègues de travail.

— À qui la faute, Lucas ? dit-elle d'un ton espiègle.

— D'où vient ce désir soudain de me transformer en créature sociable ? demanda-t-il, contrarié.

— C'est dommage qu'un homme aussi charmant que vous se cache. Le monde ne mérite pas cela.

Elle cessa de sourire et prit un air grave.

— Écoutez, Lucas. Passer votre temps à travailler et vous terrer ne changera rien à la situation. Cela me coûte de vous le dire, mais vous comporter de cette façon ne fera pas revenir Jill. De toute façon, je doute qu'elle apprécierait de vous voir vivre comme Raspoutine.

— Comme qui, pardon ?

— Comme Raspoutine. Le moine fou.

— Je sais qui était Raspoutine, dit-il, exaspéré. Ce qui m'échappe, par contre, c'est ce que vous avez derrière la tête. Où voulez-vous en venir avec vos invitations surprises ?

— J'essaie juste de vous aider à fréquenter de nouveau des gens, et je commence par cette jeune femme qui, manifestement, a réussi à vous faire bouger. Grâce à elle, vous avez rapporté des gâteaux à votre petite Lily. Grâce à elle, vous rentrez plus tôt et commencez à passer du temps à la maison. Rien que cela me donne envie de faire sa connaissance. Je ne vois pas ce qu'il y a de mal à ça.

— Cela ne vous autorise pas à m'entraîner dans vos combines.

— Vous êtes déjà dans la combine, que cela vous plaise ou non. Alors arrêtez un peu de râler et faites avec. Demain soir, vous allez faire très plaisir à votre fille. Elle voit Kayley comme une héroïne.

Il regarda sa belle-mère, médusé. Comment en était-il arrivé là ?

— Quartermain n'est pas...

— Et cessez de l'appeler comme ça, Lucas ! Elle a un prénom. C'est votre assistante, pas votre compagnon de tranchée.

— Vous avez raison. Si nous étions dans les tranchées, j'aurais au moins l'espoir de m'en sortir.

Barbara secoua la tête et soupira.

— Ma fille a-t-elle dû supporter ce pessimisme rabat-joie ? Jill était bien plus courageuse que je ne l'imaginais, en fin de compte.

Il leva les yeux au ciel. Il savait que Barbara voulait bien faire, mais cela ne changeait rien au problème. Quartermain faisait irruption dans sa vie privée et cela ne lui plaisait pas.

— Toujours est-il que vous auriez dû me demander mon avis, dit-il.

— La prochaine fois, répondit-elle avec espièglerie. Au fait, si vous avez faim, Lily vous a laissé de quoi manger dans le réfrigérateur. Elle a tenu à vous préparer quelque chose elle-même.

— Vous lui laissez faire la cuisine ?

— Je la laisse poser de petites choses crues sur des tranches de pain. Je ne lui ai donné ni allumettes ni couteau de boucher, si cela peut vous rassurer. Maintenant, si vous me permettez, je vais aller me coucher. Cette discussion m'a épuisée, dit-elle en se dirigeant vers l'arrière de la maison, où elle avait ses quartiers.

— Vous coucher ? Mais il est...

Il leva les yeux vers la pendule.

— Il est tard, Lucas. Plus tard que vous ne le pensez.

Il eut l'impression que ces mots n'étaient pas à prendre à la lettre et faillit lui demander ce qu'elle entendait par là. Mais il n'eut pas envie de relancer une nouvelle discussion. Et, même si sa décision d'inviter son assistante sans lui en parler l'avait passablement agacé, il n'oubliait pas que sans elle… Qui sait ce qu'il serait devenu ? Comment aurait-il pu s'en sortir, seul avec Lily ? Comment aurait-il mené de front sa carrière et l'éducation de cette petite fille qu'il connaissait à peine, alors que la mort de Jill l'avait anéanti ?

L'exercice de la médecine lui avait permis de relever la tête et de continuer à vivre. Il avait l'impression que Barbara comprenait cela, à sa façon. Et elle faisait tout ce qu'elle pouvait pour lui faciliter la vie afin qu'il puisse aller travailler et se sentir utile.

Certains jours, il y parvenait. Certains autres, il avait l'impression de sombrer. Mais sans l'aide de Barbara, il aurait sans doute sombré plus souvent et plus profondément.

Il ouvrit le réfrigérateur et trouva une assiette sur laquelle était posé un sandwich assez maladroitement composé. Un petit mot était collé sur le sandwich avec du scotch, sur lequel « LE DÎNER DE PAPA » figurait en majuscules irrégulières.

Touché, il apporta l'assiette sur la table de la cuisine et mangea son sandwich en prenant son temps.

Comme il était difficile de mâcher en souriant !

8

Le lendemain matin, Barbara frappa à la porte du bureau et compta jusqu'à 10. Puis elle frappa de nouveau. Si Luke n'était pas à l'hôpital ou au centre médical, il était dans sa tanière, lisant des rapports et des articles de chirurgie orthopédique. Il était tellement concentré sur ce qu'il faisait qu'il n'était pas toujours conscient de ce qui se passait autour de lui.

Elle s'apprêtait à frapper de nouveau lorsqu'elle l'entendit répondre.

— Entrez !

La main sur la poignée, elle entrouvrit la porte et passa la tête dans l'entrebâillement.

— Je voulais juste vous rappeler que nous dînerons à 17 heures, Lucas. J'espère que vous serez prêt.

Il releva la tête.

Il n'était plus certain que le dîner soit une bonne idée.

— Je suis médecin, Barbara. Ce qui signifie que je peux être appelé vingt-quatre heures sur vingt-quatre.

— Pas aujourd'hui, en fait, rétorqua-t-elle. J'ai eu Stephen Barrett au téléphone. Il a accepté de prendre vos appels en cas d'urgence.

— Comment ça, il a *accepté* ?

À mi-chemin entre la colère et l'admiration, il s'efforça de rester calme.

— Qu'avez-vous encore manigancé, Barbara ?

Elle sourit.

— Vous oubliez que mon mari était chirurgien, lui aussi. Il n'a pas formé que vous. Il a suffi que je mentionne le nom de Dan pour que Stephen accepte. Il a même eu l'air enthousiaste à l'idée de vous remplacer en cas d'urgence.

— Mais… Vous lui avez dit pourquoi vous vouliez qu'il me remplace ?

Barbara leva les yeux au ciel.

— Je ne suis pas encore sénile, Lucas. J'ai juste dit que vous aviez un empêchement. C'est suffisamment vague, non ?

— Si, admit-il.

— Et sachez que je vous déconseille de vous défiler à la dernière minute, si jamais l'idée vous en traversait l'esprit.

Loin de lui l'idée de mettre sa belle-mère devant le fait accompli. Même si elle ne s'était pas gênée pour le faire avec lui.

— C'est pour cette raison que vous avez fixé l'heure du dîner aussi tôt ?

— C'est surtout pour que Lily puisse dîner avec nous. Elle s'écroule en général vers 19 heures. Elle est très impatiente de voir à quoi ressemble la « dame des beignets ».

Elle recula puis se ravisa.

— Au fait, vous avez vu comme il fait beau ? Vous pourriez en profiter pour faire quelque chose à l'extérieur avec Lily.

Que signifiait « faire quelque chose » dans ce genre de situation ?

Il soupira, avec l'impression d'être un poisson pris dans un filet. Plus il essayait de se dégager, plus il était coincé. Il décida de se résigner. Mais si l'occasion de filer en douce se présentait, il la saisirait sans hésiter…

L'idée de s'esquiver se fit de plus en plus attrayante à mesure que les heures passaient. Il eut envie d'aller faire un tour. Mais lorsqu'il avança vers la porte d'entrée, une petite créature haute comme trois pommes lui barra la route avec, sur le visage, une expression très résolue.

À la voir ainsi campée sur ses petites jambes, il ne faisait pas de doute qu'elle avait quelque chose derrière la tête. Quelque chose qui lui donnait le sentiment qu'il allait devoir renoncer à son projet de fuite.

— Et si tu allais aider grand-mère à préparer le repas ? suggéra-t-il.

— Elle ne veut pas que je l'aide, répondit Lily en inclinant la tête, exactement comme il avait vu Quartermain le faire à plusieurs reprises.

C'était peut-être une caractéristique propre aux femmes têtues, quel que soit leur âge.

— Elle m'a dit que tu pouvais m'aider.

C'était la première fois que Lily lui demandait quelque chose. Il était difficile de refuser. Mais qu'allait-elle lui demander ? Et allait-il être capable de le lui donner ?

— T'aider à quoi ? demanda-t-il en s'armant de courage.

Elle leva le menton d'un air déterminé.

— Je veux faire un cadeau pour la dame qui va venir dîner chez nous.

— C'est gentil, dit-il. Tu veux faire un dessin ?

— Mais non ! soupira-t-elle. Je veux lui offrir un leprechaun.

Luke se retint d'éclater de rire.

— Un leprechaun..., répéta-t-il.

Lili opina avec l'enthousiasme des enfants pour qui tout est possible.

— Mais est-ce que tu as déjà vu un leprechaun par ici ?

— Mais non ! On ne peut pas les voir ! dit-elle en émettant un petit rire.

C'était la première fois qu'il l'entendait rire. Et peut-être la première fois aussi qu'il la regarda comme une personne à part entière, et non comme une petite fille parmi tant d'autres.

— Il faut en attraper un ! expliqua-t-elle le plus sérieusement du monde.

— Ah ? Et comment attrape-t-on un leprechaun ? demanda-t-il, curieux de savoir si elle avait déjà réfléchi au problème ou si elle comptait sur lui pour le résoudre.

De toute évidence, elle avait déjà réfléchi au problème.

— Il faut construire une boîte et mettre un arc-en-ciel dedans. Et on pose une pièce devant l'arc-en-ciel. Les leprechauns aiment l'or, affirma-t-elle avec assurance. Et puis on met une ficelle sur la boîte, comme ça, quand il entre dedans pour prendre la pièce, on tire la ficelle et hop ! On attrape le leprechaun.

Luke, sous le charme, se mit à rire. C'était un plan déjà élaboré pour une petite fille de cinq ans.

— Cela me semble être une excellente idée ! dit-il.

Elle hocha fièrement la tête en faisant rebondir ses boucles blondes. Puis elle le fixa très sérieusement.

— Alors, tu veux bien m'aider ? demanda-t-elle en posant sur lui un regard plein d'espoir.

Comment dire non à un être aussi adorable ?

Il hocha la tête.

— Mieux vaut s'y mettre tout de suite.

Un sourire immense illumina son petit visage et fit briller ses grands yeux bleus.

— Il faut d'abord construire la boîte. Grand-mère a dit qu'il y avait des planches, un marteau et des clous dans le garage, dit-elle en glissant sa petite main dans la sienne.

Toute trace de timidité à son égard semblait avoir soudain disparu.

Elle le conduisit d'un pas décidé dans le garage, où des planches de différentes tailles s'amoncelaient, restes des travaux réalisés par Jill quand elle prenait des cours de menuiserie. C'était il y a si longtemps...

À sa surprise, le bois était encore en bon état. Mais il restait à le couper à la bonne taille. Il posa quelques planches sur l'établi et jeta un regard autour de lui.

— Lily, est-ce que, par hasard, tu saurais où je peux trouver une...

Il n'eut pas le temps de finir sa phrase que Lily s'était déjà dirigée vers ce qui se révéla être un râtelier. Elle pointa le doigt vers les outils qui y étaient accrochés tout en restant à une distance raisonnable. Qui lui avait appris à ne pas s'approcher de trop près de ce qui pouvait être dangereux pour elle ?

Tu as vraiment bien élevé notre fille, Jill.

Il sentit son cœur se serrer.

Il connaissait ses compétences de chirurgien. Mais il connaissait aussi ses limites de bricoleur. Comment allait-il couper cinq planches pour faire un piège à leprechaun ?

Finalement, les couper s'avéra presque un jeu d'enfant par rapport à l'assemblage. Le plus difficile fut de retenir les jurons qui lui échappèrent lorsqu'il manqua le clou et tapa de toutes ses forces sur son pouce avec le marteau. À la troisième reprise, il tapa si fort que les larmes lui montèrent aux yeux.

Lily descendit du tabouret sur lequel elle trônait et prit sa main dans la sienne pour déposer un baiser tout léger sur son pouce.

Quel trésor...

— Voilà. Ça va mieux ? Quand je me faisais mal, maman me faisait un bisou et c'était fini. Je n'avais plus mal.

Comme la vie serait merveilleuse si tout était aussi simple !

— Beaucoup mieux, merci, répondit-il d'une voix émue.

— Alors pourquoi tu pleures ? demanda-t-elle en le fixant de ses grands yeux bleus.

— C'est la poussière, sans doute, dit-il en essuyant ses larmes du dos de la main.

Il se remit au travail, troublé.

— Voilà, c'est fait ! dit-il d'un air de triomphe une fois qu'il eut assemblé toutes les planches.

Elle lui lança un regard soucieux.

— Non, papa ! Il manque encore un clou pour accrocher la ficelle. Sinon, le leprechaun sortira de la boîte.

— Tu as raison. Je vais en mettre un tout de suite. Et n'oublie pas qu'il nous faut aussi un arc-en-ciel.

— Je sais. J'ai pris mes crayons et une feuille, dit-elle avant de s'allonger par terre, à plat ventre, et de s'atteler à la tâche.

Il ne lui fallut que quelques minutes pour dessiner l'indispensable arc-en-ciel. Elle recula la tête pour apprécier son œuvre puis, manifestement satisfaite, rangea les crayons dans leur boîte.

Luke se prit à penser que c'était la petite fille la plus habile qu'il ait jamais rencontrée.

— Fini ! s'exclama-t-elle en tendant sa feuille.

Luke prit le dessin pour le contempler. À sa grande surprise, il était bien plus abouti qu'il ne s'y attendait. Cela ne ressemblait pas aux gribouillis qu'il avait parfois vus affichés sur les murs de la crèche. L'arc-en-ciel de Lily ressemblait à un arc-en-ciel. Il ne faisait aucun doute que le leprechaun s'y laisserait prendre.

— Et il faut une pièce en or ! s'exclama-t-elle avec entrain.

Il plongea la main dans la poche de son pantalon, qui était vide.

— Je n'ai pas...

Mais une fois encore, Lily le devança.

— Regarde ! dit-elle en brandissant un objet sorti de sa poche.

Il le scruta. C'était une pièce étincelante de 1 dollar qui avait été frappée en l'an 2000 en l'honneur du guide amérindien qui avait conduit Lewis et Clark jusqu'à la côte Pacifique.

— Où as-tu trouvé ça ? demanda-t-il.

— C'est grand-mère qui me l'a donné quand je lui ai dit que je voulais de l'or pour capturer un leprechaun. Alors, c'est bien ?

Barbara était dans le coup, évidemment !

— C'est parfait ! répondit-il avec entrain.

Les yeux de Lily brillèrent de plus belle. Il se sentit tomber en adoration face à cette petite fille de cinq ans. *Sa* fille.

— Bon. Où est-ce qu'on l'installe ? Devant ou derrière la maison ?

— Devant, répondit-elle sans hésiter, comme si c'était une évidence. Les leprechauns ne vont pas à l'arrière des maisons. Ils préfèrent devant, comme ça, ils peuvent s'échapper plus facilement.

Luke sourit.

— Où as-tu appris tout cela sur les leprechauns ?

— C'est maman qui m'a raconté, répondit-elle sur un ton solennel. Et puis grand-mère m'a aussi lu l'histoire. Tu sais, ils sont très intelligents.

— Tu as raison.

Il hésita à poursuivre le fond de sa pensée puis se lança.

— C'est pour ça que nous risquons de ne pas en attraper un tout de suite.

Mieux valait que Lily ne s'emballe pas outre mesure et qu'elle ne soit pas déçue en ne voyant aucun leprechaun dans sa boîte.

— Je sais, papa, répondit-elle d'une voix assurée. Mais c'est l'intention qui compte. La dame des beignets verra que j'ai pensé à elle quand j'ai fabriqué cette boîte avec toi.

— Oui. Et si elle ne le comprend pas toute seule, je le lui expliquerai moi-même.

— Merci papa, dit Lily en le gratifiant d'un grand sourire.

Il sentit de nouveau son cœur se serrer.

— Avec plaisir, Lily, répondit-il avec la gravité d'un chevalier saluant sa dame avant de partir au combat.

Ils marchèrent côte à côte jusqu'à la pelouse qui s'étendait devant la maison puis placèrent le dessin dans la boîte et la pièce « en or » devant, à la vue de tout leprechaun qui passerait à proximité.

Restait à dérouler la ficelle et à attendre que le leprechaun fasse son apparition. Ce en quoi Lily se révéla plus patiente qu'il ne l'aurait imaginé. Présumant qu'elle se découragerait au bout d'un quart d'heure, si ce n'est plus tôt, il fut surpris de constater qu'elle était encore allongée dans l'herbe au bout de trois quarts d'heure, aux aguets, fixant l'entrée de la boîte, la ficelle à la main.

Elle était tellement concentrée que Luke se prit à espérer que la créature mythique apparaisse. Tant de persévérance méritait être récompensée.

Kayley prit conscience qu'elle avait dépassé la maison en vérifiant le numéro sur son papier. Il ne lui avait pas traversé l'esprit que cette petite fille et son père, concentrés sur quelque chose qui ressemblait à un jeu, puissent être le Dr Dolan et sa fille. Elle savait qu'il avait une fille, mais n'imaginait pas qu'il puisse jouer avec elle dans le jardin, comme n'importe quel autre père.

Mais le Dr Dolan ne faisait rien comme n'importe quelle autre personne.

Elle fit le tour du pâté de maisons et revint se garer en face du jardin. Elle sortit de sa voiture en observant l'homme et la petite fille. Elle ne s'était pas trompée : c'était bien le Dr Dolan.

Elle sourit. De toute évidence, elle ne savait pas tout de lui.

Le père et la fille avaient l'air totalement absorbés par ce qu'ils étaient en train de faire et ne l'entendirent que quand elle fut à quelques pas d'eux.

— Qu'est-ce que vous faites ?

Luke sursauta et bondit sur ses pieds avant même de comprendre que la jolie voix qui avait fait éclater la bulle dans laquelle il se trouvait avec Lily était celle de Kayley.

Lily recouvra aussitôt sa vivacité.

— On attend un leprechaun. Papa a construit la boîte pour qu'on l'attrape pour te l'offrir comme cadeau, dit-elle avec un enthousiasme non dissimulé.

— C'est vrai ? s'écria Kayley sur le même ton en décochant un coup d'œil amusé à Luke. C'est un beau cadeau. Je suis vraiment touchée, merci Lily !

Elle passa ses bras autour de Lily et la serra affectueusement. Loin de la repousser, Lily se blottit contre elle.

— Avec plaisir, dit-elle dans le creux de son cou.

Puis elle leva la tête.

— Papa m'a aidée. Tu peux aussi lui faire un câlin si tu veux.

Oui, je le veux mais je pense que ça va horrifier ton père si je m'y risque.

Mais Lily prit la main de son père et la tendit à Kayley qui n'eut d'autre choix que d'avancer vers lui.

— Merci pour le cadeau, murmura-t-elle.

— Je vous en prie, répondit-il en se détachant d'elle, raide comme un piquet, manifestement mal à l'aise.

9

— Vous êtes là ? dit Barbara en sortant sur la pelouse, attirée par des sons qui n'étaient pas habituels dans cette maison.

Son gendre n'avait pas l'habitude d'échanger avec sa fille plus que quelques mots au cours du dîner. Les voir prendre part à ce qui ressemblait à un projet commun lui avait fait chaud au cœur.

— Vous devez être Kayley, dit-elle en avançant vers la jeune femme qui avait rejoint Lucas et Lily.

— Et vous, madame Baxter ? Je suis vraiment contente de vous rencontrer.

Barbara ignora la main que Kayley lui tendait et l'attira affectueusement contre elle.

— Moi aussi. Et, je vous en prie, appelez-moi Barbara. Mais entrez, ne restez pas dehors ! dit-elle en la prenant par le bras.

Lily leva les yeux vers sa grand-mère.

— Avec papa, on essaie d'attraper un leprechaun pour l'offrir à...

— Kayley, dit Barbara.

— Oui, à Kayley. Mais le leprechaun n'est pas encore venu même si j'ai fait un arc-en-ciel. Et on a aussi mis une pièce en or. Je ne sais pas s'il va venir. Il est peut-être malade ?

— Peut-être. Mais il devrait finir par se montrer, si vous avez mis un arc-en-ciel et une pièce d'or pour l'appâter. Mais venez, entrons dans la maison.

Lily en profita pour glisser sa main dans celle de leur invitée et la guider vers la porte d'entrée.

Puis elle aperçut la boîte rose qu'elle avait dans les mains.

— Des beignets ? s'écria-t-elle, ravie.

— Lily ! la gronda sa grand-mère.

— Cette fois, c'est un dessert, dit Kayley. Un tiramisu.

— Un tiramoussi ? dit Lily en fronçant les sourcils.

Kayley chercha un moyen simple de décrire le dessert à Lily.

— C'est un dessert avec du chocolat et de la crème.

Lily écarquilla les yeux.

— Oui ! dit-elle en sautillant.

— Si tout le monde est prêt, nous pouvons passer à table, annonça Barbara.

Contrairement à ce que Luke redoutait, la conversation ne fut pas une succession d'interventions polies entrecoupées de silences gênants, mais une discussion décontractée au rythme enlevé, animée essentiellement par les trois femmes.

À plusieurs reprises, Barbara lui fit un appel du pied sous la table mais il lui signifia du regard qu'il était bien comme il était et appréciait de simplement écouter les trois femmes parler.

— C'est l'un des meilleurs repas que j'ai faits depuis longtemps, dit Kayley à la fin du dîner.

Barbara parut flattée.

— Alors vous reviendrez nous voir, dit-elle.

— Je crois que le Dr Dolan me voit déjà suffisamment au centre, dit Kayley, déclinant poliment l'invitation.

— Je doute que cela l'ennuie, mais quand bien même : c'est moi qui vous invite.

— Et moi aussi ! s'écria Lily. Et comme ça, tu pourras apporter encore du tiramoussi.

— Du tiramisu, corrigea Luke.

Kayley se leva.

— Vous ne partez pas déjà ? demanda Barbara, l'air déçu.

— Non ! Je vais débarrasser la table.

— Vous n'y pensez pas ! protesta Barbara en se levant promptement.

— Vous avez fait la cuisine, il me semble juste que je fasse la vaisselle. Restez assise, je vous assure.

— Vous pouvez vous rasseoir, Barbara, intervint Luke. Kayley est une femme déterminée. Elle ne cédera pas.

Mais c'était oublier que Barbara l'était tout autant.

— Chez moi, c'est moi qui décide, dit-elle en souriant. Passez au salon et détendez-vous.

Kayley n'insista pas de peur de vexer Barbara.

— Luke ? dit Barbara sur un ton qu'il connaissait bien et qui ne souffrait aucune résistance.

Il se tourna vers sa fille.

— Lily, emmène Kayley dans le salon, dit-il. Je vous rejoins dans un instant.

Lily ne se fit pas prier et prit Kayley par la main tandis qu'il rejoignait sa belle-mère.

— Lucas, je ne suis pas d'humeur à supporter un sermon, dit-elle.

— Je n'ai pas l'intention de vous faire un sermon. J'ai juste une question, dit-il en la suivant dans la cuisine. « Chez moi, c'est moi qui décide » ? dit-il en écho à ce qu'elle avait affirmé quelques instants plus tôt.

— Lucas, je sais que je suis chez vous. Mais comme je vis ici, c'est aussi chez moi, en pratique, fit-elle remarquer. Maintenant, arrêtez de jouer sur les mots et allez tenir compagnie à notre invitée.

Mais Luke continua à débarrasser la table et à déposer la vaisselle sur le plan de travail.

— Je suis sûr que Lily s'acquitte de cette tâche à merveille, dit-il.

— Moi aussi, j'en suis sûre. Mais c'est bientôt l'heure qu'elle se couche. Alors sortez de la cuisine et redevenez l'homme charmant dont ma fille ne cessait de vanter les qualités.

Il ouvrit la bouche pour protester mais elle le devança.

— Faites-le pour moi.

— C'est bien parce que c'est vous, dit-il, pince-sans-rire.

— Je sais, répondit-elle avec un grand sourire.

Résigné, il sortit de la cuisine.

De loin, il entendit Lily éclater de rire. Il eut la tentation de rebrousser chemin et d'aller se réfugier dans son bureau. Mais Lily l'aperçut et courut vers lui. Elle lui prit la main. Pour un être aussi minuscule, elle avait une sacrée poigne !

— Tu sais, papa, Kayley sait faire le tiramoussi. Elle sait aussi faire les beignets mais elle a dit que c'était plus difficile. Alors elle les achète à la boulangerie. Tu sais faire les beignets, toi, papa ?

— Non, je ne sais pas.

— Ton papa a d'autres talents : il soigne les gens. Il les aide à aller mieux, intervint Kayley.

— Les beignets aussi, ça aide les gens à aller mieux, dit Lily.

— Ce serait magnifique si tout le monde considérait les beignets de ce point de vue, dit Kayley en souriant.

— Oui. Mais les cardiologues seraient débordés, fit remarquer Luke.

— Vous avez raison.

Il remarqua que le sourire de Kayley provoquait de drôles de réactions dans son corps. C'était nouveau et très déstabilisant.

Il chercha un refuge dans ce qui lui était familier et regarda Lily.

— C'est l'heure d'aller te coucher, Lily, s'entendit-il dire.

— Oh ! je peux rester encore un peu ? demanda-t-elle en regardant alternativement Kayley et son père.

— Si tu veux, je peux t'aider à te mettre en chemise de nuit et te lire une histoire, suggéra Kayley.

Lily, conquise, accueillit la suggestion avec enthousiasme. Puis elle regarda Luke.

— Papa, est-ce que Kayley peut me lire une histoire ?

— Tu sais, Lily, peut-être que ton papa veut te lire l'histoire lui-même, dit Kayley.

Mais Luke déclina la proposition, trop content de déléguer cette tâche.

— Non, vous pouvez le faire, si cela vous fait plaisir.

Lily s'empara aussitôt de la main de Kayley pour la guider jusqu'à sa chambre.

— J'ai plein de livres ! dit-elle fièrement.

— Tu vas me les montrer, répondit Kayley en se laissant conduire.

Lily était si vive qu'elle devait constamment faire un effort pour se rappeler qu'elle n'avait que cinq ans. Elle s'exprimait très bien, telle une adulte en miniature. Comme elle serait heureuse d'avoir un jour une petite fille comme elle !

Une fois dans la chambre de Lily, elle l'aida à se mettre en chemise de nuit tout en respectant son autonomie déjà bien affirmée.

— Vous avez fait fuir notre invitée ? demanda Barbara en jetant un coup d'œil circulaire dans le salon.

Luke était assis sur le canapé, une revue médicale entre les mains.

— Il faudrait une attaque de zombies pour la faire fuir, dit Luke. Et encore…

— Où est-elle passée ? demanda-t-elle, les poings sur les hanches.

— Elle est là-haut, avec Lily.

— Pourquoi n'êtes-vous pas monté avec elles ?

— Lily voulait que Kayley lui lise une histoire.

Barbara soupira.

— Lucas, vous avez encore beaucoup à apprendre sur la paternité.

Il posa sa revue sur le canapé et regarda sa belle-mère.

Il laissa passer quelques secondes. Il savait que c'était juste une question de temps. Barbara finissait toujours par dire le fond de sa pensée.

— Qu'est-ce que je suis censé comprendre ?

— Que vous avez encore beaucoup à apprendre sur la paternité, répéta Barbara. Je pense que vous auriez pu en profiter pour monter avec elles et, peut-être, lui lire vous-même une histoire, ou lire à tour de rôle avec Kayley jusqu'à ce que Lily s'endorme.

— Il me semble qu'on n'a pas besoin d'être deux pour lire une histoire. Et Kayley avait l'air de s'en réjouir. C'est même elle qui l'a proposé.

Il n'ajouta pas qu'il était persuadé qu'elle ferait probablement cela mieux que lui. D'ailleurs, à bien y réfléchir, il n'avait jamais lu d'histoires à sa fille.

— Mais vous ? dit Barbara, un sourcil levé.

— Quoi, moi ?

— Vous n'avez pas envie de lire une histoire à Lily ?

— Si, bien sûr, rétorqua-t-il tout en se demandant comment il s'y prendrait et même s'il en serait capable.

— Et alors, pourquoi ne le faites-vous pas ? C'était une occasion en or.

Il la fixa longuement.

— Une occasion en or ? finit-il par dire. Vous savez, Barbara, je suis en train de me demander si vous souhaitez vraiment me voir lire une histoire à Lily ou si vous ne seriez pas en train de jouer les entremetteuses.

— Je ne vois pas de quoi vous parlez, Lucas. Tout ce que je sais, c'est qu'il y a une petite fille, là-haut, qui donnerait n'importe quoi pour obtenir un peu de l'attention de son père, alors montez et accordez-la-lui.

Il eut envie de rétorquer mais se ravisa et sortit du salon. Pas plus que les autres fois il n'avait envie de se disputer avec Barbara.

10

La voix de Kayley lui parvint dès qu'il commença à gravir les marches. La porte de la chambre de Lily était ouverte. Kayley était assise au bord du lit et lisait une histoire que Luke reconnut aussitôt.

C'était le récit d'un petit remorqueur qui n'écoutait jamais. Mais lorsqu'une tempête menaçait de faire couler un gros navire, c'est lui qui parvenait à le tirer d'affaire.

Lily adorait cette histoire. Elle en parlait souvent. On voyait qu'elle la faisait réfléchir. Luke sourit à cette pensée.

— Mais il était tout petit. Comment il a fait pour guider le bateau dans la tempête ? l'entendit-il demander à Kayley.

— Il était petit, mais généreux et dégourdi.

— Et il était courageux ! ajouta Lily, impressionnée par les prouesses du petit bateau.

— Très courageux ! répondit Kayley sur le même ton.

Comment pouvait-on être aussi enthousiaste à propos du personnage créé de toutes pièces d'un livre pour enfant ?

Il avança jusqu'à la porte mais demeura en retrait derrière l'encadrement.

— Tu peux me la raconter encore ? demanda Lily d'une voix ensommeillée.

Contrairement à ce à quoi il s'attendait, Kayley ne refusa pas au prétexte que c'était l'heure de dormir.

— D'accord. Ferme les yeux, répondit-elle gaiement avant de recommencer la lecture.

C'est alors que se produisit une chose étrange. Au lieu de rebrousser chemin et de redescendre dans le salon, Luke s'appuya contre le mur et écouta Kayley relire l'histoire du courageux petit remorqueur.

Elle savait s'y prendre avec les enfants. Il le voyait au centre, où elle tranquillisait les plus agités. Elle avait un don pour communiquer avec eux, les écouter, les rassurer.

Lily l'avait immédiatement perçu et une relation de confiance s'était établie entre elles en quelques instants.

Il n'avait pas réussi à nouer une aussi belle relation avec sa fille depuis son retour du Moyen-Orient. Il y avait toujours une distance entre eux qu'il n'arrivait pas à atténuer et qu'il mettait sur le compte du deuil auquel ils étaient, l'un et l'autre, confrontés.

Cela dit, cela n'avait pas empêché Lily de s'ouvrir à Kayley.

Il prit soudain conscience que l'histoire touchait à sa fin. Il entendit Kayley lire les derniers mots puis marquer une pause.

— Veux-tu que je la lise encore une fois ? demanda-t-elle d'une voix douce.

Pas de réponse, à part le son de la respiration régulière de Lily.

Kayley se pencha et remonta la couverture sur la petite fille endormie.

— Bonne nuit, ma chérie, murmura-t-elle.

Elle tourna la lampe sans l'éteindre et sortit doucement de la chambre.

Elle sursauta en le voyant.

— Depuis combien de temps êtes-vous là ?

— Je suis arrivé au cours de la première lecture, avoua-t-il.

— Vous auriez dû entrer !

— Je ne voulais pas vous déranger, dit-il dans un haussement d'épaules.

— Mais vous êtes son père. Vous n'auriez dérangé personne.

Ne sachant que répondre à cela, il changea de sujet.

— Vous étiez vraiment disposée à lui lire l'histoire une troisième fois ? demanda-t-il.

Kayley était une femme très intelligente. Comment avait-elle la patience de lire une histoire aussi simpliste, qui plus est plusieurs fois de suite ?

— Si elle me l'avait demandé, oui.

— Vous avez une sacrée patience !

— Disons que j'avais le temps et que j'adore cette histoire.

Elle sourit, l'air songeur.

— Ma mère me la lisait quand j'étais petite.

— Encore un souvenir d'enfance ? En tout cas, merci pour Lily. Elle était ravie, ce soir. Il y a longtemps que je ne l'avais pas vue aussi enthousiaste.

— Vous avez une petite fille adorable, docteur.

L'entendre l'appeler par son titre dans un endroit aussi intime sonna faux. Il hésita.

— Étant donné que vous avez lu cette histoire deux fois à Lily et que vous êtes chez moi, vous pouvez m'appeler Luke.

Kayley lui décocha un regard circonspect. Cet homme, d'ordinaire si lointain, lui demandait de l'appeler par son prénom ?

— Vous êtes sûr ? demanda-t-elle.

— Depuis que je suis rentré de l'étranger, je ne suis plus sûr de rien — sauf, peut-être, quand je suis devant une table d'opération. Mais on peut essayer. À moins que cela ne vous mette mal à l'aise.

— Non, pas du tout. Et vous, cela vous met-il mal à l'aise ?

Luke n'était pas l'homme le plus décontracté qu'elle ait croisé dans sa vie.

— Je vais vous dire ce qui me met mal à l'aise, dit-il. *Vous* me mettez mal à l'aise, par exemple, mais je ne sais pas vraiment dans quel sens.

Elle leva la tête.

Ils se regardèrent et elle éprouva une drôle de sensation dans son ventre. Un pétillement.

— Agréablement mal à l'aise ou désagréablement mal à l'aise ?

— Peut-on être agréablement mal à l'aise ? demanda-t-il.

— Oui, répondit-elle, surprise qu'il pose la question. Quand, par exemple, vous avez envie de découvrir de nouveaux horizons. Ce n'est pas confortable, dans le sens que cela vous fait sortir de votre zone de confort, mais vous ne pouvez pas vous empêcher de le faire parce que vous sentez que, dans le fond, c'est bon pour vous.

Il se mit à rire.

— J'avoue que cette conversation avec vous me fait vraiment sortir de ma zone de confort.

— Si vous voulez mon avis, vous vous en sortez très bien.

Il pencha la tête. Cette fois, il était vraiment hors de son élément.

— Je crois que nous ferions mieux de redescendre avant que Barbara alerte les équipes de recherche. Elle doit se demander ce qu'on fabrique. Il ne faut pas autant de temps pour endormir un enfant avec une histoire.

— Ça dépend, dit-elle en riant.

Il éprouva une sensation curieuse et sentit un furieux désir monter en lui. Celui d'embrasser cette femme impossible dont la mémoire était emplie de souvenirs d'enfance.

Qu'est-ce qui lui arrivait ? Pourquoi des idées pareilles lui traversaient-elles l'esprit ? Jamais il n'avait éprouvé de telles sensations depuis Jill. Et, avant Jill... Rien de bien extraordinaire.

Il était fatigué, vraisemblablement.

Sans un mot, il redescendit les marches. Barbara était assise sur le canapé, sirotant une infusion.

— Je commençais à m'inquiéter, dit-elle, un sourire entendu sur les lèvres.

Son regard passa de son gendre à cette jeune femme qui était parvenue à charmer sa petite-fille. Il y avait quelque chose dans l'air. Luke en avait-il seulement conscience ?

Elle avait aimé sa fille de tout son cœur et était heureuse qu'elle ait rencontré Luke et fondé une famille avec lui. Mais Jill n'était plus là et il était temps que Luke recouvre le goût de la vie.

— Voulez-vous une infusion, Kayley ? proposa-t-elle.

— Non, merci. Il est tard. Je vais rentrer. Merci pour cette soirée. Le dîner était délicieux et je suis très contente d'avoir fait votre connaissance et celle de Lily.

— Moi aussi je suis ravie de vous avoir rencontrée, répondit Barbara en souriant. Et Lily avait l'air aux anges.

— Vous avez une petite-fille adorable.

— Oui. Elle n'a que cinq ans mais parfois, j'ai l'impression de m'adresser à une adulte en modèle réduit. Les enfants uniques grandissent souvent plus vite que ceux qui ont des frères et sœurs.

— C'est ce qu'on dit. Je suis fille unique, expliqua Kayley. Toute mon enfance, j'ai rêvé d'avoir un frère ou une sœur. Mais mon père est mort quand j'étais petite et ma mère était trop occupée à travailler et à s'occuper de moi. Elle ne s'est jamais remariée.

— Je suis désolée. Je suis sûre que vous auriez fait une grande sœur merveilleuse.

Kayley sentit sa gorge se serrer.

— C'est le plus beau compliment qu'on m'ait jamais fait, dit-elle.

Elles avancèrent l'une vers l'autre et se serrèrent dans les bras.

— Vous êtes sûre que vous ne voulez pas boire quelque chose avant de partir ? demanda Barbara.

Kayley jeta un coup d'œil à Luke.

— Non merci, je vais rentrer, dit-elle avec l'impression que l'idée qu'elle parte le soulageait.

— Luke va vous raccompagner à votre voiture, dit Barbara. Je reste là au cas où Lily se réveille.

Une lueur de contrariété traversa le regard de Luke.

— Ce n'est pas la peine, je suis garée juste en face, répondit-elle.

— Je vous raccompagne, il fait nuit noire.

Kayley se mit à rire.

— Si vous y tenez.

— Profitez-en. Les hommes n'ont plus guère l'occasion de faire preuve de galanterie, affirma Barbara. Au revoir, Kayley. Et à bientôt, j'espère !

Luke la prit par le bras et la guida vers la porte d'entrée.

— Je suis désolé, dit-il une fois qu'ils furent dehors.

— Désolé pour quoi ?

— Barbara a tendance à insister parfois lourdement.

Kayley sourit.

— Ce n'est pas méchant. Elle veut bien faire.

Le chemin jusqu'à la voiture était bien éclairé. Elle sortit les clés et soudain aperçut quelque chose qui brillait sur le trottoir. Une pièce toute neuve d'un penny.

Instinctivement, elle s'agenouilla sans prévenir pour la ramasser. Luke la bouscula et elle serait tombée s'il ne l'avait pas rattrapée de justesse. Il l'aida à se relever. Elle leva la tête. Leurs deux corps se touchaient presque.

Luke regarda Kayley. Une vague de désir, surgie de nulle part, s'empara de lui. Sans prendre conscience de ce qu'il faisait, et encore moins des conséquences de son geste, il se pencha vers elle et l'embrassa.

Un baiser fougueux, irrésistible, qui lui rappela qu'il était bien plus qu'un chirurgien orthopédique, bien plus qu'une coquille vide incapable d'avoir des relations normales avec les gens. Il dut déployer des efforts surhumains pour ne pas attirer Kayley à lui et approfondir ce baiser déjà électrisant.

Kayley ne comprit pas d'emblée ce qui lui arrivait. Mais une fois le premier choc passé, elle s'y abandonna. C'était comme si le destin avait pris la situation en main et l'avait poussée dans les bras de cet homme qu'elle trouvait très séduisant et pour lequel elle avait le plus grand respect, même s'il ne se montrait pas toujours sous son jour le meilleur.

Mais elle savait ce qui se cachait derrière ces apparences parfois bourrues et qui ne demandait qu'à s'exprimer. C'était une question de temps.

Elle n'avait pas besoin de temps, par contre, pour se rendre compte que certains baisers la secouaient de la pointe des pieds à la racine des cheveux. La magie opérait ou n'opérait pas.

Dans le cas du Dr Dolan, elle opérait.

Au point qu'il lui fallut quelques instants, lorsqu'il se détacha d'elle, pour reprendre ses esprits.

— Je suis désolé, dit-il, haletant aussi fort qu'elle. Je ne sais pas ce…

— Ne vous excusez pas, le coupa-t-elle, posant la main sur ses lèvres.

Luke voulut répondre mais que dire ? Et que signifiait le geste de Kayley ?

Elle n'ajouta rien qui puisse lui faire comprendre si elle le dédouanait de sa culpabilité ou si elle voulait l'empêcher de gâcher le moment présent.

Elle traversa la rue, monta dans sa voiture et démarra.

Il demeura un long moment sur le trottoir, à regarder sa voiture disparaître.

Que venait-il de se passer ?

11

Luke ne savait pas à quoi il devait s'attendre en retournant au centre de chirurgie orthopédique. Depuis la soirée du samedi, il avait déjà passé en revue une dizaine de scénarios concernant la façon dont Kayley et lui allaient se comporter quand ils se retrouveraient. Dans une bonne moitié d'entre eux, il bafouillait des excuses pour l'avoir embrassée et lui faisait savoir qu'il ne comprenait pas ce qui lui avait pris. Dans l'autre, il faisait comme si rien ne s'était passé.

Mais aucun des scénarios ne le convainquait. Il allait pourtant falloir affronter la réalité.

Il était sur le point de quitter la maison, le lundi matin, lorsque Lily l'appela du haut de l'escalier.

— Papa, attends !

Elle était en chemise de nuit, les cheveux ébouriffés et tenait à la main une feuille de papier. Elle descendit les marches, pieds nus, décidée à le rattraper avant qu'il parte.

— Dépêche-toi, Lily, je suis pressé.

Après tout, elle pouvait tout aussi bien attendre qu'il soit rentré pour lui dire ce qu'elle avait à lui dire.

— Je sais. Tu es *toujours* pressé, rétorqua-t-elle d'un ton las. Mais je veux que tu donnes ça à Kayley.

« Ça », c'était la feuille qu'elle avait dans la main et qu'elle lui tendit fièrement.

— C'est Kayley et moi, dit-elle. Elle me lit l'histoire du petit remorqueur et moi, je suis couchée dans mon lit.

— C'est un beau dessin, Lily, dit-il en le lui rendant. Mais je ne vais pas le lui apporter maintenant.

Donner ce dessin de Lily à Kayley créait une intimité supplémentaire entre son assistante et sa famille. Une intimité qui était déjà trop grande à son goût.

— Si ! C'est pour l'emporter chez elle.

— Mais... je ne sais pas si elle aura la place de le mettre chez elle, rétorqua-t-il, faute de mieux.

— Elle pourra le mettre sur le frigo, comme grand-mère. Tiens !

Lily ne perdait jamais espoir. Mais c'était une porte qu'il n'avait pas envie d'ouvrir. Cela créerait un précédent et il ne tenait pas à ce que sa fille crée des liens avec Kayley plus serrés qu'ils ne l'étaient déjà.

— Vous n'avez qu'à le mettre dans votre cartable, Lucas, intervint Barbara. Comme ça, il ne se froissera pas.

Réjouie par cette idée, Lily rejoignit sa grand-mère et lui donna la main. Puis elle leva son visage illuminé par un immense sourire, manifestement soulagée que quelqu'un la comprenne enfin.

— D'accord, marmonna Luke en ouvrant son cartable.

— Maintenant, vous devriez partir. Ce serait dommage de vous être levé si tôt pour arriver en retard au centre, dit Barbara.

— À ce soir ! lança-t-il en ouvrant la porte.

— Dis bonjour à Kayley de ma part ! cria Lily avant que la porte se referme.

— De la mienne aussi ! ajouta Barbara.

Luke poussa un grognement indistinct.

Comment avait-il laissé la situation déraper à ce point ? se demanda-t-il une fois dans sa voiture. Sa vie était déjà suffisamment compliquée pour qu'il en rajoute.

Lorsqu'il arriva au centre, il aperçut Kayley devant la porte. Elle l'attendait comme lors de son premier jour de travail.

Il aurait préféré avoir un peu de temps devant lui pour rassembler ses esprits.

De combien de temps as-tu encore besoin ? Tu as déjà eu tout le week-end pour y penser !

Il prit une grande inspiration. Après tout, Kayley était un être humain, comme lui. De plus, elle travaillait pour lui. Elle devait être encore plus embarrassée que lui de ce qui s'était passé. Si quelqu'un était en position de force, c'était lui.

Mais il ne se sentait pas en position de force.

— Vous avez évité les embouteillages ? dit-elle sur un ton qu'il voulut badin.

— Il y a des travaux en ville. Nous devons avoir les plus belles rues du pays. Mais la circulation s'en ressent.

Kayley regarda Luke sortir ses clés en silence. Sans doute était-il gêné par ce qui s'était passé samedi soir. Pour être honnête, elle n'avait pas cessé d'y penser depuis qu'elle était partie de chez lui. Mais il était probable que Luke ait déjà tourné la page.

Elle hésita à aborder directement le sujet. Peut-être cela le rendrait-il encore plus mal à l'aise d'en parler sur son lieu de travail.

— Comment va Lily ? demanda-t-elle.

Luke ne se tourna pas de peur de croiser son regard.

— Elle est réveillée, s'entendit-il dire en ouvrant la porte.

Elle éclata de rire.

— Je l'espère pour elle. Je sais que je lis bien les histoires, mais c'est pour endormir les enfants, pas pour les plonger dans le coma !

Elle avait l'air détendue. Peut-être n'était-il pas nécessaire de faire tout un plat de ce baiser, après tout. Il repensa au dessin dans son cartable. Il se serait bien passé de le lui donner mais il était à peu près certain que Lily lui demanderait si Kayley l'avait trouvé beau. Et si Lily oubliait, Barbara s'en souviendrait, elle. Elle serait même capable d'appeler Kayley pour lui poser directement la question.

Il n'avait aucune envie d'être la cible d'une inquisition menée par deux femmes et demie.

— Venez dans mon bureau, dit-il.

Kayley le suivit. Puis elle referma la porte derrière elle.

— Pourquoi refermez-vous la porte ? demanda-t-il, inquiet.

Il n'avait pas une grande expérience des femmes. Il était tombé amoureux de Jill à la fac de médecine. Elle avait été sa seule relation sérieuse.

Avait-il offensé Kayley en l'embrassant comme il l'avait fait samedi soir ? Allait-elle le poursuivre pour harcèlement ou le menacer d'une manière ou d'une autre ?

— Je veux clarifier les choses entre nous, répondit-elle en se postant face à lui.

— Je vous écoute.

— J'ai passé une très bonne soirée samedi. Votre belle-mère

est une hôtesse formidable et votre fille Lily est un amour. Et, si j'étais vous, je ferais tout pour rentrer tôt et lui lire une histoire tous les soirs.

Elle marqua une pause.

Qui dura.

— C'est tout ? demanda-t-il, surpris.

— Oui. C'est tout ce que j'avais à vous dire.

— Mais... je..., commença-t-il en cherchant le meilleur moyen de décrire ce qui s'était passé quand il l'avait raccompagnée jusqu'à sa voiture.

— C'est tout, répéta-t-elle.

De toute évidence, elle n'avait aucune intention de mettre cet épisode sur le tapis.

Luke fut à la fois soulagé et perplexe. Pourquoi Kayley ne disait-elle pas un mot sur ce qui encombrait manifestement leur relation ? Peut-être que cela ne l'encombrait pas, elle.

Elle avança vers la porte.

— Attendez ! dit-il alors qu'elle posait la main sur la poignée de la porte.

Elle se retourna vivement et le regarda ouvrir son cartable.

— Vous voulez me faire signer une déposition ? Vous voulez que j'écrive que c'est tout ? demanda-t-elle avec ironie.

— Non.

Il contempla le contenu de son cartable avec le sentiment qu'il s'apprêtait à faire un geste sur lequel il ne pourrait plus revenir. Mais c'était peut-être de la paranoïa, une séquelle de ses années passées sur le terrain, où on s'inquiétait à tout instant de ce qui pouvait survenir l'instant d'après et changer la situation à jamais.

Une séquelle de la blessure qu'il avait reçue et qui saignait encore en lui. Une blessure de l'âme, profonde, dont il ne savait pas si elle cicatriserait un jour. S'il n'avait pas été envoyé au Moyen-Orient, s'il avait été là pour Jill, l'accident ne se serait peut-être jamais produit. Si...

— Ça va, docteur ? demanda Kayley en s'approchant. Vous faites une drôle de tête.

— Ça va, répondit-il en se ressaisissant.

Sortant peu à peu de sa torpeur, il prit conscience qu'ils avaient beau se trouver dans son bureau, porte fermée, seuls, elle l'avait appelé « docteur ». Pas Luke. C'était un signe supplémentaire qu'elle tenait à établir une frontière claire entre ce qui s'était produit dans leur vie privée et ce qu'ils avaient à accomplir dans leur vie professionnelle.

Il s'éclaircit la gorge.

— Lily m'a donné ça pour vous, dit-il en sortant la feuille de son cartable.

Kayley prit la feuille et la contempla longuement, sans un mot.

Était-elle en train de chercher une façon polie de dire que le dessin était beau alors que c'était un amas de couleurs vives censé décrire une scène à peine reconnaissable ?

— Elle m'a expliqué que c'était vous en train de lui lire l'histoire et elle, couchée dans son lit, précisa-t-il.

— Je vois bien ce que cela représente, murmura-t-elle.

Contrairement à son habitude, sa voix était réduite à un filet à peine audible et elle semblait avoir perdu son assurance.

Elle leva la tête. Ses yeux brillaient, comme si elle allait se mettre à pleurer.

Puis une larme se mit à couler le long de sa joue.

— C'est si moche que ça ? dit-il.

— Moche ? Vous voulez rire ! C'est magnifique. C'est l'un des plus beaux cadeaux que l'on m'ait faits.

— N'exagérez pas...

— Je n'exagère pas, dit-elle. Samedi, pour la première fois depuis que je suis revenue à Bedford, je n'ai pas passé ma soirée à travailler ni à trier les affaires de ma mère. Vous savez, les amis que j'avais ici sont partis et mes amis actuels sont tous à San Francisco.

— Vous ne vous êtes pas encore fait de nouveaux amis ? demanda-t-il en pensant que lui-même ne fréquentait plus que sa belle-mère et sa fille, en dehors de son travail.

Mais pour le peu qu'il connaissait Kayley, c'était plus étonnant qu'elle soit seule.

— Pas encore. À part une adorable petite artiste aux boucles blondes, dit-elle en regardant le dessin. Merci.

— Je n'y suis pour rien. C'est Lily qui a pris cette initiative et m'a transmis ses ordres.

Il semblait remettre de la distance entre eux. Ce baiser avait dû lui faire peur. Bien plus qu'il n'était sans doute prêt à l'admettre. Peut-être parce que cela l'obligeait à comprendre qu'il pouvait être attiré par quelqu'un d'autre que sa femme décédée.

— Vous auriez pu ne pas me le donner, fit-elle remarquer.

— Cela aurait été du recel d'un bien qui ne m'appartenait pas.

Elle le dévisagea brièvement sans savoir s'il était sérieux ou s'il plaisantait.

— Vous êtes vraiment honnête à ce point ?

— C'en est pathologique.

Il était donc sérieux.

— L'honnêteté n'est pas une maladie.

— Allez dire ça à tous les internes que ma franchise a agacés, dit-il.

— Vraiment ? dit-elle, surprise qu'il se laisse aller à des confidences.

Peut-être les liens entre eux s'étaient-ils un peu resserrés malgré tout ?

— Pour ma part, je pense qu'il y a deux manières de dire les choses, dit-elle.

— La bonne et la mauvaise ?

Elle secoua la tête en riant.

— Je dirais la manière brutale et la manière douce, plutôt.

— Alors quelle serait la manière douce de dire : « Vous êtes médecin mais vous ne savez pas parler à vos patients » ?

Elle rit.

— Je dirais plutôt : « Docteur, je pense que pour le bien de votre fille et de votre relation avec elle, il faudrait que vous vous autorisiez à exprimer toutes les belles choses qui sont en vous. »

— Les « belles choses » ? Je doute qu'il y ait de belles choses en moi.

— J'en ai pourtant entrevu certaines, samedi, lorsque vous étiez dans le jardin avec Lily. Et à l'instant, quand vous m'avez donné ce dessin. Vous auriez pu le laisser dans votre cartable.

— J'ai perdu une occasion ! dit-il en souriant.

Elle sourit à son tour et, comme à chacun de ses sourires, ses yeux s'éclairèrent. Cela le fascinait. Mais il aurait préféré que ce ne soit pas le cas.

— En effet, répondit-elle.

Il réprima une soudaine envie de reproduire l'erreur qu'il avait commise samedi soir.

12

L'espace d'un instant bref mais intense, Kayley perçut une tension entre eux. Une attirance. Mais ce n'était ni le moment ni le lieu, même si personne d'autre qu'eux ne se trouvait à cette heure-là dans les bureaux.

Elle eut la sensation de marcher sur des sables mouvants. Il fallait sortir de là avant de ne plus être capable de résister à cette attraction et de devoir en assumer les conséquences.

— Allez, au travail ! dit-elle sur un ton qu'elle voulut enjoué, avant d'ouvrir la porte et de sortir promptement du bureau de Luke.

Luke regarda la chaise vide sur laquelle Kayley s'était assise et poussa un profond soupir. Peut-être se faisait-il des idées ? Il passait beaucoup de temps à analyser une chose qui n'avait peut-être pas autant d'importance qu'il lui en accordait. Kayley semblait ne pas se poser autant de questions que lui sur ce qui s'était passé entre eux samedi soir. Cet épisode ne devrait donc pas avoir de conséquences sur leur relation professionnelle — car c'était ce qui le préoccupait le plus, naturellement. De toute façon, il n'y avait pas de place pour des relations autres que professionnelles dans sa vie.

Ses journées étaient déjà bien remplies. Il avait un métier passionnant et une adorable petite fille.

Et ta vie d'homme ? lui susurra une petite voix à l'intérieur de sa tête.

C'est vrai que la nuit, quand il était seul dans son lit, son existence lui paraissait terriblement vide.

Luke secoua la tête pour chasser ces pensées parasites. Il se laissait aller. Il n'avait besoin de personne ni de rien de plus que ce qu'il avait déjà.

Pourtant…

Moins de cinq minutes plus tard, Kayley fit irruption dans son bureau.

— Docteur, on vous appelle au bloc. L'un de vos patients vient d'arriver en ambulance et réclame que ce soit vous qui vous occupiez de lui.

— Mon planning est plein, aujourd'hui, grogna-t-il en scrutant l'écran de son ordinateur. Rappelez le bloc et demandez-leur la nature de l'urgence et l'identité du patient.

— Il s'agit d'un adolescent, Kyle Brubaker, victime d'un accident sur l'autoroute de la côte Pacifique. Une jambe cassée en deux endroits et un genou probablement touché. Il a insisté pour que l'ambulance l'emmène à l'hôpital de Bedford.

— Bon, dites-leur que nous arrivons.

Kayley le regarda d'un air interrogateur.

— « Nous » ?

— Oui. Vous venez avec moi.

— Pardon ?

Il s'arrêta et soupira.

— Vous êtes assistante médicale, non ?

— Si, confirma-t-elle en se demandant ce qui lui arrivait.

— Eh bien, je vous demande de venir m'assister au bloc. Qu'y a-t-il de si extraordinaire à cela ?

Elle le regarda, immobile. Depuis quand lui faisait-il confiance au point de l'emmener au bloc opératoire ?

C'était le genre de tâche qu'elle effectuait fréquemment avec le dernier médecin pour lequel elle avait travaillé, mais que Luke, jusque-là, s'était toujours montré réticent à lui confier.

— Vous ne préférez pas demander l'assistance d'un autre chirurgien ? Il semble que Kyle Brubaker ait vraiment besoin d'être opéré.

— Si j'avais besoin de l'aide d'un chirurgien qualifié, je vous aurais dit de rester ici.

Il la fixa droit dans les yeux.

— D'après ce que j'ai lu de votre CV, vous avez une formation en chirurgie. Craignez-vous de ne pas être à la hauteur ?

Il ne pouvait pas lui présenter meilleur défi à relever.

— Pas du tout, répondit-elle. Je vous suis.

Luke s'arrêta au secrétariat.

— Sheila, déplacez mes rendez-vous de ce matin. Dites-leur que j'ai été appelé en urgence au bloc.

— Très bien, docteur, répondit la secrétaire en les regardant l'un après l'autre.

— Nous serons à l'hôpital, précisa-t-il avant de se diriger vers l'ascenseur.

Il appuya sur le bouton et regarda Kayley. Elle paraissait mal à l'aise, contrairement à son habitude.

— Tout va bien ? demanda-t-il.

Kayley sauta sur l'occasion de clarifier les choses. Ainsi, Luke aurait la liberté de changer d'avis tant qu'il en était encore temps. Elle ne tenait pas à ce qu'il l'emmène au bloc pour de mauvaises raisons et qu'il le regrette ensuite.

— Êtes-vous certain de votre décision ? demanda-t-elle.

— Quelle décision ? Celle d'aller réparer la jambe d'un jeune casse-cou qui a mal évalué les risques qu'il prenait ? C'est exactement ce pour quoi je suis qualifié.

— Non, je voulais dire : êtes-vous sûr de vouloir que je vienne avec vous au bloc ?

— Il est temps de montrer ce dont vous êtes vraiment capable, mademoiselle Quartermain, dit-il avec un demi-sourire. À moins, bien sûr, que la vue du sang ne vous indispose.

Les portes de l'ascenseur s'ouvrirent.

— Tant que ce n'est pas le mien, je m'en accommode. Je me disais juste que vous préféreriez peut-être faire intervenir quelqu'un avec qui vous êtes habitué à travailler au bloc, c'est tout.

Luke s'arrêta.

— Il y a toujours une première fois avant que l'on finisse par s'habituer à faire quelque chose, dit-il.

— Vous avez raison, dit-elle tout en marchant à ses côtés sur le chemin de l'hôpital situé en face du centre d'orthopédie.

— Alors, vous êtes partante ? demanda-t-il en entrant dans le service des urgences.

— Tout à fait partante, répondit-elle sans révéler que son cœur battait à tout rompre.

Durant toute l'opération, elle eut l'impression d'être spectatrice d'elle-même et de se voir œuvrer aux côtés du Dr Lucas Dolan.

Contrairement à ce qu'elle avait imaginé au départ, elle ne se contenta pas de le regarder pendant qu'il réparait la jambe blessée du jeune patient, mais participa pleinement à l'intervention, déployant toute son énergie pour que son issue soit positive. Pas seulement pour Luke ou pour elle, mais pour le patient.

L'opération dura ce qui lui sembla être une éternité et la laissa exténuée. Lorsqu'on transporta le patient en salle de réveil, elle eut l'impression que ses jambes étaient sur le point de se dérober sous elle.

Elle sortit du bloc à petits pas avant de se laisser tomber sur la première chaise qu'elle trouva dans la petite salle d'attente réservée aux familles jouxtant le bloc.

Elle jeta un coup d'œil autour d'elle. Manifestement, les parents de Kyle Brubaker n'étaient pas encore arrivés à l'hôpital.

Luke retira son masque et prit la chaise libre à côté d'elle.

— Comment vous sentez-vous ? lui demanda-t-il.

— J'ai l'impression d'être passé sous un rouleau compresseur, répondit-elle, surprise qu'il lui témoigne de l'intérêt. Pourtant, je suis très heureuse.

Luke sourit.

— Bienvenue dans l'univers de la chirurgie orthopédique ! dit-il d'une voix neutre. Vous vous êtes très bien débrouillée, quoi qu'il en soit.

Le compliment la prit complètement de court.

— Vraiment ? s'étonna-t-elle.

— Cela a l'air de vous surprendre.

— Je ne suis pas surprise de m'être bien débrouillée, dit-elle. C'est ce que je suis censée faire.

Elle hésita un instant avant de reprendre.

— En fait, ce qui me surprend, c'est que vous me le disiez.

Il tourna la tête vers elle.

— Suis-je si effrayant que ça ?

— Non, vous n'êtes pas effrayant, dit-elle en se demandant comment définir sa manière de se maintenir à distance. Je dirais plutôt... réservé.

— Réservé ? Vous semblez avoir envie de dire autre chose.

— Non, c'est bien ce que je voulais dire.

Mais à la façon dont il la regarda, elle se demanda si cette affirmation était tout à fait exacte.

Luke se leva.

— Il faut que j'y aille. J'ai des patients qui m'attendent.

Elle soupira, avec le sentiment que leur bureau se trouvait à des kilomètres de là.

— Nous avons de la marche à faire ! dit-elle en se levant à contrecœur.

— Désolé de vous décevoir, mais je ne vous porterai pas, dit-il, une ébauche de sourire sur les lèvres.

Elle tourna la tête vers lui. Décidément, il ne l'avait pas habituée à une telle familiarité.

Ils venaient de faire quelques pas lorsqu'un couple entra précipitamment dans le hall. L'homme et la femme avaient le teint terreux et un regard affolé qui exprimait tout ce que leurs mots n'avaient pas encore dit.

La femme prit la parole mais son expression était hachée et confuse.

— Nous cherchons le Dr Dolan, dit-elle. Notre fils a eu un accident. Il s'appelle Kyle Brubaker.

Elle serra les lèvres, prise de sanglots irrépressibles.

— Je lui avais dit de ne pas prendre cette moto. Combien de fois je le lui ai répété ! s'exclama-t-elle en serrant la main de son mari.

— Je suis le Dr Dolan, dit Luke, reprenant le ton sérieux qui lui était habituel.

— Il va bien ? Il va s'en sortir ? demanda la femme.

Kayley sentit que Luke cherchait ses mots. Il avait beau faire des miracles devant une table d'opération, il était moins doué pour trouver des paroles de réconfort.

Kayley intervint, espérant qu'il ne lui en voudrait pas.

— Kyle a eu la jambe gauche cassée en deux endroits et le genou gauche écrasé, expliqua-t-elle en évitant de croiser le regard de Luke.

De toute façon, les chances étaient grandes qu'il ne lui en tienne pas rigueur. Peut-être même lui rendait-elle service en prenant la parole à sa place.

La mère du patient émit un son étranglé en entendant les blessures dont son fils avait été victime.

— Mais le Dr Dolan vient de l'opérer, poursuivit-elle, et avec du temps et des séances de kinésithérapie, Kyle devrait recouvrer toutes ses capacités.

— Pour commencer, il va mettre en vente cette fichue moto ! dit la mère.

— Vous êtes ? demanda le père en se tournant vers elle.

Kayley attendit un instant que Luke intervienne mais il demeura silencieux.

— Je suis Kayley Quartermain, l'assistante du Dr Dolan. Votre fils se trouve maintenant en salle de réveil. D'ici une bonne heure, il sera transféré dans sa chambre, où vous pourrez aller le voir. En attendant, vous pouvez aller boire un café à la cafétéria. Leur café n'est pas mauvais.

— Merci. Cela nous fera du bien, dit M. Brubaker dans un hochement de tête.

Il prit sa femme par le bras et le couple s'éloigna, manifestement apaisé.

Ce fait n'échappa pas à Luke.

— Vous êtes douée pour gérer les imprévus, nota-t-il.

Elle accueillit le compliment avec un haussement d'épaules. Après tout, parler aux familles des patients faisait partie de son métier.

— J'ai eu l'impression que cela vous arrangeait que je prenne la parole.

Elle marqua une pause, attendant la réponse.

— Vous avez dit quelque chose ? demanda-t-elle au bout de quelques secondes, voyant qu'il ne disait rien.

— Non.

Il devait admettre qu'il avait éprouvé un grand soulagement en voyant Kayley s'adresser aux parents du jeune homme. Il avait du mal à trouver les mots adéquats pour informer les familles tout en apaisant leurs craintes et leurs angoisses. Les mots n'avaient jamais été une priorité pour lui. Ce qui comptait, c'étaient les faits.

— Je ne suis pas très loquace, admit-il.

— Chacun a ses qualités et ses défauts, dit-elle. Il est vrai que certains ont plus de facilités à communiquer que d'autres. Mais je pense que les parents de Kyle préfèrent que leur fils ait été opéré par un éminent chirurgien plutôt que par un éminent orateur. Ils ne sont pas venus ici pour faire la conversation.

Il demeura silencieux. Mais il fallait reconnaître que Kayley avait un don pour mettre les choses et les situations en perspective. Cela lui faisait du bien, car le fait de ne pas aimer « faire la conversation », comme elle disait, était un aspect de sa personnalité qui lui pesait. Une lacune qu'il aurait préféré ne pas avoir.

— Vous avez raté votre vocation, dit-il en se dirigeant vers les vestiaires.

Ils portaient encore leurs blouses et il lui tardait de se changer.

— Vous trouvez que je ne suis pas faite pour être assistante médicale ?

— Si, si ! Vous faites admirablement bien votre travail.

— Dans ce cas, pourquoi dites-vous que j'ai raté ma vocation ? demanda-t-elle d'un air perplexe.

Ils entrèrent chacun dans une cabine.

— Vous auriez pu exercer toutes sortes d'autres professions liées au langage ou à l'expression. Vous trouvez toujours les mots justes.

— Merci. J'essaie de prendre du recul, de voir les choses plus simplement. Je n'aime pas passer des heures à décortiquer, à analyser. Ça entrave les relations et empêche souvent d'entrer en contact avec les gens. C'est peut-être parce que vous réfléchissez trop que vous avez du mal à dire des choses simples aux gens.

Elle sortit de sa cabine et chercha un endroit pour jeter sa blouse, son masque et son calot.

— En fait, il faut juste se demander ce qu'on aimerait entendre si on était à la place de son interlocuteur. Se mettre à sa place.

Il lui prit ses affaires des mains et les jeta dans une corbeille.

— Les choses sont souvent plus simples qu'on ne le croit, ajouta-t-elle. Alors simplifiez. Suivez mon exemple. Je suis là pour ça.

— Vous pensez que c'est pour cela que je vous ai embauchée ?

— Entre autres, dit-elle en souriant.

Il ferma la porte des vestiaires derrière eux et sourit à son tour.

— Vous avez peut-être raison.

13

Luke prit conscience qu'il donnait de plus en plus de responsabilités à Kayley dans son travail. Comme elle s'était montrée très compétente au cours de l'opération de chirurgie reconstructrice, il lui laissait le soin de procéder aux entretiens préalables avec les clients. C'est elle qui planifiait les scanners et les radiographies, et en rédigeait les comptes rendus. Et plus le temps passait, plus il se rendait compte qu'il avait de bonnes raisons de lui faire confiance.

Cette relation d'interdépendance était une première pour lui. Il n'avait jamais aimé travailler avec d'autres personnes. Malheureusement, il n'avait pas toujours la possibilité de rester seul et il lui semblait que la présence des autres l'empêchait souvent de mener à bien ses tâches comme il l'entendait.

Avec Kayley, c'était différent.

Elle savait s'adapter à toutes les situations tout en y imprimant sa marque. Le résultat était un mélange de leurs deux façons de penser et de procéder, qui finissait par constituer un tout efficace.

Il ne s'en était pas rendu compte d'emblée.

Au début, il avait simplement remarqué que tout se passait bien. Très bien, même. Au point qu'il avait fini par se réjouir d'aller travailler le matin et que, le soir, il rentrait chez lui avec le sentiment d'être plus heureux.

D'ailleurs, aussi bien Barbara que Lily semblaient l'avoir noté, elles aussi. Lily était peut-être plus directe dans sa façon de le lui faire remarquer.

— Tu es plus gentil qu'avant, papa, dit-elle un soir, de but en blanc, pendant le repas.

— Plus gentil ? s'étonna-t-il en dévisageant le petit bout de femme assise en face de lui.

C'était incroyable comme elle avait changé en deux mois, elle aussi. Désormais, elle disait ce qu'elle pensait et ne restait plus murée dans son silence comme c'était le cas auparavant, depuis la mort de Jill.

— Tu ne fais plus les gros yeux, dit-elle en fronçant les sourcils pour illustrer son propos. Tu n'es plus tout le temps en colère.

Il échangea un coup d'œil avec Barbara.

— Je n'étais pas tout le temps en colère, protesta-t-il, prêt à expliquer qu'il ne l'avait jamais été et qu'il ne savait pas où elle était allée chercher pareille idée, mais il n'eut pas l'occasion de poursuivre.

— Est-ce que Kayley peut revenir dîner chez nous ? demanda Lily sans transition. J'aimerais la voir.

Elle s'exprimait aussi de mieux en mieux, en plus de lire dans ses pensées.

Il jeta un coup d'œil interrogateur à Barbara. Était-ce elle qui lui avait mis cette idée en tête ?

— Elle n'y va pas par quatre chemins, comme son père, se contenta-t-elle de dire d'un air entendu, niant par là même avoir affaire avec cette initiative.

— Tu sais, Kayley a d'autres choses à faire...

— Mais si c'est toi qui l'invites, elle viendra, papa. Demande-lui. S'il te plaît, papa ! S'il te plaît, demande-lui de venir chez nous !

Luke soupira.

— Bon, je vais lui demander. Mais je ne te garantis rien. Elle est peut-être prise.

— Tous les soirs ? demanda Lily avec innocence.

Il ne put s'empêcher de sourire.

— Tu penses vraiment à tout, Lily !

Elle ne répondit pas et continua à le regarder de ses grands yeux bleus jusqu'à ce qu'il lui promette d'inviter Kayley « dès que tu arrives au bureau, papa ».

Mais il n'eut pas l'occasion de la voir en arrivant. Depuis qu'il avait adopté des horaires différents, il n'était plus le premier à arriver au centre médical le matin. Et son agenda était plein à craquer, si bien qu'il n'eut pas une minute pour lui parler avant la pause déjeuner qui, ce jour-là, ne fut possible que vers 14 heures.

Il attendit d'être seul dans son bureau et s'assura que la plupart de ses confrères et collègues étaient en pause ou en consultation.

Il envoya un texto à Kayley. Il eut à peine appuyé sur le bouton « envoyer » qu'on frappa à la porte.

Il s'était trompé : il restait quelqu'un dans les couloirs.

— Entrez ! dit-il.

La porte s'ouvrit et Kayley apparut, son portable à la main.

— Vous voulez me voir, docteur ?

Il se félicita de ne pas réagir trop vivement au son de sa voix et à la vue de son visage. Depuis quelque temps, ses apparitions lui faisaient le même effet que le premier rayon de soleil du matin et cela l'inquiétait.

Il craignait que quelqu'un ne le remarque — à commencer par Kayley elle-même — alors que cela allait probablement s'estomper de soi-même.

— Entrez et fermez la porte.

Kayley referma la porte derrière elle comme Luke le lui demandait. Depuis qu'ils avaient collaboré lors de l'opération du jeune homme accidenté, elle avait le sentiment que leur relation était plus détendue. Elle avait pu baisser la garde et, sans lui manquer de respect, elle s'était permis à plusieurs reprises de plaisanter, voire de se moquer gentiment de lui.

Avait-elle dépassé les bornes sans s'en apercevoir ? Lui en voulait-il qu'elle demande régulièrement des nouvelles de Lily et de Barbara ?

Mais elle éprouvait une sympathie sincère pour l'une comme pour l'autre.

Pour être honnête, même s'il maintenait entre eux de la distance et faisait preuve de froideur, elle devait avouer qu'elle l'aimait bien, lui aussi.

Peut-être plus que bien, se dit-elle.

Était-ce la raison pour laquelle il la convoquait dans son bureau ? Avait-il perçu un changement dans son attitude ? Peut-être avait-il capté quelque chose dans sa façon de le regarder ?

Sa mère lui avait toujours dit de faire face aux gens et aux situations avec franchise.

— Quelque chose ne va pas ? demanda-t-elle, comme Luke tardait à prendre la parole.

— Je ne sais pas, répondit-il lentement, comme s'il se méfiait de ses propres mots. Ma fille m'a demandé de vous inviter de nouveau à dîner. Je ne sais qu'en penser.

Son premier réflexe fut d'accepter l'invitation de bon cœur, mais s'agissait-il d'une invitation ? Luke était-il heureux de l'inviter ou agissait-il sous la contrainte des deux femmes de caractère qui partageaient sa vie ?

Il la fixait toujours.

— Et *vous*, avez-vous envie que je vienne dîner chez vous ?

— Ce dont j'ai envie n'a aucune importance.

Elle leva le menton.

— Cela en a à mes yeux. Je suis flattée que Lily m'ait invitée, mais je ne viendrai pas si vous n'avez pas envie que je vienne.

— Ce n'est pas ce que j'ai dit.

— Peut-être pas en paroles, mais l'expression de votre visage me dit que vous vous sentez obligé de m'inviter pour faire plaisir à votre fille.

Luke appréciait l'honnêteté de Kayley. Elle ne voulait pas accepter une invitation qui ne fasse pas plaisir à tout le monde.

Mais comment lui dire qu'il avait envie, lui aussi, de l'avoir à dîner chez lui sans avoir l'air d'avouer ce qu'il n'était pas prêt à avouer ?

Il tenta de faire diversion.

— Vous avez toujours eu une imagination aussi prolifique ou elle vous est venue progressivement ?

— J'observe des signes, répondit-elle en toute simplicité.

— Vous feriez mieux d'écouter plus attentivement.

— Êtes-vous en train de me dire que vous avez envie que je vienne ?

— Je suis un grand garçon. Je ne fais pas ce que je n'ai pas envie de faire.

— Luke, dois-je comprendre que vous m'invitez à dîner chez vous ? demanda-t-elle avec une certaine impatience dans la voix.

— Alors, vous acceptez, oui ou non ?

— Oui. Quel jour ?

— Samedi ? Je ne travaille pas ce week-end.

Elle sourit.

— Je sais, répondit-elle. C'est moi qui ai arrangé votre emploi du temps.

Pourquoi un simple sourire lui faisait-il cet effet-là ?

Elle se tourna et posa la main sur la poignée de la porte.

— J'apporte le dessert, dit-elle avant d'ouvrir et de disparaître.

Il eut juste le temps de voir le reflet de son sourire lumineux sur la vitre de la porte et se demanda pourquoi cette image le fascinait autant.

Il n'en avait aucune idée. Il ne comprit pas non plus pourquoi elle resta imprimée dans son esprit tout l'après-midi.

Lorsqu'elle arriva chez elle, le soir même, Kayley trouva un autre penny, dans le caniveau, juste devant sa boîte aux lettres, en ramassant un courrier qui lui avait échappé des mains.

Elle savait qu'il était ridicule de croire que la pièce avait été délibérément posée là alors qu'il s'agissait certainement d'un hasard.

Elle la ramassa tout de même et la garda précieusement dans son poing serré. Elle eut l'impression de sentir de la chaleur sur sa paume.

Elle sourit.

— Bonjour maman ! Tu veilles toujours sur moi, à ce que je vois, murmura-t-elle.

Elle prit le reste du courrier dans la boîte aux lettres — quelques prospectus, une demande de souscription à une association caritative et deux factures, en plus du dernier numéro d'un journal local.

— Tu t'es fait de nouveaux amis ? demanda-t-elle en marchant jusqu'à la porte d'entrée. Moi, j'ai repris le cours de ma vie, comme tu me l'avais demandé.

Elle ouvrit la porte et entra. Puis, incapable de retenir plus longtemps les mots qui lui brûlaient les lèvres, elle poursuivit :

— Et j'ai rencontré quelqu'un.

Elle posa le courrier sur la table de l'entrée, et laissa glisser le penny dans le petit bol en céramique dans lequel elle mettait toutes ses petites pièces.

Elle en avait trouvé beaucoup ces derniers temps, ce qui lui laissait à penser que sa mère était présente et veillait sur elle. C'était le genre de choses qu'elle gardait pour elle, bien sûr. Il n'y avait guère qu'avec Maizie qu'elle pouvait en parler.

— Mais j'imagine que tu es déjà au courant, dit-elle, reprenant la conversation avec sa mère. Il est chirurgien et j'ai l'impression qu'il a besoin de moi. Mais pas seulement en tant qu'assistante médicale. Il a besoin de moi pour surmonter sa souffrance. Il s'appelle Luke et il a perdu sa femme dans un accident. Je crois qu'il s'est un peu perdu au passage, lui aussi. Il a une petite fille, Lily. Tu l'aimerais beaucoup. Quand je les ai connus, il avait vraiment du mal à s'occuper d'elle, mais maintenant, ils se sont rapprochés. C'est comme si je lui avais ouvert une porte.

Elle soupira, le regard dans le vide.

— Tu me manques, maman, murmura-t-elle, les yeux humides.

— Elle est là ! Elle est arrivée ! s'écria Lily.

Elle avait fait le guet devant la fenêtre du salon pendant un temps qui, manifestement, lui avait paru beaucoup trop long.

— Papa ! Elle est là !

— J'ai entendu, Lily, répondit-il en sortant de la salle à manger. Et, à mon avis, les voisins aussi.

Lily courut ouvrir la porte d'entrée et se précipita dans l'allée pour accueillir sa nouvelle amie, faisant fi de toutes les règles de sécurité qu'ils avaient instaurées.

Luke lui courut après et la vit s'arrêter devant la voiture de Kayley alors qu'elle n'avait pas tout à fait fini de se garer. Son sang ne fit qu'un tour.

— Lily ! appela-t-il, le cœur battant la chamade.

Lily jeta un coup d'œil des plus innocents par-dessus son épaule.

— Quoi, papa ?

Il la rejoignit tandis que Kayley sortait de sa voiture.

— Tout va bien ? demanda-t-elle d'un ton inquiet.

— Pas vraiment, dit Luke, s'efforçant de ne pas montrer à quel point il avait eu peur pour sa fille. Lily est sortie de la maison en voyant votre voiture arriver. Elle sait pourtant qu'elle ne doit pas faire ça.

Il se tourna vers Lily.

— Et si ça avait été quelqu'un d'autre que Kayley ? dit-il, incapable de retenir sa colère.

— Mais *c'était* Kayley ! répondit Lily qui, de toute évidence, ne comprenait pas pourquoi il réagissait de cette façon.

— Tu sais, Lily, il y a beaucoup de voitures qui circulent dans cette rue, intervint Kayley. Ce que ton papa veut dire, c'est qu'il vaut mieux attendre que la personne soit sortie de sa voiture pour aller la voir. Comme ça, tu es sûre que c'est la bonne personne, et en plus, tu ne risques pas de te faire écraser.

Lily hocha lentement la tête.

— Ton papa t'aime et il n'a pas envie qu'il t'arrive quelque chose, ajouta-t-elle.

Lily faisait manifestement des efforts pour digérer tout ce qu'on venait de lui dire. Elle leva la tête et adressa un regard contrit à son père.

— Pardon, papa.

Luke se sentit soudain désarmé. Il n'eut d'autre choix que de prendre sa fille dans ses bras et de la serrer contre lui.

— Maintenant, tu comprends pourquoi il ne faut plus faire ça, dit-il.

Lily hocha la tête avec application.

— La prochaine fois que Kayley viendra, j'attendrai qu'elle entre dans le jardin et qu'elle frappe à la porte.

Elle ponctua ses mots d'un grand sourire, avant de se tourner vers son idole.

— D'accord, Kayley ?

— D'accord, Lily, répondit Kayley en déposant un petit baiser sur sa tête.

Puis Kayley afficha à son tour un sourire radieux, probablement sans savoir à quel point cet échange le troublait.

« La prochaine fois » ?

Pour l'une comme pour l'autre, il semblait évident que Kayley allait revenir.

Dans quoi s'était-il aventuré ?

Et pourquoi cela le déstabilisait-il autant ?

14

— Vous auriez pu me prévenir que vous faisiez salon dehors ! dit Barbara en sortant de la maison.

Elle rejoignit le petit groupe.

— Bonjour Kayley ! Je suis contente de vous revoir, dit-elle en la prenant dans ses bras.

— Bonsoir Barbara. Vous sentez bon !

— Merci. C'est le parfum que mon mari m'a offert pour notre dernier anniversaire de mariage. Depuis, je ne porte plus que celui-là.

— C'est drôle, dit Kayley. C'est le parfum que portait ma mère.

— Votre mère avait bon goût, dit Barbara en souriant.

— Et si nous rentrions ? suggéra Luke en prenant spontanément les deux femmes par les épaules. Je n'ai pas envie que les voisins entendent toute notre conversation.

— Lucas est un homme très discret, dit Barbara en faisant mine de chuchoter pour qu'il n'entende pas.

Kayley pouffa de rire.

— Je sais.

— Allez, entrons, les pressa-t-il. Vous parlerez de moi à l'intérieur.

La plaisanterie ne l'amusait qu'à moitié.

Mais les deux femmes se mirent à rire. Lily, qui ne voulait pas être exclue, les imita, même si elle ne semblait pas avoir compris la raison de leur hilarité.

Il eut la sensation de vivre un moment familier. Peut-être trop familier, d'ailleurs.

Il fallait qu'il veille à ne pas adopter une attitude trop complaisante. Il était de plus en plus à l'aise avec Lily et Barbara, ce qui était très positif pour tout le monde, mais il ne fallait pas oublier que Kayley ne faisait pas partie de la famille. C'était une femme qui travaillait avec lui et, accessoirement, s'entendait bien avec sa fille et sa belle-mère. Rien de plus.

— Je t'ai apporté un cadeau, dit Kayley au moment où ils s'apprêtaient à dîner.

Lily regarda autour d'elle.

— Où ?

— Là ! dit Kayley en lui tendant un petit paquet doré.

Lily défit le paquet qui contenait une petite boîte. Elle l'ouvrit d'une main tremblante d'émotion et en sortit un pendentif en or.

— C'est un leprechaun, expliqua Kayley. Tu peux le porter en attendant que vous en ayez attrapé un vrai.

Lily la regarda, les yeux brillants.

— C'est trop beau ! Tu peux me l'attacher ? demanda-t-elle.

— Viens, relève tes cheveux. Ne bouge pas... Voilà !

Lily se précipita devant le miroir du salon.

— C'est mon plus beau collier ! s'exclama-t-elle. Tu as vu comme il est beau, papa ?

Elle s'approcha en tendant fièrement le cou.

— Très beau, acquiesça-t-il.

Lily se jeta sur Kayley et la serra dans ses bras. Il s'éclaircit la gorge, s'efforçant de ne pas avoir l'air ému.

En dépit des résolutions qu'il avait prises avec lui-même, le dîner fut empli de rires et de conversations à bâtons rompus. Et il flottait un étrange sentiment de bien-être.

Il se surprit à plusieurs reprises à ne pas être sur la défensive et à simplement profiter du moment présent, entouré de ces trois femmes gaies et spontanées. Il avait l'impression d'être un autre homme. Ou du moins, d'être l'homme qu'il était *avant*. Avant la tragédie qui l'avait frappé de plein fouet, lui arrachant le cœur et tout ce que Jill avait aimé en lui. Tout ce qui faisait de lui un être humain.

La gaieté de Lily y était sans doute pour beaucoup. Elle était communicative et rendait tout le monde heureux.

Mais pour être honnête, il n'y avait pas que l'ambiance décontractée du dîner qui lui faisait du bien.

C'était sans doute qu'il allait mieux. Beaucoup mieux.

Et que Kayley était là.

Après le dîner, on le recruta pour faire une partie de jeu de société — puis une deuxième. Il commença par maugréer pour la forme mais dut reconnaître qu'une fois dans la partie il y prit plaisir.

L'heure d'aller se coucher pour Lily finit par arriver, même s'il lui avait accordé la permission exceptionnelle de la reculer d'une demi-heure — à deux reprises, là encore.

— Allez, Lily, cette fois, c'est vraiment l'heure d'aller te coucher.

Lily soupira, consciente qu'elle ne pourrait plus négocier sur ce point.

— Est-ce que Kayley peut me lire une histoire ? tenta-t-elle, le regard empli d'espoir.

Il sentit le regard de Kayley se poser sur lui. Que dire ? Que faire ?

Une fois encore, Kayley le sauva en intervenant.

— Peut-être que ton papa veut te lire une histoire lui-même, dit-elle avec tact.

Il s'apprêtait à décliner et à déléguer la tâche à Kayley lorsque Lily reprit la parole.

— Vous pouvez me lire une histoire tous les deux, dit-elle. Chacun son tour.

Kayley se mit à rire. Il se surprit à sourire lui-même.

Décidément, cette enfant était un véritable artisan de la paix.

— C'est une proposition que je peux difficilement refuser, dit Kayley. Et vous, Luke ?

— S'il te plaît, papa ! supplia Lily.

— Comment pourriez-vous dire non à ces grands yeux implorants ? murmura Kayley sur un ton amusé.

Si ce n'était pas un complot, cela en avait tout l'air. Le dos au mur, il ne pouvait pas dire non sans passer pour un monstre.

— D'accord, finit-il par dire.

Kayley passa affectueusement la main dans les cheveux de Lily.

— Deux lecteurs pour toi toute seule !

Lily fit de petits sauts de joie et les prit tous deux par la main.

Une fois Lily couchée, ils décidèrent, sur la suggestion de Kayley, de lire une page chacun.

Kayley était une lectrice bien plus expérimentée et passionnée que lui. Il avait conscience de lire d'une voix monocorde. Il ne savait pas mettre les intonations ni changer de voix selon les personnages comme elle le faisait, elle.

Lily finit par s'endormir. Luke suspendit le récit et scruta son petit visage dans l'attente qu'elle rouvre les yeux, mais ses paupières demeurèrent closes.

— J'ai toujours su que j'avais une voix soporifique, soupira-t-il en posant le livre.

— Je crois qu'elle était bien fatiguée, chuchota Kayley.

— Ne cherchez pas à être aimable. J'ai tout à fait conscience que ma voix est monocorde et ennuyeuse. Je ne suis pas capable de la moduler comme vous le faites, de mettre des intonations.

— Tout le monde peut donner des intonations à sa voix, dit-elle avant de se pencher pour tirer les couvertures de Lily. Simplement, il ne faut pas être gêné. Il suffit d'être soi-même, de parler comme cela vient spontanément, sans réfléchir.

Elle se dirigea vers la porte et attendit qu'il la rejoigne.

— Je vous montrerai, si vous voulez.

Luke secoua la tête.

— Ce n'est pas nécessaire. J'assume parfaitement d'être ennuyeux.

Kayley s'arrêta au pied des marches et se retourna, l'air incrédule.

— Ennuyeux ? Vous n'êtes pas ennuyeux. Il faut juste que vous ayez suffisamment confiance en vous pour lâcher prise.

— Je n'ai aucune intention de lâcher prise. Je suis très bien comme je suis, merci, rétorqua-t-il en la rejoignant.

Ils demeurèrent silencieux un instant, face à face.

Kayley sentit son pouls accélérer, consciente qu'elle ferait mieux de chasser les pensées qui lui traversèrent l'esprit à ce moment-là.

Que se passerait-il si elle faisait ce que son cœur lui intimait de faire ?

Elle ne pourrait plus revenir en arrière, elle le savait. Et, surtout, Luke risquait de l'envoyer paître. Elle perdrait le peu de complicité qu'elle était parvenue à établir avec lui. Et, pire, elle ne serait plus jamais invitée chez eux et perdrait totalement de vue Lily et Barbara, avec qui elle passait aussi de si bons moments.

À certains égards, Barbara lui rappelait sa mère. Elle savait qu'elle ne la remplacerait jamais, mais elle devait admettre que sa présence lui faisait du bien.

— Je comprends, finit-elle par répondre à Luke sur un ton qu'elle espérait détaché.

Il est temps de rentrer chez moi, se dit-elle.

— J'ai passé une excellente soirée mais je vais rentrer, dit-elle d'une voix plus forte en descendant vers le salon. Merci pour ce délicieux dîner, Barbara. Et pour ces moments partagés.

— Vous partez ? Déjà ? s'exclama Barbara, l'air déçu.

— Oui, il faut que je rentre. Merci à vous deux pour tout, dit-elle en regardant alternativement Barbara et Luke.

Elle ouvrit la porte et sortit. Lorsqu'elle arriva devant sa voiture, elle se rendit compte que Luke l'avait suivie.

— Vous m'avez fait peur, dit-elle en se retournant.

Il se pencha et lui ouvrit la portière. Leurs corps se touchaient presque.

— Je suis désolé. Je croyais que vous aviez des yeux derrière la tête.

— Cela ne fait pas partie des critères de sélection des assistantes médicales, que je sache. Des médecins, peut-être. Ou des parents.

Autant la soirée s'était bien passée, autant elle percevait à présent une tension entre Luke et elle. Peut-être était-il agacé d'avoir à la raccompagner. Il devait avoir hâte de rentrer chez lui, de se retrouver seul.

— Vous n'êtes pas obligé, vous savez, dit-elle en jetant son sac à main sur le siège passager.

— Obligé de quoi ?

— De me raccompagner jusqu'à ma voiture.

Il soupira sans qu'elle comprenne si c'était de fatigue ou d'exaspération.

— Nous avons déjà eu cette conversation la dernière fois. Si je ne vous avais pas raccompagnée, Barbara m'aurait traité de rustre.

— J'en doute, dit-elle. Barbara a l'air de bien vous connaître et d'avoir beaucoup d'estime pour vous.

Luke jeta un coup d'œil vers la maison.

— C'est vrai. J'ai la chance d'avoir une belle-mère comme elle. C'est une femme adorable, admit-il, reconnaissant. Elle ne m'a jamais tenu pour responsable de la mort de sa fille.

Kayley se demanda si elle avait bien entendu. Il était étonnant que Luke lui confie quelque chose d'aussi personnel. L'espace d'un instant, elle hésita à faire comme si elle n'avait pas entendu, mais cela ne lui ressemblait pas.

— C'est parce que vous ne l'êtes pas, dit-elle d'un ton ferme.

Il secoua la tête.

— Si j'avais été là ce jour-là, c'est moi qui aurais conduit cette voiture, pas Jill. C'est moi qui aurais eu l'accident, pas elle, dit-il d'une voix chargée d'émotion.

— Vous ne pouvez pas continuer à vous reprocher la mort de votre femme, dit-elle calmement. Vous n'êtes en rien responsable de ce qui est arrivé. Barbara ne vous en veut aucunement. Il est temps que vous cessiez de *vous* en vouloir.

Luke sentit quelque chose craquer en lui.

Il fallait qu'il se recentre, qu'il rassemble ses idées avant de dire ou de faire quoi que ce soit qu'il regretterait.

Il recula pour la laisser s'asseoir au volant de sa voiture.

— Rentrez bien. À lundi.

— À lundi, répéta-t-elle en hochant la tête, un petit sourire sur les lèvres.

— Alors ? demanda Barbara dès que Luke eut passé le pas de la porte.

— Alors quoi ?

Elle soupira. Lucas était un chirurgien brillant mais sur le plan personnel, il avait encore des progrès à faire.

— Vous lui avez proposé de sortir ?

Il la regarda comme si elle venait de lui parler dans une langue qu'il ne maîtrisait pas. Ce qui était peut-être le cas, en fin de compte.

— Pourquoi lui proposerais-je de sortir ?

— Oh ! Lucas, Lucas, Lucas ! s'exclama-t-elle, désespérée. N'importe qui vous verrait comprendrait qu'il y a quelque chose entre vous.

— Je ne comprends pas de quoi vous parlez.

— Vraiment ? dit-elle en le dévisageant. Lucas, je parle de la vie, de la vraie vie !

— Quoi, la vie ?

— Replongez dedans, Lucas, avant de ne plus du tout savoir comment vous y prendre. Cette femme a des sentiments pour vous, cela se voit dans ses yeux. Et elle a aussi des sentiments pour Lily. Or, Lily a besoin d'une mère !

— Mais elle a *déjà* une mère, répondit-il sur la défensive. Et elle vous a, vous.

— Je suis sa grand-mère, Lucas, dit-elle en posant la main sur son épaule, pressentant qu'il était sur le point de mettre fin à la conversation. Ma fille est tombée amoureuse d'un jeune médecin dynamique prêt à mordre la vie à pleines dents, à sauver des vies et à vivre !

Il poussa un profond soupir.

— Cet homme est mort en même temps que Jill.

— Il n'y a aucune raison que ce soit le cas. Lucas, je sais que vous souffrez et qu'elle vous manque, mais je suis sûre qu'elle préférerait vous voir heureux, être celui dont elle est tombée amoureuse. Vous lui devez bien ça. Vous le devez aussi à Lily. Mais vous le devez surtout à vous-même.

Il pencha la tête.

— Je vais y réfléchir, dit-il.

— Faites plus qu'y réfléchir, le supplia-t-elle. On ne rencontre pas si souvent des personnes comme Kayley. Elle ne va pas attendre indéfiniment. Invitez-la à sortir un soir avec vous avant que quelqu'un d'autre le fasse à votre place. Vous n'avez rien à perdre. Sauf si vous ne franchissez pas le pas.

Il hocha la tête.

— Je vais réfléchir, répéta-t-il.

— Lucas, je vous aime comme un fils, vous le savez. Ne réfléchissez pas trop longtemps.

Luke se retourna et gravit lentement les marches.

15

— Merci pour ce que vous avez fait, dit Luke en entrant dans le bureau de Kayley.

Kayley leva les yeux, perplexe. Elle ne décela aucun sarcasme dans sa voix. Il devait donc être sérieux. Mais il avait dû commencer sa phrase au milieu de ses pensées.

— Excusez-moi, est-ce que vous pourriez être plus précis ?

— Je parle du leprechaun que vous avez offert en pendentif à Lily. Elle ne l'a pas quitté du week-end. Je lui ai dit de l'enlever la nuit pour ne pas l'abîmer, mais elle n'a pas voulu s'en séparer.

— Il ne s'abîmera pas plus sur elle que sur sa table de chevet, dit-elle en prenant conscience que Luke avait l'air vraiment concerné par le sujet. Et il ne risque pas non plus de s'oxyder, il est en or.

Il la regarda, l'air incrédule.

— En or ? Mais Lily n'a que cinq ans.

— Une femme n'est jamais trop jeune pour porter de l'or. En fait, je suis tombée sur ce pendentif en me promenant, l'autre jour, et j'ai aussitôt pensé à elle. Je vous ai revus tous les deux en train de poser ce piège pour attraper un leprechaun et m'en faire cadeau. J'étais ravie de le lui offrir, en souvenir de notre première rencontre.

— Je peux vous assurer qu'elle est ravie, elle aussi. Mais vous n'auriez pas dû.

— Vous avez le droit de le penser, mais pour moi, c'était une évidence.

— Elle parle de vous sans arrêt.

— Parfait. J'aurai peut-être besoin d'un agent, un jour, dit-elle en souriant.

Elle tourna son regard vers l'écran de l'ordinateur.

— Surtout si je me retrouve au chômage parce que je ne fais pas le travail que j'ai à faire aujourd'hui.

— Vous avez raison, je vous laisse travailler.

Il sortit et referma la porte derrière lui.

Mais l'image de Kayley ne s'évanouit pas. Plus il s'efforçait de penser à autre chose, plus il se surprenait à penser précisément à elle. Il la voyait tout le temps, même quand elle n'était plus sous ses yeux.

Une deuxième pensée l'obsédait. Barbara lui avait suggéré d'inviter Kayley. Non pas à venir dîner chez eux, en famille, mais à faire quelque chose ensemble, dehors.

Mais quoi ?

L'idée l'empêcha de se concentrer toute la journée. Le lendemain, il passa à l'action.

Cela se produisit juste après qu'il eut croisé dans un couloir Jacob Larson, un confrère spécialisé en chirurgie du rachis, qui lui demanda s'il comptait assister au gala de charité de l'hôpital de Bedford.

Pris de court, Luke se mit à bredouiller.

— Je ne sais pas. Pour être honnête, je n'y pensais plus, avoua-t-il. Ma présence est-elle indispensable ?

— Absolument ! répondit Larson, enthousiaste. C'est toujours bien de se montrer dans ce genre de soirée, ne serait-ce que quelques heures. Le conseil d'administration y voit le signe qu'on s'implique dans la communauté médicale.

— Je pensais qu'être chirurgien suffisait, dit Luke.

— On ne vit pas que d'opérations. Ce genre de manifestation permet aussi de resserrer les liens. Cela peut servir un jour ou l'autre.

Luke pensa à ses soirées, qu'il passait toutes à la maison depuis la mort de Jill.

— Je peux venir faire un tour, dit-il.

— Bonne idée ! acquiesça Larson en reprenant son chemin.

Puis il s'arrêta net et se retourna.

— Et viens accompagné, évidemment.

C'était un détail qu'il n'avait pas envisagé.

— C'est indispensable ?

Larson le regarda comme s'il parlait avec un simple d'esprit.

— Évidemment ! Il ne faut pas que tu aies l'air antisocial.

Antisocial ? Et alors ? Ce n'était pas un problème d'avoir l'air antisocial. De plus, le raisonnement de son confrère n'était pas logique.

— Si je participe à un gala de charité, cela ne prouve-t-il pas automatiquement que je ne suis pas antisocial ?

— Rien n'est automatique, répliqua Larson. De toute façon, un homme aussi séduisant que toi ne devrait pas avoir de mal à trouver quelqu'un.

— Je n'ai pas dit que j'avais du mal à trouver quelqu'un, dit-il, agacé par la remarque.

— Dans ce cas, où est le problème ?

Le problème, c'était qu'inviter une femme risquait de l'exposer à des situations qu'il préférait de loin maintenir à distance.

L'image de Kayley refit surface. Il la chassa de son esprit.

Mais, après tout, le gala était une manifestation publique. Quel endroit était plus sûr que la salle de bal d'un hôtel où se tenait un gala de charité ?

— Il n'y a pas de problème, répondit-il en s'éloignant de son confrère.

— Tout va bien, docteur ? demanda Kayley en le voyant passer à côté d'elle alors qu'il se dirigeait vers son bureau.

Il avait une drôle d'expression.

Le son de sa voix l'arrêta en plein élan. Manifestement, il ne l'avait même pas vue.

Il la dévisagea comme s'il ne la reconnaissait pas puis sembla recouvrer ses esprits.

— Oui, tout va bien.

— On dirait qu'on vient de vous arracher une dent, dit-elle.

En dépit de ses efforts pour avoir l'air détendu, il était évident que quelque chose le tracassait. Cet homme n'était pas très bon acteur.

— Le prochain patient ne sera pas là avant une demi-heure. Vous devriez faire une pause, suggéra-t-elle.

Il demeura pensif un moment et, au lieu d'acquiescer — ou

plutôt de refuser, ce qui aurait été une attitude plus conforme à sa personnalité —, il planta son regard dans le sien.

— Kayley, voudriez-vous assister au gala de charité qui se tiendra au Plaza, samedi soir ?

Elle le regarda sans comprendre exactement le sens de la question.

— En tant que représentante du service de chirurgie orthopédique ?

— Non. Je veux dire : voudriez-vous m'accompagner au gala ?

Kayley lui adressa un grand sourire.

— Avec plaisir. Nous ne serons que tous les deux ?

— Pas vraiment. Il y aura aussi une salle de bal remplie de médecins et d'invités.

Elle secoua la tête.

— Non, je voulais dire : y aura-t-il aussi Barbara et Lily ?

— Non, pourquoi ?

— Juste pour savoir. Voulez-vous que nous nous retrouvions directement là-bas ou...

— Je passerai vous prendre, la coupa-t-il.

— Alors il faut que je vous donne mon adresse, dit-elle.

— Oui, ce serait mieux. Mais donnez-la-moi plutôt vendredi. J'aurai moins de chance de la perdre.

— D'accord, répondit-elle dans un hochement de tête, en s'efforçant de ne pas lui sauter au cou.

Kayley avait conscience que le gala était un événement officiel auquel Luke se sentait sans doute obligé de participer. Il n'était pas très agréable d'arriver seul dans ce genre de soirée. De plus, il n'avait peut-être pas envie de se faire aborder par des femmes désireuses de passer la soirée — voire davantage — en compagnie d'un séduisant médecin.

Il était évident qu'il lui avait demandé de l'accompagner pour qu'elle lui serve de bouclier afin qu'il puisse se concentrer sur autre chose que sur l'assaut de la gent féminine pendant la soirée.

Mais peu importait. Ce qui comptait, c'était qu'il l'emmène, *elle*.

Elle ouvrit son armoire et chercha une tenue adaptée à l'occasion.

Quelle qu'en soit la raison, c'était à elle qu'il avait demandé de l'accompagner, ce qui signifiait qu'elle allait passer quelques heures à ses côtés mais, pour une fois, sans patients, sans instruments chirurgicaux ni poches de sang.

Elle serait à son bras au milieu d'autres personnes, toutes parées de leurs plus beaux atours. Quelle heureuse perspective !

Restait à trouver les vêtements qu'elle porterait et qui ne feraient pas regretter à Luke de l'avoir invitée.

Elle sourit et sortit une robe longue bleu foncé à sequins, sobre et élégante, et qui tombait parfaitement bien. Elle était fendue sur un côté, pour le plus grand confort de celle qui la portait et pour le plus grand plaisir de ceux qui la regardaient.

Elle l'avait achetée un an auparavant, sur un coup de cœur, en se disant qu'elle trouverait bien l'occasion de la porter un jour. Ce jour était arrivé, plus tôt qu'elle ne l'avait imaginé.

Il ne lui manquait plus que des chaussures et un sac. Ce problème fut résolu le jour même, en moins d'une heure de shopping.

Le lendemain, elle était en train de retoucher son maquillage quand la sonnette retentit.

Elle sentit son ventre se contracter et jeta un coup d'œil dans le miroir. Luke allait-il apprécier ce qu'il verrait en ouvrant la porte ? Ou estimerait-il avoir fait une erreur de lui demander de l'accompagner au gala ?

— Tu vas passer une bonne soirée, dit-elle à son reflet tout en lissant nerveusement sa robe. Cela fait des lustres que tu n'es pas sortie. Il est temps de t'amuser un peu. Si ta robe plaît à Luke, tant mieux. Mais peu importe ce que tu portes, l'essentiel, c'est de passer une bonne soirée. Compris ?

Elle sursauta en entendant de nouveau la sonnette.

— J'arrive ! cria-t-elle en se précipitant vers la porte.

Elle s'arrêta pour reprendre son souffle avant d'ouvrir.

— Bonsoir ! dit-elle à l'homme charmant en smoking qui se tenait sur son palier.

Luke demeura un moment silencieux, incapable de dire quoi que ce soit. La femme qui se tenait sur le seuil en robe longue était d'une beauté à couper le souffle.

Ses cheveux blonds étaient retenus en un chignon souple dont s'échappaient quelques mèches mutines, et sa robe, d'un bleu profond, étincelait, attirant le regard sur chacune de ses courbes.

Il avait remarqué que Kayley était charmante, mais le mot qui lui venait ce soir était « magnifique ».

— Kayley ? finit-il par dire.

— Oui. Je suis si méconnaissable que cela ?

— Non, non. C'est simplement que je me rends compte à quel point la blouse que vous portez pour travailler est… informe. Ce que je veux dire…

Il prit une profonde inspiration.

— Je veux dire que vous êtes ravissante, ce soir.

— Merci, répondit-elle dans un sourire qui illumina l'entrée.

Il émit un son plus proche du grognement que de la parole articulée, se faisant l'impression d'être un ado en pleine puberté.

Étant donné le métier qu'il exerçait, le corps féminin n'était pas vraiment un mystère pour lui. Pourquoi la vision de Kayley lui donnait-elle soudain l'impression d'être demeuré ? Pourquoi, quand elle lui souriait, était-il soudain incapable de former une phrase complète sans s'y reprendre à trois fois ?

— Je peux me changer, si vous voulez, proposa-t-elle en le regardant d'un air perplexe.

— Surtout pas !

Cette fois, les mots avaient jailli sans qu'il ne puisse les arrêter.

— Enfin, je veux dire…

Kayley se mit à rire et vint à sa rescousse.

— Je sais ce que vous voulez dire. Merci.

Elle attrapa une étole blanche posée sur le dossier d'un fauteuil et la lui tendit avant de se tourner.

— Voulez-vous…

— Je ne suis pas sûr qu'elle m'aille bien, dit-il, pince-sans-rire.

Elle sourit par-dessus son épaule et il sentit une vague de chaleur monter en lui.

— Non, je veux dire…

— Je sais ce que vous voulez dire, dit-il à son tour.

Il déposa l'étole sur ses épaules. Le moindre contact, même minime, générait une tension palpable entre eux.

Barbara n'avait peut-être pas tort, quand elle disait qu'il y avait quelque chose entre eux…

Il tenta de chasser cette idée de son esprit.

— Allons-y, murmura-t-il. Je n'aime pas être en retard.

— Moi non plus, dit-elle en lui décochant un regard empli de bienveillance et de compréhension.

16

En arrivant dans l'immense salle de bal de l'hôtel Plaza, Kayley eut l'impression d'être Cendrillon. Jamais ailleurs que sur le papier glacé des magazines elle n'avait vu autant de femmes vêtues de façon aussi somptueuse. Les hommes étaient élégants, eux aussi, mais leurs tenues étaient moins originales et moins colorées que celles des femmes.

Oui, elle se faisait l'effet d'une pauvre Cendrillon.

En entrant dans la salle, Luke remarqua la manière dont Kayley regardait les autres convives. Elle l'avait habitué à ses sourires radieux, pas à ce regard aussi sombre.

— Tout va bien ? demanda-t-il.

— J'ai l'impression de n'être pas assez chic, répondit-elle avec honnêteté. Si je vous fais honte, dites-le-moi. Je peux m'éclipser.

Luke la regarda comme si elle avait perdu la tête.

— Honte ? Qu'est-ce que vous racontez ? Vous êtes très belle ! dit-il d'une voix émue.

— Mais toutes ces femmes portent des robes somptueuses.

— L'habit ne fait pas le moine, vous le savez bien. De plus, la plupart de ces femmes se livrent à une compétition folle. C'est à celle qui aura le vêtement le plus cher ou le couturier le plus en vogue. Vous ne m'avez jamais donné l'impression d'être aussi superficielle.

— J'espère ne pas l'être.

— Dans ce cas, ne perdons pas davantage de temps à parler de cela. Et, d'ailleurs, vous êtes magnifique dans cette robe.

Elle sentit ses joues s'empourprer. Luke n'était pas du genre à servir des platitudes pour la forme. Venant de lui, le compliment la toucha droit au cœur.

— Merci, murmura-t-elle en levant les yeux vers lui.

Les joues de Kayley avaient rosi. C'était troublant de provoquer une telle réaction sur une femme en lui faisant un compliment plutôt factuel. Il eut l'impression d'avoir généré une plus grande intimité entre eux et se sentit soudain animé d'un élan protecteur.

Ne te fais pas de film, Luke, se sermonna-t-il.

— C'est tout à fait sincère. Si Lily vous voyait, elle dirait que son leprechaun vous a transformée en une princesse de conte de fées, s'entendit-il dire.

Il se racla la gorge, gêné d'avoir pu dire pareille ineptie.

— Ou quelque chose de ce genre, ajouta-t-il dans une tentative de faire oublier ce qu'il considérait comme une maladresse de sa part.

Kayley rougit de nouveau.

— C'est un joli compliment, dit-elle, l'air sincèrement émue.

Il détourna le regard et jeta un coup d'œil circulaire dans la salle de bal.

— Et si nous cherchions notre table ? suggéra-t-il.

— Ce soir, je vous suis.

L'espace d'un instant, il eut l'impression qu'elle lui donnait carte blanche et se mit à réfléchir à ce qu'il aimerait faire si c'était vraiment le cas.

Il se surprit à avoir des pensées qu'il n'aurait jamais imaginé avoir de nouveau un jour. Et à éprouver des sensations qu'il n'aurait jamais imaginé ressentir.

Il s'efforça de se recentrer sur les raisons de sa présence en ces lieux. Il était là pour faire acte de présence et bonne impression sur le conseil et sur le corps médical, pas pour fantasmer sur une femme par laquelle il se sentait de plus en plus attiré. Il appréciait ses compétences et sa mentalité au travail mais pas seulement.

Il s'éclaircit la gorge comme si cela allait l'aider à éclaircir ses idées et guida Kayley vers leur table, la main posée au creux de ses reins.

On les avait placés à une grande table avec les autres spécialistes d'orthopédie. Mais personne n'était assis. Il était encore tôt.

— J'ai l'impression qu'il va falloir faire des mondanités avant qu'on nous serve le dîner.

Elle sourit.

— J'aime bien parler avec les gens.

— Dans ce cas, je vous laisse ma place. Les mondanités ne sont pas mon fort.

Elle s'en doutait. D'ailleurs, elle avait été étonnée qu'il participe à ce gala et encore plus surprise qu'il l'invite à l'accompagner.

— Nous ne sommes pas obligés de rester toute la nuit, dit-elle. Il suffit que les gens du conseil d'administration vous aient vu.

— Mais vous avez peut-être envie de profiter de la soirée.

— J'ai déjà été contente de m'habiller pour sortir. Et de recevoir d'adorables compliments, répondit-elle en souriant.

— Des compliments plus que mérités, dit-il spontanément.

Peut-être un peu trop spontanément, d'ailleurs.

— Je veux dire...

Kayley posa la main sur la sienne.

— Je sais, dit-elle sans cesser de sourire. Merci.

Il eut l'impression d'être soudain seul avec elle, alors que la salle se remplissait autour d'eux.

Un serveur fit très opportunément irruption et leur présenta un plateau empli de coupes de champagne.

Il était temps de se ressaisir.

Luke tendit une coupe à Kayley.

— À quoi trinquons-nous ? demanda-t-il quand le serveur eut tourné les talons.

Kayley réfléchit un instant.

— À notre travail ? suggéra-t-elle.

Curieusement, ce n'était pas la réponse qu'il attendait. Mais elle était sans aucun doute plus raisonnable que toutes celles qui lui avaient traversé l'esprit.

— Alors à la chirurgie orthopédique ! dit-il avec un entrain un peu forcé.

— À la chirurgie orthopédique ! répéta-t-elle, l'un de ses sourires renversants sur les lèvres.

Il sentit son ventre se contracter. C'était une sensation qu'il n'avait pas éprouvée depuis longtemps. Et qui l'effrayait autant qu'elle le grisait.

Il décida qu'il ne boirait qu'une coupe, de peur que le champagne ne décuple ses sensations et ne lui fasse perdre le contrôle de la situation.

Au grand étonnement de Kayley, ils ne s'éclipsèrent pas de la soirée dès la fin du dîner. Ils ne furent pas les derniers à partir, mais ils firent partie du dernier tiers d'invités qui resta pratiquement jusqu'à la fin. Une vente aux enchères avait été organisée avec le concours des entreprises locales qui avaient fourni les articles à vendre. Parmi eux, des billets d'entrée dans différents parcs d'attractions de la Californie du Sud, une croisière de trois jours sur le *Queen Mary II* et des voyages dans l'île Catalina.

Kayley se prit au jeu et fit monter le prix d'un pack de quatre entrées pour Disneyland, jusqu'à ce que le dernier de ses concurrents abandonne la partie.

— Vous avez conscience que vous avez payé plus cher que le prix réel des billets d'entrée ? lui dit Luke une fois que le prix fut à elle.

— Une journée à Disneyland avec une petite princesse de cinq ans n'a pas de prix, fit-elle remarquer d'un air entendu.

Puis elle lui tendit l'enveloppe qu'on lui avait remise.

Luke la regarda sans bouger. Elle lui prit la main et y posa l'enveloppe.

— Cela devrait faire plaisir à Lily, dit-elle en refermant les doigts de Luke sur l'enveloppe.

Luke prit conscience du geste que Kayley venait d'accomplir.

— Vous avez fait ça pour Lily ? demanda-t-il.

— Oui. Et pour vous.

— Mais pourquoi ?

Il aurait très bien pu acheter lui-même des billets d'entrée à Disneyland — si toutefois cela lui était venu à l'esprit.

— Lily a besoin de passer du temps avec son papa. Il m'a semblé que ce pourrait être une bonne occasion de le faire.

Il ouvrit la bouche pour protester mais elle le devança.

— Je suis sûr que le petit garçon qui est en vous se réjouira autant qu'elle de partager des moments magiques.

— Il y a quatre billets d'entrée, fit-il remarquer.

— Vous emmènerez Barbara. Comme ça, vous serez deux à veiller sur Lily, ce sera moins fatigant.

Il la regarda un long moment sans savoir comment poser la question qui lui brûlait les lèvres.

— Et vous, vous seriez la quatrième personne ? finit-il par dire.

Kayley sembla hésiter.

— Vous me demandez de venir avec vous ?

Cela semblait être moins évident pour elle que pour lui.

— Ce sont vos billets, dit-il.

— Non, ce sont les vôtres. C'est pour Lily que je les ai achetés.

— Justement. Je suis sûr que Lily adorerait aller à Disneyland avec vous — probablement plus qu'avec moi, d'ailleurs. Mais comme il y a quatre entrées, allons-y tous les quatre.

— Vous savez, si Lily apprécie ma présence, c'est parce que je me mets plus facilement à son niveau. Mais petit à petit, vous y arrivez, vous aussi, chasseur de leprechauns !

— Je ne sais pas pourquoi nous discutons de tout cela. Pour moi, il est évident que votre place est à Disneyland avec nous. À moins que vous n'ayez pas envie d'y aller.

— Bien sûr que j'ai envie de venir ! J'adore Disneyland. La dernière fois que j'y suis allée, j'ai trouvé qu'il y avait moins de princesses. Je dois avouer que cela me ferait plaisir de voir ce qui a encore changé depuis — en espérant que tout n'ait pas changé tout de même.

— Vous voulez retrouver la magie de l'enfance, dit Luke.

Il prit conscience de ce qu'il allait annoncer à Lily.

— Lily va être folle de joie, dit-il.

Et elle ne serait pas la seule.

Kayley le prit par le poignet et jeta un coup d'œil sur sa montre.

— Il est presque minuit, dit-elle. C'est un peu tard pour les lui offrir maintenant.

Il n'avait pas vu l'heure tourner. Il devait avouer qu'il avait passé un bon moment, contre toute attente.

— Je vais vous ramener avant que notre carrosse se transforme en citrouille.

— Vous connaissez vos classiques, dit-elle en souriant. Cela dit, je ne m'attendais pas à vous voir faire référence à un conte de fées.

Il haussa l'épaule, préférant ne pas s'attarder sur le sujet.

Lorsqu'ils arrivèrent devant chez Kayley, les maisons voisines étaient plongées dans l'obscurité.

— Les gens se couchent tôt, par ici, fit remarquer Luke.

— Il est plus de minuit.

— Certes, mais nous sommes samedi soir.

Kayley ouvrit la portière et sortit de la voiture.

— Les couche-tard ne sont pas là. Ils sont en train de danser ou de boire un verre quelque part.

— Bien vu ! dit-il en sortant à son tour de la voiture et en refermant sa portière.

— Vous n'êtes pas obligé de me raccompagner jusqu'à ma porte, dit-elle. Rentrez chez vous si vous êtes fatigué. Je ne crains rien. Le quartier est tranquille.

— Cherchez-vous à vous débarrasser de moi ?

— Oh ! non ! Au contraire ! s'entendit-elle dire.

Elle se retourna, gênée, et sortit ses clés.

— Enfin, si vous voulez boire un verre, je dois avoir de la bière et peut-être même du vin. Des restes de ma mère, qui aimait bien recevoir des amis.

Elle ouvrit la porte et alluma la lumière.

— Et vous, vous ne recevez pas d'amis ? demanda-t-il en entrant derrière elle.

— Je suis trop prise par mon travail pour faire quoi que ce soit d'autre, avoua-t-elle.

— Vous plaisantez ? demanda-t-il, incrédule.

— Pas vraiment. Ce soir, c'est la première fois que je sortais depuis longtemps.

— J'ai bien fait de vous demander de m'accompagner, alors.

— Oui, vous avez très bien fait, dit-elle dans un murmure.

Il se tenait si près d'elle qu'elle était certaine qu'il entendait les battements de son cœur.

Et, un instant plus tard, elle fut certaine qu'il les sentait aussi contre sa poitrine, lorsqu'il l'attira à lui et l'embrassa avec passion.

17

Luke se détacha d'elle, à contrecœur. Il aurait préféré prolonger ce moment mais il ne pouvait pas se permettre de laisser ses émotions et ses pulsions dicter ses actes.

— Je suis désolé, dit-il.

— Désolé ? répéta Kayley. Mais de quoi ? D'être vivant ? Et de me donner le sentiment de l'être aussi ?

— Non, je suis désolé d'être allé trop loin.

Était-il sérieux ? Oui, il en avait tout l'air. Aussi sérieux qu'un scout.

— Si vous deviez vous excuser, ce serait de n'être pas allé assez loin, dit-elle sans ambages.

— Vous... Vous ne m'en voulez pas ? demanda-t-il comme s'il en doutait vraiment.

Kayley serra les lèvres et essaya de rassembler ses esprits.

Il fallait qu'elle lui explique clairement ce qu'elle ressentait pour lui. De toute évidence, il ne s'était pas aperçu qu'elle était attirée par lui.

— Vous voulez vraiment que je mette mon orgueil de côté, on dirait.

— Au contraire ! Mon intention était de vous mettre à l'aise.

— En me laissant faire tous les premiers pas ?

Il la regarda d'un air perplexe.

— Ainsi, donc, vous ne m'en voulez pas de vous avoir embrassée ?

Il se rapprocha d'elle et lui effleura le cou de ses lèvres.

Elle sentit une vague de désir monter en elle.

— C'est maintenant ou jamais, murmura-t-il.

— Vous partez ?

— Non, c'est maintenant qu'il faut me dire si vous voulez que je m'arrête. Je crains qu'ensuite il ne soit trop tard.

— Oh ! dit-elle en passant ses bras autour de son cou.

— Je ne voudrais pas que vous regrettiez quoi que ce soit.

Comment allait-elle lui faire enfin comprendre ?

— La seule chose que je regretterais serait que vous arrêtiez ce que vous êtes en train de faire et que vous rentriez chez vous maintenant, dit-elle, espérant être suffisamment explicite pour qu'il saisisse enfin le message.

— Pour être honnête, je ne suis pas sûr d'en être capable, lui murmura-t-il au creux de l'oreille.

— Tant mieux, dit-elle avant de se hisser sur la pointe des pieds et de plaquer sa bouche contre la sienne avec toute la passion contenue en elle depuis tant de temps.

Ce fut un point de non-retour pour l'un comme pour l'autre, irrépressiblement poussés à explorer une nouvelle facette de leur relation. Luke l'embrassa sans plus aucune retenue avant de laisser ses lèvres se poser sur son visage, comme s'il goûtait sa peau. Il se mit à déposer des baisers avides sur ses tempes, ses joues, son menton. Puis sa bouche descendit le long de son cou jusqu'à la naissance de ses seins.

Kayley défit la fermeture de sa robe pour ne rien laisser entre les lèvres de Luke et sa peau. Luke l'aida à se débarrasser du vêtement tout entier et dégrafa son soutien-gorge avant de prendre ses seins dans ses mains et de poursuivre son exploration de sa bouche.

Puis il posa les mains sur la courbe de ses hanches et fit glisser son slip le long de ses cuisses. Lorsqu'elle recula, il la contempla.

— Tu es trop habillé, dit-elle d'un air entendu.

Sur ce, elle l'aida à retirer la veste de smoking, puis déboutonna sa chemise avec impatience, sans cesse interrompue par les baisers fougueux qu'ils ne pouvaient s'empêcher d'échanger.

Elle défit la boucle de sa ceinture et, quelques instants plus tard, les vêtements de Luke avaient rejoint la robe de Kayley sur le sol de l'entrée.

Il n'y eut bientôt plus, entre leurs deux corps, que le désir ardent qui les embrasait l'un et l'autre.

Incapables de se retenir suffisamment longtemps pour gagner

la chambre de Kayley, ils se jetèrent sur le canapé, leurs deux corps unis par la fougue et la chaleur désormais incapables de se détacher l'un de l'autre, ne serait-ce que d'un millimètre.

Kayley était persuadée de savoir ce qui l'attendait. Ce n'était pas la première fois qu'elle faisait l'amour avec un homme.

Elle se trompait.

Luke se révéla être un amant passionné et délicat qui fit monter en elle le désir plusieurs fois jusqu'à ce qu'elle soit au bord de l'évanouissement.

Haletante, elle trouva tout de même la force de changer de position et d'inverser les rôles, le caressant à la fois de ses mains et de sa langue jusqu'à ce qu'il soit sur le point de jouir.

Mais, au dernier moment, il la prit par les épaules et l'attira vers lui.

— Tu n'aimes pas ? demanda-t-elle.

— Si, beaucoup, répondit-il d'une voix rauque.

— Alors pourquoi...

— Je veux voir ton visage, je veux te regarder jouir, dit-il avant de la pousser doucement sur le lit pour s'allonger sur elle.

Kayley passa ses jambes autour de ses hanches et il se mit à bouger en elle, d'abord doucement, puis de plus en plus fort, jusqu'à ce que leurs deux corps ne fassent plus qu'un, secoués par d'intenses secousses lors de l'explosion finale.

Alors, ils demeurèrent un long moment immobiles, savourant en silence le moment qu'ils venaient de partager.

Lorsqu'ils eurent repris leur souffle, Luke leva la tête et lui sourit, puis s'allongea à côté d'elle après lui avoir déposé un baiser léger sur la tempe.

— C'est ta façon de me dire que c'était bon ? demanda-t-elle.

— C'est ma façon de te dire que tu m'as épuisé, dit-il dans un grand soupir. Je ne sais pas si j'aurai la force de me lever.

— Rien ne t'y oblige, dit-elle.

— Tu m'invites à rester allongé sur ton canapé ?

— Avec plaisir, répondit-elle en souriant.

— Et toi, qu'est-ce que tu vas faire ?

— Je vais rester sur le canapé, avec toi.

— Tu n'as rien prévu d'autre ?

— Rien du tout.

Il fit mine de réfléchir à ce qu'elle venait de dire.

— Soit. Restons sur ce canapé.

Kayley pouffa de rire.

— Qu'y a-t-il de si drôle ?

— Jamais je n'aurais imaginé ça de toi, dit-elle.

— Que je puisse faire l'amour ?

— Non, ça, je m'en doutais. Mais que tu sois aussi détendu et que tu aies le sens de l'humour.

— Mais je n'ai pas le sens de l'humour, dit-il.

Elle éclata de rire.

— Trop tard, je t'ai démasqué. Tu ne peux plus revenir en arrière.

Luke laissa son regard glisser sur Kayley. Elle était magnifique, corps et âme.

Et il était bel et bien tombé amoureux d'elle.

Il l'attira de nouveau contre lui.

Kayley sentit le désir monter en elle... comme en lui. Quelle endurance il avait ! Elle n'aurait jamais cru.

Ses pensées se dissipèrent dès qu'il se remit à l'embrasser. Elle n'en revenait pas que Luke ne se soit pas déjà rhabillé pour rentrer chez lui. Au contraire, il était encore là et lui donnait l'impression que cette première fois avait été aussi agréable et aussi particulière pour lui que pour elle.

Il en fut de même pendant et après la deuxième fois.

Il la prit de nouveau tendrement dans ses bras, comme si elle était un objet précieux. Il ne semblait pas avoir de regrets pour ce qui venait de se passer.

Elle pria pour qu'il n'en éprouve jamais. Et elle pria aussi pour que cette soirée ne soit pas la dernière qu'ils passent ensemble.

Luke savait qu'il devrait rentrer chez lui tôt ou tard. Barbara devait se demander où il était passé.

Non, elle ne devait pas se demander où il était : elle s'en doutait certainement.

D'une certaine manière, c'était elle qui l'avait incité à se rapprocher de Kayley. Elle avait tout fait pour qu'il recouvre le goût de vivre, pour qu'il tourne la page et reprenne le cours d'une existence heureuse et épanouissante.

Barbara se comportait comme une mère pour lui.

Cela dit, il fallait vraiment qu'il s'extirpe de ce canapé et qu'il rentre chez lui.

Encore une minute..., se dit-il.

Il avait besoin de fermer les yeux un instant, après quoi il se lèverait.

Juste un instant...

18

— C'est vrai ? s'écria Lily, tentant de contenir sa joie, la main sur la bouche.

Pour sa part, Luke n'avait jamais vu sa fille aussi excitée. Elle se montrait souvent enthousiaste, mais là, l'idée d'aller passer une journée dans l'endroit à ses yeux le plus merveilleux du monde la galvanisait.

Il lui avait annoncé la nouvelle dès qu'il était rentré, le lendemain matin, notamment pour faire diversion et qu'elle ne remarque pas qu'il portait les mêmes vêtements que la veille.

Kayley l'accompagnait, ce qui ne faisait qu'amplifier la joie de Lily. Elle lui avait conseillé d'annoncer lui-même la nouvelle à sa fille, même si c'était elle qui avait acheté les billets d'entrée aux enchères. Il avait compris qu'elle lui laissait par là même l'occasion d'apparaître comme un héros aux yeux de sa fille. Personne n'était plus héroïque, aux yeux d'une petite fille de cinq ans, que son papa qui l'emmenait dans le parc d'attractions le plus célèbre du monde.

— Bien sûr que c'est vrai, répondit-il.

— Tu viens avec moi ? demanda-t-elle en lui prenant la main comme si cela pouvait influencer sa décision.

— Oui, je viens, promit-il.

Lily se mit à sautiller sur place.

— Et grand-mère peut venir ?

— Bien sûr ! dit-il en croisant le regard de Barbara, manifestement ravie.

— Et Kayley ? demanda-t-elle dans la foulée. Elle peut venir avec nous à Disneyland ? Ce serait super !

Il fit son possible pour garder son sérieux.

— Ce ne sera pas super d'y aller avec moi ?

— Si, mais ce serait *encore plus super* ! répondit Lily avec diplomatie. Grand-mère l'aime bien aussi. Hein, grand-mère ?

— C'est vrai que j'aime bien Kayley, dit Barbara.

— C'est un pack familial, intervint Kayley. C'est pour la famille.

Lily n'hésita pas un instant.

— Mais tu es comme notre famille. Pas vrai, grand-mère ?

— C'est à Kayley de décider. Mais si ma voix compte, je vote pour, répondit chaleureusement Barbara.

Lily se tourna vers son père en levant la main aussi haut qu'elle le pouvait.

— Moi aussi, je vote pour ! s'écria-t-elle. Toi aussi, papa, tu votes pour ? demanda-t-elle, les yeux emplis d'espoir.

Kayley observa Luke, mis au pied du mur. Certes, la nuit qu'ils avaient passée avait été merveilleuse, mais elle n'avait pas envie qu'il s'imagine qu'elle s'accrochait à lui sous prétexte qu'ils avaient couché ensemble une fois.

Elle s'accroupit.

— C'est gentil de vouloir voter pour moi, Lily. Mais ton papa a peut-être envie de passer du temps avec toi et avec ta grand-mère.

Elle avait accompagné Luke pour voir la réaction de Lily et pour profiter de la chaleur de cette famille à laquelle elle avait commencé à s'attacher. Mais s'attacher ne signifiait pas s'accrocher. Il était temps de se replier.

— Je vais rentrer, maintenant, dit-elle.

— C'est moi qui t'ai amenée, lui fit remarquer Luke.

Elle hésita, un instant prise de court.

— Je vais appeler un taxi.

— Alors là, tu risques de me vexer.

Elle le regarda, étonnée.

— Tu pars avant même que j'aie voté ?

Il marqua une pause et regarda Lily.

— Je vote pour.

Lily se remit à sauter en battant des mains.

— Alors on a voté pour à l'*unimité*, dit-elle fièrement.

— L'unanimité, la reprit-il.

— Oui, dit-elle en hochant la tête.

Elle se tourna vers Kayley.

— Alors, tu viens ? dit-elle en la regardant de ses immenses yeux bleus.

— Tu ne veux pas y aller avec une copine de la crèche ?

Lily lui prit la main comme elle l'avait fait avec son père.

— C'est toi, ma copine, répliqua-t-elle. Je veux que tu viennes avec nous.

— Dans ce cas, j'accepte, dit-elle en souriant. Je viendrai avec vous.

Lily exulta une fois encore. Désormais, Kayley ne pouvait plus faire machine arrière même si elle le voulait. Ce qui n'était pas le cas.

— Au fait, pour que les choses soient claires, dit Luke, c'est Kayley qui a acheté ces billets et qui nous invite. Ce n'est pas l'inverse.

Lily se jeta sur Kayley et la serra dans ses bras. Puis elle se détacha d'elle et prit un air grave.

— Il faut que tu te maries avec Kayley, papa. Comme ça, elle restera avec nous tout le temps.

Elle se tourna vers lui pour voir comment il accueillait sa suggestion. Elle ne remarqua pas que sous l'effet de cette annonce Kayley était devenue rouge pivoine.

— Je vais y réfléchir, dit Luke d'une voix mi-gênée mi-amusée.

— On pourrait voter ! s'exclama Lily, jamais à court d'idées.

— Ce n'est pas une décision que l'on prend en votant, intervint Barbara. Cela regarde Kayley et ton papa, personne d'autre.

Lily hocha la tête d'un air résigné. Puis elle releva la tête vers lui.

— Je peux dire ce que je voterais si je votais ? demanda-t-elle.

Il éclata de rire et déposa un baiser sur sa petite tête.

— Je crois que je sais déjà ce que tu voterais.

Lily le regarda, l'air surpris.

— Tu m'as fait un bisou sur la tête, comme Kayley, fit-elle remarquer.

Il jeta un coup d'œil à Kayley.

— Je commence à prendre ses habitudes, dit-il en souriant.

— Et si nous prenions un petit déjeuner ? proposa Barbara. J'ai envie de préparer quelque chose de bon. Est-ce que quelqu'un d'autre aurait envie de cuisiner ?

— Moi ! s'écria Lily en levant la main.

— Allons-y ! dit Luke en lui prenant la main.

Lily lui sourit et tendit son autre main vers Kayley.

Luke prit une grande inspiration.

Tout ce bonheur, c'était Kayley qui l'avait apporté dans leur vie. Elle lui avait ouvert les yeux. Elle lui avait fait prendre conscience qu'il était en train de passer à côté de moments merveilleux avec sa fille tout comme il passait à côté de sa vie personnelle. Son optimisme l'avait parfois agacé mais elle avait fait de lui un meilleur père, un meilleur médecin et, de manière plus générale, un meilleur homme.

Un homme capable aussi de faire la conversation et de prendre de nouveau la vie à bras-le-corps.

Plus le temps passait, plus il était convaincu de cette réalité : il était devenu un nouvel homme, un homme plus heureux grâce à Kayley.

Et, s'il avait gardé cette réflexion pour lui un moment, il avait désormais envie de le lui dire.

Le moment propice se présenta un soir, alors qu'ils étaient seuls, allongés, chez Kayley. Ils venaient de faire l'amour, ce qui se produisait de plus en plus souvent.

— Tu me regardes d'un drôle d'air, lui dit-elle. Tu as quelque chose à me dire ?

— Oui, répondit-il sans cesser de jouer avec ses cheveux.

Elle le regarda d'un air inquiet.

— Tu as changé d'avis à propos de la journée à Disneyland ?

Il secoua la tête.

— Non, nous y allons vendredi, comme prévu.

— Mais tu préférerais que je ne vienne pas ?

— Non plus.

— C'est plus sérieux ?

— Oui.

Kayley s'efforça de ne pas avoir l'air affolé. Mais son cœur battait la chamade. Luke répondait par monosyllabes comme il le faisait lorsqu'ils s'étaient rencontrés.

Il s'apprêtait sans doute à lui faire comprendre que leur histoire était terminée. Il allait lui dire qu'ils avaient passé de bons moments mais qu'il craignait que sa fille ne s'attache trop à elle...

Elle eut l'impression qu'un courant d'air glacial traversait la chambre. Elle eut envie de partir en courant.

Mais mieux valait aller au bout de la discussion.

— Je vais te faciliter la tâche, dit-elle avant de prendre une profonde inspiration. Je donne ma démission à la fin de la semaine.

— Quoi ? s'écria Luke. Ta démission ? Mais qu'est-ce que tu racontes ?

— Je raconte que je démissionne. Je quitte mon poste, dit-elle avec la sensation que chacun de ces mots lui brûlait la langue.

Il la regarda incrédule.

— Mais tu n'es pas heureuse, au centre ?

Comment pouvait-il poser une question pareille ? Elle n'avait jamais été aussi épanouie depuis qu'elle avait commencé à travailler avec lui.

— Si, très heureuse.

— On t'a fait une proposition plus intéressante ailleurs ?

Elle lui sourit tristement et déploya toutes ses forces pour ne pas se blottir contre lui. Mais cela ne ferait que retarder l'inévitable.

— Non.

— Dans ce cas, pourquoi veux-tu donner ta démission ?

— C'est ce que tu souhaites, non ?

Il la regarda, les yeux écarquillés.

— Où es-tu allée chercher une idée pareille ?

— Je ne sais pas. J'avais l'impression que... J'ai cru que..., bredouilla-t-elle, incapable d'aller au bout de sa phrase. Tu veux dire que tu ne veux pas que je parte ?

— Bien sûr que non ! Qu'est-ce qui t'a fait imaginer un instant que je voulais que tu partes ? Tu es la meilleure assistante que j'aie jamais eue.

Il avait l'air sérieux. Et sincère.

— Mais tu ne veux pas qu'on se sépare ?

— Je ne sais pas ce qui se passe, mais tu es vraiment à côté de la plaque, ce soir, dit-il en riant.

Puis il l'attira et la serra tendrement contre lui.

— Si on se séparait, je crois que ma vie s'effondrerait, reprit-il en lui caressant la joue. J'ai déjà vécu cela une fois. J'ai eu du mal à m'en remettre. Je ne suis pas sûr de pouvoir survivre à cela une seconde fois.

— Tu ne veux pas que je parte ? répéta-t-elle.

— Non, Kayley, je ne veux pas que tu partes, dit-il en détachant chaque syllabe comme s'il s'adressait à une personne qui ne comprend pas sa langue.

— Mais, tout à l'heure, tu m'as dit que tu voulais me parler. Et que c'était sérieux.

Elle prit une grande inspiration et se redressa. S'il ne lui annonçait pas qu'il la quittait, elle pouvait tout entendre.

— Je voulais te demander si tu aurais envie — pas forcément maintenant, mais quand tu seras prête — envie de m'épouser.

— Pardon ? s'écria-t-elle, pas certaine d'avoir bien entendu.

Luke rassembla son courage. Demander à Kayley de l'épouser avait déjà exigé de lui une bonne dose de courage. Il avait affronté toutes sortes de situations inhumaines aux quatre coins de la planète, mais devoir répéter la question sans savoir quelle réaction elle aurait lui paraissait presque au-dessus de ses forces.

— Je veux dire... Pas nécessairement maintenant. Un jour, quand tu seras prête. Kayley, grâce à toi, je revis. Ton entrain et ta spontanéité me rendent heureux et, pour être honnête, je n'envisage pas de vivre sans toi. Et, si je peux parler pour elle, Lily non plus. Alors si tu...

Kayley l'interrompit en posant les doigts sur ses lèvres. Il la dévisagea, un peu inquiet.

— Je ne pensais pas avoir à te dire cela un jour, mais tu parles trop, dit-elle.

Elle retira sa main.

— C'est oui, dit-elle simplement.

— Oui ? répéta-t-il fébrilement.

Kayley éclata de rire.

— Oui, Luke, j'ai envie de me marier avec toi.

— Quand ?

— Quand tu veux. À Disneyland, si tu veux.

Il sourit en imaginant la scène.

— C'est Lily qui serait contente !

— Elle ne serait pas la seule.

— Tu as raison, dit-il, juste avant de sceller leur accord par un baiser torride et passionné.

Épilogue

Maizie sourit en voyant entrer Kayley dans son bureau. Elle semblait littéralement flotter. Et, sans même prendre le temps de s'asseoir, elle lui demanda si elle voulait bien l'accompagner jusqu'à l'autel le jour de son mariage.

— Ton mariage ?

— Luke et moi allons nous marier ! s'exclama-t-elle.

Maizie serra longuement sa filleule dans ses bras.

— Quelle bonne nouvelle, Kayley. Je suis ravie pour vous. Je suis également très touchée et très honorée par ta requête. Cela dit, quelque chose m'échappe. Pourquoi me demandes-tu de t'emmener jusqu'à l'autel ?

Kayley sourit.

— Je crois que tu sais pourquoi.

Maizie réfléchit un instant.

— C'est parce que c'est par mon intermédiaire que tu l'as rencontré ? Que tu es allée passer cet entretien pour le poste d'assistante médicale ?

Kayley hocha la tête.

— Oui, c'est aussi pour cette raison, mais ce n'est pas la seule.

— C'est parce que je suis ta marraine, bien sûr !

— Oui, aussi, répondit Kayley sans lever le mystère.

Il y avait donc une autre raison, mais elle avait beau se concentrer, elle lui échappait.

Kayley ouvrit son sac à main et en sortit un objet qu'elle posa sur le bureau. Puis elle le poussa vers elle.

— Voilà pourquoi, dit-elle d'une voix enjouée.

Maizie se pencha et scruta la pièce que Kayley avait déposée.

— Un penny ? Tiens, tiens...

— Oui, c'est l'un des divers pennys que j'ai trouvés sur mon chemin au moment où je ne m'y attendais pas.

Elle la fixa droit dans les yeux.

— Je ne suis pas sûre de comprendre où tu veux en venir, avoua Maizie. Quel est le rapport avec moi ?

— Tante Maizie, comme moi, tu savais que maman considérait que trouver un penny portait bonheur. Tu savais aussi qu'elle avait promis de veiller sur moi, où qu'elle soit, et de déposer un penny sur mon chemin pour me faire comprendre qu'elle était là.

Maizie la regarda, bouche bée.

— Tu veux dire que tu as trouvé plusieurs pennys par terre ?

Kayley hocha vigoureusement la tête, manifestement soulagée que sa marraine commence à y voir plus clair.

— Devant chez moi, près de ma voiture, devant le centre médical, le jour où je passais l'entretien. J'ai l'impression que chaque fois qu'il se passait quelque chose d'important dans ma vie, je trouvais un penny.

— C'est incroyable ! s'exclama Maizie.

Kayley éclata de rire.

— Je t'aime beaucoup, tante Maizie, mais je dois être honnête avec toi : tu ferais une très mauvaise actrice !

— Tant mieux, ce n'est pas la voie que j'ai choisie, répondit-elle en riant à son tour. Et, si la proposition est toujours d'actualité, je serai ravie de t'accompagner jusqu'à l'autel le jour de ton mariage.

— Je crois que cela ferait plaisir à maman.

— N'oublie pas, Lily, dit Barbara avant que la marche nuptiale commence, ne jette pas tous les pétales en même temps. Tu les lances petit à petit tout au long du chemin jusqu'à l'autel.

— Je sais, rétorqua Lily, le menton levé, l'air offensé. Je ne suis pas un bébé, quand même !

— Je sais que tu n'es pas un bébé, acquiesça Barbara en essayant de garder son sérieux.

Elle leva la tête et aperçut Kayley et sa marraine qui avançaient dans leur direction.

— Comme tu es belle ! dit-elle à Kayley dans un murmure de peur que sa voix ne se brise si elle parlait plus fort.

Le souvenir de Jill, resplendissante le jour de son mariage, se superposa à celle de Kayley.

Elle cligna des yeux pour empêcher ses larmes de couler.

Lily se retourna pour voir à qui s'adressait sa grand-mère et sourit en voyant Kayley. C'est alors que retentirent les premières notes de la marche nuptiale.

— C'est à nous ! s'écria Lily avec son enthousiasme habituel.

Elle se mit à marcher en direction de l'autel, très concentrée sur les pétales de roses qu'elle jetait devant elle.

Maizie jeta un coup d'œil vers Theresa et Cilia, toutes deux assises vers le fond de l'église. Elles lui firent un petit signe de la main.

Elles avaient, une fois de plus, mené une autre mission à bien. Un autre couple s'était formé grâce à elles.

— Tu es nerveuse, ma chérie ? demanda-t-elle à Kayley.

Kayley secoua la tête.

— Curieusement, non. Pas tellement.

— J'aimerais tant que ta maman assiste à ce moment-là, dit-elle avec nostalgie.

— Moi aussi, répondit Kayley.

Lily s'arrêta net, au bout de trois pas.

— Qu'est-ce qu'il y a, Lily ? demanda Kayley.

Peut-être Lily avait-elle soudain le trac.

Lily se pencha pour ramasser quelque chose et se tourna vers celle qui allait se marier avec son papa.

— J'ai trouvé une pièce ! dit-elle en la lui tendant.

Kayley et Maizie échangèrent un coup d'œil entendu.

— Je crois que ta maman est là, en fin de compte, murmura Maizie.

— Ce n'est pas toi qui l'as mise là ?

— Comment aurais-je fait ? Je suis restée derrière Lily tout le temps.

— Oh...

Kayley sentit des larmes perler sous ses paupières et prit une profonde inspiration.

Tante Maïzie avait raison. Sa mère était là, avec elle.

Elle leva les yeux vers l'homme qui l'attendait devant l'autel.

Merci, maman. Il est parfait.

Elle avança jusqu'à lui.

— Tout va bien ? murmura-t-il.

— Tout est parfait, répondit-elle en se tournant vers l'officiant qui s'apprêtait à procéder à l'échange de vœux qui allaient les lier pour toujours l'un à l'autre.

— C'est exactement ce que je pense aussi, dit-il.